王一涓

著

读书人的事儿

凤凰出版社

目 录

读书人就那点事儿

徐兴无

1992 年，王一涓随程千帆先生的弟子巩本栋教授，就是书里有时提到的"外子"来南大工作，一直从事中文系的行政管理到退休，近三十年。1993 年，我博士毕业留校，至今已过三十年。留校的第一天，我就担任中文系的教学秘书，和程千帆先生的女公子、教务员程丽则老师在一个办公室；王一涓担任研究生秘书，在我们隔壁办公。此后我担任副系主任，中文系改为文学院后，我又担任副院长、院长，直到 2021 年才卸下担子，所以在行政工作上，和她同事也近三十年。大学老师不坐班，到院里来办了事便走；学生也是一届一届地匆匆而过，都是流水的兵，只有院系行政口子是铁打的营盘。如果这个营盘里有这样一个人，这个人热爱身边的人，观察身边的事，读过中文系，有优秀的文学训练和写作才华，不满足于每天了却公家的案牍，那么中文系的人和事就成了这个人笔下表现的世界。这样的人还真是凤毛麟角，不是所有大学院系都有的。王一涓就是这样的人，她写了许多中文系的人和事，汇集出版过《七八个星天外》《闲数落花》《行路吟》等，其中虽然也写她的经历或家事，但中文系的人和事是最能引起同事、同学以及校友共鸣的，今天又从旧文新作中裒为一辑，专说中文系及其相关的"读书人的事"，可谓别出心裁的一弹。承蒙她不弃，让我这个老同事给她写个开场白，我也就此说些闲话。

我们南京大学文学院一向有自己人写自己人的传统，高手如云，有程千帆、周勋初、莫砺锋、徐有富、王希杰、丁帆、张伯伟、程章灿、余斌、沈卫威、刘俊等，构建了一系列"有见""有闻""有传闻"的历史，但这些学者们的文章大多是追忆、怀念自己的师友，叙写他们的为人和治学，其中专汇一集的有张伯伟《读南大中文系的人》、徐有富《南大往事》等，但是王一涓笔下的"读书人的事"并不以表彰学问为鹄的，而是写身边的人，写亲历的事，属于"偶逢佳士亦写真"的传神写照，很多文学院的同仁们都可以在里面找到自己鲜活的往事和时代的气息：学风之外，还有酒风；敬重之外，还有嘲讽；淡泊名利之外，还有不谙世故；君子之交之外，还有师友情深……算得上是我们的《世说新语》和《儒林外史》，这是她对文学院的一份特别的奉献，令人感念和敬佩。

其实读书人就那点事儿，大学教师的日常生活与工作都很简单，不交世俗也就不知江湖险恶，但是书里的世界就不一样了，包括宇宙，总揽人物，所以读书人内心的事就不是那点儿了，也正因为有如此的反差，现实生活中的读书人既有高尚、睿智、机趣的一面，也有天真、荒诞、迂阔的一面，这些读书人的殊相，往往在一言一行中闪现出来，被王一涓的笔触网罗捕捉，有的故事让人感动，有的故事让人启颜，有的故事让人深思。和一般读者不同，我在南大中文系从本科读到博士，工作以后，既做教师也做行政，因此我可以从字里行间别有会意，还能在内心补充一些情节，可以说是一位"高级读者"。比如她写许志英老师没有知识分子的虚荣：

　　有相当一段时间，许师母在二号新村负责分发牛奶，以补贴家用。逢到月底需要订奶时，许老师就会帮助收钱记账，平时许师母忙的时候，许老师还会代替许师母分发牛奶。院子里都是本校老师或家属，都是熟人，许老师做起来很坦然，没有一丝勉强。以许老师的教授、博导、系主任的身份，能够放下身段做这样平凡小事的，在南大，好像找不到第二个人。

　　许志英老师是中国现代文学专业的，虽不是我的业师，但却是我的恩师。读到这一段，便想到我刚搬到二号新村时，便去小区门房订牛奶，走近了才发现许老师坐在门口小板凳上记账，吓得我拔腿就跑。看来我倒是脱不下长衫了。

　　这本书里没有我的专篇特写，但许多事牵扯到我，所以提到我（名字）的地方有四十六次，间或也可以拾遗献替。比如说我负责仙林校区文学院门口两只石狮子的督造工程，只能当志怪小说看了，但妙在最后一节，将这样一件涉嫌风水的事情正了名。她写道：在研究生开学典礼上，听到兴无院长郑重其事地解释院门前的石头狮子，"绝不同于贾府门前的狮子。我们这大理石狮子的坚硬洁白，象征文学院的品格精神，是要继承发扬的"。但我记得当时是说陈寅恪和傅斯年两位先生留学德国时，专心读书学习，被同学比作"宁国府大门前的一对石狮子"，希望同学们能做这样的石狮子，而不仅仅是贾府门口那两只干净的石狮子。其他诸如说我数学不好，好说怪话，喜欢斗嘴，装不了正经等，这些我都承认，即便有不服之处，也决不赖账。因为学文学的人都懂得如何理解文学作品。

至于王一涓的文学艺术水平，我的老师莫砺锋教授给她的《闲数落花》作序时已经给出了定评，"文字清新流畅，且擅长将平凡的题材点铁成金""是一个没有加入作协的优秀散文作家"。在这里我就不再续貂了。

甲辰小暑写于翠屏东坡

第一辑　文苑人

青丝白发伊人

程千帆

千帆先生说话极其生动。一句寻常的话，往往能使人物性格穷形尽相、毫发毕见。先生晚年有个弟子，人极热情，做事认真到琐碎的地步，但该当用力处，往往忽略了。千帆先生着急又感叹，说："你让他切白菜，他非得去切萝卜，萝卜还切得很细。"这句话流传很广，每每想起，便哑然失笑，而那位被形容的老兄也便神灵活现地立在了面前。国务院学位办第一批抽查博士论文，正好抽到了这位仁兄，勋初先生知道后，说："这就放心了。"所以放心，不是因为论文特别好，而是该同学一笔好字。字好的人也多，该生过人处是十几万字论文从头至尾字迹如一，看着就赏心悦目。那是个用笔书写的年代。

系里有位老师，因为工作上的事情，一段时间觉得备受打击，情绪沉郁。千帆先生知道了，弟子巩本栋前往问学时，先生说："你去跟他说，就说我请他到我家小花园来散散心。看看花，说说话，心情就开朗了。"这件事没来得及做。先生突然发病，进了医院。尽管后来本栋向该老师传达了程先生的厚意，终归是遗憾了。有些事情，过去就过去了，没有机会重来。千帆先生是希望全系同仁团结一心努力工作的。

先生晚年眼睛患白内障，视力极差。一天在先生家里，本栋大约坐在亮处，先生仔细打量一会，忽然说："本栋也有白头发了！"语气中说不出的疼惜和感慨，闻之令人动容。

除了视力受影响，听力也弱。所以千帆先生晚年极少外出参加活动，台湾清华大学朱晓海教授邀他去台湾，澳门施议对教授请他去澳大，他都谢绝了。近处不得已必须出席的活动，他会带上学生"传声"，本栋那时往往担此"重任"。

吴新雷

吴老师很有个性，随和起来，十分随和；认真起来，非常认真。平常见人，脸上总是堆满笑容，一口吴侬软语，虽难以听懂，但热情是感觉得到的。而且对谁都不摆架子，最是平易近人。让你觉得，他是没有脾气的。

南大有个学术传统，校庆"五二〇"时，要举办大规模的学术报告。中文系每年都搞，系里搞，专业也搞。老师学生都参加，有报告的，有评讲的，很认真。有一年吴老师照例参加报告会，可是那一场老师到得比较少，吴老师就很不高兴，可是责备谁呢？组织者还是缺席的老师？他既不是领导也不是负责人，尤其也没有想好具体到哪一个人，但他就是觉得这个事没做好，或者说是做得不对，于是很生气，不骂人不足以解气，吴老师便开骂了，只见他对着中文系的牌子，声色俱厉。真真是老夫子！问吴老师为什么这样骂，他有他的道理："我是对事不对人！"

吴老师做学问很认真，已经退休多年，八十多岁了，现在还坚持跑图书馆。吴老师实在又是一个很有情调的人，唱昆曲、票戏就不说了，时常在家里与夫人一道演奏乐曲，夫人弹得一手好钢琴，吴老师则擅长吹箫。夫唱妇随，琴瑟和鸣，说的就是吴老师和夫人吧。

现当代的"三驾马车"

叶子铭、许志英、邹恬三位老师，被称为中文系现当代文学专业的"三驾马车"。曾听过中央电视台主持人白岩松、崔永元的段子，说见到白岩松，以为要发生多么严重的事情了，等到看见崔永元，才知道什么事情都没有。这大致可以用来了解叶老师和许老师的性格。许老师是举重若轻的，叶老师恰恰相反，什么事儿到他那都是大事。邹恬老师是大家公子，洒脱儒雅，不知为什么，我老是把他跟张伯驹联系起来。三位先生交谊极深，合作很好，现当代专业在他们手里办得红红火火的。但三位都没得享长寿。

邹恬老师走得最早，也最为可惜。那年他六十，刚退休。元旦系里搞活动，他来了，到我的办公室聊天，同时在的还有朱家维老师和另外一位，是谁，记不起来了。别人递给邹老师一根烟，邹老师推掉了，朱老师很惊奇，邹恬老师是"老烟枪"啊！邹老师笑笑，说已经十几天不抽了，并没有刻意戒，就是不想抽了。邹老师小有得意，说，连赵梅君都没发现。赵老师是邹老师爱人。又说最近在家整理书房，连地板都漆了，都是自己动的手。当时大家住房都挺逼仄。记得有一次我向邹老师找一本论文，邹老师说书房堆得满满的，实在没法找。退休以后，终于有了闲暇，邹老师第一件事就是整理书房。元旦过后，只十来天时间，就是全国硕士研究生入学考试，办公室主任王恒明正在考场监考，突然接到邹恬老师去世的消息，跑过来告诉我，真像晴天霹雳一样。那一天特别冷。这之前邹老师突发心脏病住院，准备做心脏手术，时间也定下来了，天明医生上班以后就做。但是邹老师没有等到，黎明之前，他走了。

少见邹恬老师那样恬淡、宠辱不惊的性格。我有一次看邹老师回忆陈瘦竹先生的文章，觉得字里行间情感像岩浆那样炽热，却是暗流汹涌。我用"不动声色"四个字形容，许志英老师认为很恰当。

叶老师一直弱弱的，就是文弱书生模样。和叶老师一起出差过，叶老师酷爱吃螃蟹，那次是到了产螃蟹的地方，便提出到农贸市场看看，结果被人带到了小商品市场，时间很紧，来不及再换地方，叶老师好不懊恼。说起二十世纪五十年代一次和夏衍他们一起吃螃蟹，他自己一只没吃完，夏公他们面前蟹壳已堆成小山。原来别人都是"宏观"地吃！叶老师说他们太狡猾。

叶老师是最早的国务院学科评议组文科召集人，学科调整、评估，新学科点的设立，权力都在国务院学位办，叶老师不消说重权在握。那时学术界的风气尽管比现在好得多，但托人找关系也开始了，叶老师不胜其烦且深恶痛绝，对找上门的一律拒之门外。不料还是发生了意外，一次在博士点评审之前，竟然收到"带血的鹿茸"（叶老师原话）。这份大胆的礼物是被董健老师称为"跑点之母"的某高校校长送来的。东西当然是退回去（叶老师这种言传身教很好，后来丁帆老师屡屡遇到类似的麻烦，处理方法与叶老师相同），但叶老师为之震惊、气愤了好久。

中文系对老先生很尊重，有称"老"的传统。比如对程先生，称"千帆老"；吴白匋先生，称"吴白老"；郭维森先生，称"郭老"……现当代人幽默的多，朱寿桐模仿对陈瘦竹先生的称呼，自称"朱寿老"。更有甚者，一次丁帆到系里拿信件，找不到收发阮师傅，大声问："见到阮老了吗？"（阮师傅是一中年女同志）引来一片笑声。叶老师出道早，名气大，可是对大家称呼"叶老"，避之唯恐不及，他说，我没那么老。

叶老师发病是一个相对缓慢的过程。一次我打电话给他，在电话里叶老师抱怨，每天要接很多电话，占去了很多时间和精力。我知道他事情多，身体又不好，就想早点挂电话，可是叶老师不停地说，虽然声音很弱，很疲惫，就是不放电话。及至挂了电话时，我一看时间，半个多小时过去了。我想，这怎么不累？不费时间？再过一段时间，叶老师好像变了一个人，见人懒懒的，不想打招呼，甚至像不认识了似的。而后，就住院了。住院之初，对医生的治疗很厌恶却无可奈何，叶老师说，他们老是竖着手指头，问，这是几？话语中很委屈，有受侮辱的感觉。怎么不是啊，曾经那么睿智的大脑！临去上海之前，叶老师让护工陪着，到系里转了一圈，到我的办公室时，为了活跃气氛，我有些淘气地问："叶老师，我是谁？"他笑了，说，王一涓。同办公室的王彩云也过来，问："叶老师，还认识我吗？"叶老师想了想，也说出了王彩云的名字。那是最后一次见到叶老师了，也是叶老师最后一次到系里。叶老师出七十岁纪念文集时，我曾隐隐觉得不祥，出得那么早干嘛？叶老师的生命，终究是定格在七十岁了。

许老师是自己给自己画了句号。后来我跟余斌讨论过这事，我们的看法比较一致。以许老师要强的性格，过人的能力和曾经叱咤风云的经历，他都不甘作生活的配角，他喜欢主宰。但是，退休以后，他失去了事业；生病之后，他失去了健康；老伴离开后，他失去了习惯的家庭。他连自己的身体都主宰不了了，遑论其他。中国人信赖"好死不如赖活着"，但对于许老师来说，不自由，毋宁死。这是需要大勇的。

其实许老师是很能拿得起放得下的一个人。谋事之时，会极尽谋划，但成与不成，都能接受，不会太纠结。所谓谋事在人成事在天，他是信奉也是那样做的。二十世纪九十年代初，中文系申报文艺学博士点，赵宪章老师带着我们做材料，当时打字复印等技术远不及现在，材料做得很辛苦。尤其那个时候是我们系文艺学的黄金时期，包忠文老师没退休，凌继尧老师没调走，实力在全国高校中名列前茅。申报时，赵老师问许老师可能性如何，许老师老谋深算、成算在握的样子，"我觉得他们绕不过南大中文系"。可是后来结果并非如此，文艺学的博士点恰恰被"跑点之母"拿去了，赵老师好不沮丧，因为上不了点包老师就要退休（普通教授比博导退休早5年），等年轻人成长为包老师那样在文艺学圈内举足轻重的人，可不是指日可待的事情。看到赵老师打击深重的模样，许老师倒惊讶了，"我没想到小赵会这样"。可是谁能像他那样想得开啊。

许老师还是个玩心很重、童心未泯的人。他喜欢旅游，却和陶渊明"好读书不求甚解"一样，到此一游即可，他不在乎深度游，但没去过的地方都想去一去。又喜欢美食。不止一次听他说过，去开封，吃开封著名的小笼包。包子种类不同，一笼一笼摞着，端上桌的大约十几层，许老师骄傲地说："我吃了一遍又拐回来吃了几个，老叶（叶子铭老师）一遍也没吃完。"我后来也到过开封，特地去吃了小笼包，包子尽管不大，许老师吃的数量还是很惊人的。许老师有两颗标志性的大门牙，一次出差回来，不见了半颗，许老师满不在乎地说，在大连游泳时摔断了。这缺失的门牙，许老师始终也没有补上，他就不在乎。

赵宪章

二十世纪九十年代初，东风西渐，卡拉OK从日本传过来了，但没到全民嗨歌的程度，仅仅是有钱人或时尚人的娱乐，跟普通老百姓关系不大。宪章老师的学生有成款爷的了，成了款爷的学生并未忘记根本，跟以前关系就好的辅导员赵老师关系一如既往的好。有一次回到南京，请老师吃饭。吃完饭后，又请老师去消费卡拉OK。学生给赵老师点了歌，然后恭恭敬敬地把麦克风递给宪章老师。赵老师问："什么意思？"学生说："请你唱歌啊。"当时这个事情是怎么结束的，我不知道，只知道赵老师向我们叙述这件事时，还带有余怒："竟然让我唱歌给他们听！"宪章老师那意思："咱一堂堂爷们，不光不卖身，艺也不卖！"语气中很有被侮辱被损害的愤愤。我说："人家花钱请你消费，你有什么不高兴的？""啊？……"宪章老师老大想不通，自己唱歌，还要花钱才能唱？

跟款爷聊天时，赵老师为学生出息了很高兴，高兴之余又有些好奇，忍不住问学生："你现在每月可以拿多少工资？"学生回答起来很为难，不是想向老师保密，是不知怎么说，因为企业就是自己的，没给自己开过工资。这在当时私人企业还很少，自己给自己当老板的也不多，学生很低调，很委婉地给老师作了解释，赵老师太惊讶了："那你不是资本家了吗？"

吕效平

效平老师是做过系总支书记的，一次处理学生问题，很让我开了眼。

那是一个假造高中和大专学历考入作家班的学生，老婆刚生了孩子，他又在外和一个高中刚毕业的女孩同居，还假冒南大中文系副教授到处招摇撞骗。女孩父亲一天一封控告信写给公安部、教育部。按当时学校纪律，做了这样的事情，肯定要处分的。但是该生和别的学生不一样，一是年龄大得多，一是已经很有社会经验了，咬死口说和女孩没有关系。几乎能判断该学生肯定有问题，苦于没有证据，处理起来很棘手。效平老师决定找该生谈话，让我去做记录。效平老师那可以作为经典、震得我合不拢嘴、一开口便出奇制胜的那句话，是这样说的："你自己说是通奸还是强奸！"两害相权取其轻，该学生想也没想斩钉截铁地说："是通奸。"接下来嘛，水到渠成了。

我后来说起这事，效平老师说，这种手法他用起来驾轻就熟。早上给起床的儿子穿袜子，儿子会挑挑拣拣闹别扭，往往很久没有结果。吕老师经常是："穿红的还是穿绿的？"儿子选择题做得极好，然后，OK！吕夫人张亦军可是在省司法厅工作！作为家属，吕老师不可能是法盲呀！这可是明明白白的诱供哎！

效平老师好酒、豪爽、人缘好，这几样加在一起，使得吕老师经常出现在酒场上。有一年毕业季，我下班回来走到院子里，碰到效平老师拿着两瓶酒，脚步匆匆，告诉我说，出去吃饭。我打趣地说："我吃饭回家来，你吃饭得出去。"次日，同样时间，同样地点，同样事情。第三日，又如此。效平老师自己也不好意思了："我也不是天天这样的，怎么老是遇到你！"傍晚出来散步，遇到张亦军，我说："就你自己出来，吕效平呢？"吕夫人说："他吃饭去了。"话音未落，突然笑得直不起腰来。我猜这两天的巧遇，吕老师回家说了。

张宏生

和张宏生几乎算是"发小"了，大学同学。中保、龙江点房时，同学廖礼平夫妇已住进宁工新寓，极力鼓动我们点一路之隔的中保，于是和宏生又成了上下楼的邻居，两家人极熟。宏生儿子张津，当时还小，但是已经知道在爸爸午睡时挡电话了，可是我每次打电话过去，小家伙从不搪塞。

记着宏生一件糗事。也是在中保的时候。那天刚到班上，接到宏生电话，说出来倒垃圾，门在身后自动关上了，没带钥匙，回不了家了。穿着便衣，哪儿也去不了，还好口袋里有一枚硬币，够打一次电话，让我告诉他岳母，给他送钥匙来。

我说："你直接给你岳母打不就行了。"宏生说："我只这一个钢镚，万一找不到老太太，或者她一次没听明白，我就没辙了。"那次宏生起码要在外面溜达个把小时，岳母住在夫子庙附近。

张宏生在中文系做专业负责人是比较早的，那时各专业负责人都是有资历的老先生，像文艺学专业的包忠文先生，现当代的邹恬老师，汉语史的李开老师等。古代文学专业，郭维森老师要退，负责人的担子交给了张宏生，因为不是一辈人，算是换代了。还没有正式宣布，我有事要找专业负责人，于是找到张宏生，他连说不行不行。我便开玩笑，说："必欲正名乎？"他笑接："名不正则言不顺。"然后大家都笑。宏生做事很谨慎，低调，也很周全。也因此，程先生把《全清词》编纂的任务交给了他。一晃二十年了，宏生没有辜负老师的重托，带领弟子，孜孜矻矻，遍尝艰辛。如是，《全清词》这样浩大的工程，终于即将完工，也是一件造福后代的大事。

周维培

周维培后来调到国家审计署了，官至司长，工作做得很好。可我先前的印象，真不觉得他可以从政。二十世纪九十年代末吧，他做中文系副系主任，分管行政，没太表现出行政能力。有一年学期终了，结算工作量，就是把上课、指导学生之类的事情折合成课时费，分配给大家。这个工作，归行政副主任管。那次分配结束，卞孝萱先生颤巍巍地来到系里，质问："我一学期工作量才×角×分钱？"要说当时课时费确实很低，一个人工作半年大概就几十块、上百块钱的样子。但尽管不高，几毛钱的工作量也还是太夸张了。周维培不知是计算错了还是把单位搞错了，摆了个乌龙，对象还是老先生。丁帆后来老拿这事取笑周维培，他用扬州方言模仿卞先生的质疑，惟妙惟肖，每次都令人捧腹。

周维培有个同学叫郑尚宪，两人是极好的朋友，周维培对这个朋友很钦佩，我在他谈话中能感觉到。尤其让维培老师佩服的，是朋友对孩子的教育，据说小女孩成长得非常好。维培老师在替朋友欣慰的同时，更为自己高兴，他多次告诉我，以后自己儿子的教育就省心了，可以亦步亦趋跟着走。我其实觉得他的乐观是盲目的，一个孩子一个脾性，有教科书能穷尽得了的？

其实维培老师本质上就是一书生，心思也不在做官上。后来他去哈佛燕京学社做访问学者，副主任不能做了，而当时行政一届还没满，维培老师大约觉得应该给系里一个交代，不能因为个人原因影响工作，于是自己动员杨锡彭老师接任。这大致相当于私相授受了，干部任免不兴这样的，但维培老师不懂，或者说那时不懂。很清楚记得有一天，维培老师领着杨锡彭，来到系里，挨个办公室把"新主任"介绍给大家，那情形很像过家家：两个小朋友手拉手的就来了，还很认真。没有考察，没有公示，没有宣布，甚至系里其他领导也不清楚这档子干部任免。挺严肃的事情，没有麻烦学校组织部门，维培老师自己就完成了。写到这儿，我想起我们家的一个钟点工，在我们家分别做了几段时间，每次她不能继续做了，就很负责地带一个人过来，而且负责培训，不行再换，直到雇主满意了。这是一个极其负责任的钟点工。维培老师是把主任视同钟点工了吗？

唐建清

前几天例行体检，在校医院见到唐建清和滕志贤老师，滕老师说他也住和园，我说，怎么从没见到？建清老师揶揄我说："你是不食人间烟火的，我们常见面，在菜场里。"

建清老师的形象，跟菜场的距离是要多远就有多远，如果说是喝下午茶或听留声机跳华尔兹，这个比较靠谱。建清老师有外国绅士的老派和洋派味道。其幽默机智的谈吐，加上一流的授课，倾倒了无数学生。南大满腹经纶、能说会道的教师比比皆是，建清老师能在其中力拔头筹，被学生评为"南京大学我最喜爱的老师"，端的了得。

南大曾经出了一档新闻，被媒体称为"表白门"，一时风头无两。一个男生，在课堂上向一个女生表白，到现在这样的事情可能也没有过第二例，就被建清老师碰到了。碰到了就碰到了，建清老师云淡风轻，很坦然地就让事情过去了。他说：

"这个年龄就是恋爱的季节，挺美好的。"以致学生在网上说："多年后也许人们会忘记这对情侣，但一定会记得这位老师。"

建清老师做学问随心所欲，与体制不太合拍，可他不管。他的兴趣在翻译上，时不时地就在信箱里看到他译的书。开始不以为意，以为他偶然为之，后来竟源源不断，方知他竟做成气候了。说起这事，建清老师并无骄矜之色，淡然一笑。他是真喜欢。

在中保和建清老师住一幢楼，而且是一样的户型。到他家里，感觉和我们家很不一样，可明明是一样的结构呀。然后我就发现，他把最大的房间给儿子了。建清老师的儿子和我儿子同龄，当时刚上初中，小屁孩一个，主卧被他住得空空荡荡的，建清老师宁愿自己挤着。真是舐犊情深啊。曾经有一次，系主任换届，想请他出山做副主任，硬是不肯。后来儿子出国留学，他颠颠地去那儿做了两年孔子学院院长。

潘志强

文学院有几位老师，似乎不在体制内，有的是不理会体制，有的是不很适应，潘志强属于前者。志强老师现在是"资深"副教授，这头衔大约有二十年了。但这职称，严格说来也不是他自己申报的。他从不关心职称、评奖、项目这些"为稻粱谋"的"俗事"。当年申报副教授，是被叶老师、许老师他们"逼"着做的。"逼"出来的申报表那叫"惨不忍睹"，属于那种交上去肯定就被 pass 的。后来丁帆老师帮着重做一份，连材料都重新搜集一过。发过什么文章，发在什么地方，一问三不知（现在志强老师索性连这样的文章也不写了）。幸亏早年上了副教授，要是现在，志强老师也只能"转岗"了。尽管他学富五车，还仍旧孜孜不倦地读书；尽管他热爱学生也备受学生热爱。几年前曾听倪婷婷说，她跟潘志强聊天，说到现状，志强老师有个非常形象的比喻。他说，你原来在车上，也坐得好好的，上来一些人，很挤，你把座位让了；然后又上来一些人，索性把你挤下车了；再然后，他们看着车下的你，就当你从来也不在车上似的。这是我听到志强老师最"俗"的一段话，其余时间，他似不在人间。又或者，这话也只是用来安慰别人，就他自己，仍旧不介意。

志强老师待人极好。我那年去韩国旅游，他在庆州东国大学任客座教授，我们在庆州的食宿行程都是他安排的，还陪同游览。那天雨下得好大，我们徜徉在大陵苑，浑身都被雨打湿了，却游兴不减。聊天中得知，他在学校和学生相处极为融洽，周日、过节都有学生邀他去家中做客。同在国内一样，他的住处也是学生时常造访嬉戏的地方，更是他给学生传经补课的地方。如此好人缘，志强老师却一直单身，一说给他介绍女朋友，就摆手，就赶紧逃之夭夭。其实他异性缘也好，多少女生粉丝，视他为心中男神。甚至有明确表示"妾拟将身嫁与，一生休"的，可志强老师就是不接招。从韩国回来不久，一自大韩来的姑娘找到南京，实在找不到阿潘，向我们询问。我们能帮上什么忙？"落花有意随流水，流水无心恋落花"，奈何！

刘　俊

跟刘俊做了两次邻居，这两次他都是急急忙忙的。本栋博士毕业，分了一间房子，还没有搬进去，刘俊要结婚，没有新房，跟本栋商量，于是我们在南大的第一套房子，实际上是刘俊先住了。从严格意义上说，这次不算是邻居，刘俊直接反宾为主、"鸠占鹊巢"了。第二次真是邻居了，都在17舍筒子楼。我们先住进去。我一进中文系，就和刘俊搭档，他刚留校，兼职做研究生辅导员。好像是我告诉他，17舍还有房间。刘俊当时急需房子，因为夫人意外流产，要静养。记得刘俊房子拿到手，都没来得及粉刷，就赶紧搬进去了。

跟刘俊是从"布衣之交"开始的友情，虽年长他许多，开起玩笑来却是生冷不忌。刘俊有个标志性的小光头，比现在著名的光头孟非、乐嘉都早得很，而且不是因为脱发不得已而为之。刘俊是得意于自己圆圆的头型，认为自己的光头很帅。大家都对鲁迅的名篇《阿Q正传》很熟悉，所以我经常见着"俊俊"（研究生对自己小辅导员的昵称）就会故作惊讶地叫道："又亮了！"俊俊自己特别合作地附和："又亮了！"然后爆发出刘俊特有的爽朗大笑。刘俊喜欢打太极拳，一次见他白衣飘飘，又比往日"丰腴"了许多，忍不住调侃："肥了。"刘俊认真地纠正我："壮了。"确实，是壮了。是我居心不良故意歪曲。

刘俊是现当代专业的，在现当代文学中独辟蹊径，专注于台港及海外华文文学，而且在国内几乎是最早开始这块研究的。南大的现当代文学，刘俊的方向不是主流，他几乎是孤军作战，但二十多年的坚持不辍、辛勤耕耘，小苗长成了参天大树，刘俊在他的领域中，已经是领军人物，实实不可小觑了。

董　晓

董晓是做了博后留下来的。虽说各方面条件都符合留人标准，可还是有人嘀咕，这也难怪，谁让他是董健老师的儿子呢。一次系里有个学术活动，来的是俄罗斯专家，文艺学专业的。文艺学专业没有人懂俄语，情急之下，赵宪章老师想到了董晓，董晓搞的是俄罗斯文学，好歹救救急。董晓要做的工作是现场翻译，就是俄罗斯专家说一段，他译一段。如果是日常交往，这个懂俄语的人就可以应付。关键这是学术报告，用的都是专业术语。如果董晓是搞文艺学的，也没问题，但董晓不是这个行当的。俗话说隔行如隔山，即便是母语，两个不同行当交流也很难，何况外语。赵老师后来说，其实他原本也没抱着什么希望，到时不冷场就行了。没想到董晓译起来还真是那么回事。不光流畅，还很专业。我是说他不熟悉的那个专业也搞得很专业。拿到讲稿后的董晓肯定是下了功夫的，但基础也不容小觑，那不是两三个晚上就可以搞定的。赵老师后来很感慨，意思是原来多少有些小瞧董晓本人了。可见当名人后人也难。

　董晓的字写得不好看。现在人用电脑很多，把书写都给耽误了，太多人的字都不能看了。但中文系的人还是看重一笔好字。每年学位论文答辩，都有大量表格要填评语要抄，以前这些不允许电脑打，只能人工抄写，任务大部分落到答辩秘书头上。董晓在外国文学专业年纪最轻，答辩秘书这一吃力不讨好的差事常由他担任。有一次学位委员会会议，讨论学位，丁帆老师拿起一份学位申请书，翻到后面答辩委员会决议，看到写决议的字不顺眼，就品评起来，并传给大家。丁帆老师本人的字不是一般的好，常人字很难入他法眼，何况董晓的字确实不怎么样。董健老师当时也在座，一看是儿子手迹，不好说什么。丁帆老师不知情，尽逞口舌之快。我自是知道内情，但那时哪里好说。后来董晓说，回家被好一通骂！嗨，谁叫他是董健老师的儿子呢！

2016 年 11 月 11 日

程千帆先生在自家小花园

中文系现当代文学专业的"三驾马车"
前排左起：许志英、叶子铭、邹恬

　　　　　　读书人的事儿

2008 年，吴新雷老师
和他的"山坡羊"

2003 年，中文系绍兴旅游。吕效平（持相机者）和沈卫威

书生意气

鲁国尧

  我经历的中文系汉语言文字学专业在最辉煌的时候，博士生招生简章上曾齐刷刷地排列了八名博导。这在南大中文系文学专业一向强势的传统中，是极其难得的。可惜好景不长，后来在不长的时间内，掌门人鲁国尧及柱石人物李开、柳士镇几位教授相继退休，汉语言专业就颇有点"三春去后诸芳尽"的味道了，然后走的走，退的退，以致终于简章上无人招生了。当时只剩安徽大学黄德宽教授挂靠南大招生，按南大规定，挂靠导师需得"捆绑"本校导师联合招生，我到研究生院谈这个问题时，半开玩笑地说，我们已经没有可以"捆绑"的柱子了。

  搞语言的人都很有性格，似乎不能以常理视之，往好处说，认真、执着；通俗地说，有些偏执，爱钻牛角尖。我觉得是专业浸润造成的，所以我把它称之为"专业性格"。跟张玉来老师谈到这个问题时，张老师一句话说得好："不是这个性格也搞不来这个行当！"我初听时如醍醐灌顶，诚然，相辅相成，既是专业影响了性格，也是性格成就了专业。

鲁国尧先生是具有专业性格的。这成就了他的学问、事业。在生活中，也能见出鲁先生的性格。以前，我在校园里每每会见到骑单车的鲁先生。鲁先生身体极好，某年系里组织旅游，登天柱山，走在第一梯队前面率先登顶的，就是鲁先生。而当时参加者中鲁先生年龄最大。这着实让人刮目相看，因为鲁先生平时就是一斯文书生模样。鲁先生标志性的一副眼镜，镜片厚得像酒瓶底，一圈圈的波纹看得人眼晕。我见鲁先生骑车过来，从来不敢打招呼，生怕他一分神会摔下来。鲁先生的坐骑是一辆破旧的24式坤车，坐垫矮，把手高，鲁先生骑在车上时，腰板挺直，两臂平端，双目直视正前方，极其认真。跟一般自行车不一样的是，鲁先生的车把上分别拴着两只大红塑料袋，很招摇。开始远处看时，我以为是红气球，随风飘扬，觉得鲁先生挺浪漫的，转念一想，他可能为安全考虑，他看不到别人，希望别人可以躲闪他。及至听他亲自解释时，方知我的想法全错。他说是为了在车棚里可以迅速找到自己的车。车棚里林林总总很多车，想马上找到自己的车还真不容易，我想希望快速找车的人肯定不在少数，可是采取这样措施的，也就鲁先生了。

南大曾几次较大规模地建教工住房，以解决教工住房困难。鲁先生的住房，是二十世纪九十年代的博导楼，建成不久后，周围的建筑便强势崛起，而且后建的房子条件也越来越好，博导楼早已不光毫无优势，甚至远远落伍了。鲁先生也想换换房子，每次建房时他都关注，做大量的调查了解，可最后都不了了之。港龙建房时也是。他关心的问题很多，比如，秦淮河水是臭的，大堤很荒芜，电视塔有污染等，连每间房子从日出到日落光照时间都关注到了，但终究还是放弃了。港龙房子建好后，电视塔停止工作了，秦淮河污水被处理干净，大堤修整一新，花木葱茏，景色宜人，成了绝好的休闲健身的地方，不知鲁先生有没有后悔。和园建房时，鲁先生终于没有放过，房子点到后，鲁先生那天欣喜异常，逢人便说，他房子那个区域，相当于北京城的中南海，他的那个房子，相当于总书记的办公室。要说凭鲁先生的资历，自然排位在先，拥有优先点房权，点个"中南海办公室"一点也不稀奇，稀奇的是，他所谓的"中南海办公室"，竟然是顶楼西向，尤其该房型西面有一大落地阳台，夏日炎炎时，无异于蒸桑拿。因此颇怀疑鲁先生对自己房子的判断。不过，和园入住五六年了，还没见鲁先生光临过，不知因为什么。（文章写好后，我见到胡有清老师，他和鲁先生住邻居，我问那个地方现在如何，他说吵死了，房子不少已经易主，或租或卖，因为靠近小学，住进来许多孩子。我问鲁先生为什么不来和园，他说鲁先生说和园不能住，我以为鲁先生终于体会到选错"办公室"了，但鲁先生说的是现在的住处离"大图"近，看书方便。其实新校区校图书馆也很方便，但鲁先生习惯了鼓楼校区。我终究是见识浅，以为了解鲁先生呢。惭愧！）

都说语言专业是文科中的理科，确实语言研究比较偏重逻辑思维。鲁先生虽然是研究语言的，形象思维也很好。理由是他喜欢散文随笔一类的感性文字，既喜欢写，也喜欢看。他知道我有同好，常会跟我聊这类话题。有一段时间，我在《扬子晚报》上发点小东西，他不光都注意到，每次文章登出来，他还会把当日报纸送给我，有时当面给，有时放信箱，还不忘鼓励几句。有一次我发了篇《似水年华》的小豆腐块，鲁先生在报纸空白处题了"似水文章"几个字转送给我。他那样的学者，注意这样细小的事，很让我感动。我书架上有一套书，分别是梁思成的《凝动的音乐》、茅以升的《彼此的抵达》、竺可桢的《看风云舒卷》、李四光的《穿过地平线》，是鲁先生推荐给我的，我自己本没有注意到这些自然科学家的文学作品。

李　开

李开老师给人的感觉和他做的学问一样严谨、严肃，还有些沉重。他的话题多是工作和学问，即便不是这两者，轻松的话题也能被他谈得很严肃。又总是急急忙忙的，快快地走路，快快地做事，快快地说话，似乎总在赶时间。二十世纪九十年代，学校办公用房很紧，一个教研室一小间房子，摆两张桌子而已。李开老师当时家住南湖，距学校比较远，尤其是当时交通不便，李开老师为了节省时间，通常都是早出晚归，中午在教研室桌上趴一趴，就算是休息了，他的很多著作、论文就是这样写出来的。唐代诗歌有"郊寒岛瘦"的说法，我觉得李开老师和那"寒""瘦"都很搭，不是指作品风格，而是他那种苦行僧的生活方式。

李开老师相当长一段时间担任留学生部主任，学校任命时，大家都为他捏一把汗。有老师说得很形象，一般去留学生部的都很难"全尸而归"，"某某某那样精明强干的人，最后也是'尸骨无存'啊"！原因是留学生部出国机会多，经济效益好，人员成分比较复杂，不好平衡，不好管理。李老师其实不善处理人际关系。语言专业曾经有一位老师办理调动，临走时对我抱怨说，联系调动很不容易，某某不仅没支持，还成了阻力，平时挺好的，没想到关键时候那样。这个某某说的就是李开老师。我后来听到李老师说，该老师调走可惜了，专业缺了一个方向，没有拦下来。我把两件事联系起来想，李老师这情商也不怎么地，为了专业自己落埋怨。但是情商不怎么地的李老师，是留学生部管理岗位上待的时间最长的人，尽管他自己早早"满头飞霜"。

我在港龙时和李老师住一个院子，一次去他家参观，他挺得意他的书房，以往受憋屈的书，终于能站在自己的位置上了。可是我看那书房，真是憋屈李老师了。房子其实不错，错的是李老师书太多，书橱太破，还有他那种排列方式，也挺特别：是图书馆式的，一排一排，房间不够，又接到阳台，因为书橱高低大小不一，没有图书馆的整齐，老实说，显得寒碜。我们正在评论他的书房时，有人进来打扫卫生，是曾在我们家做过钟点工的小包。小包人很精明能干，最早来到我们小区打扫卫生，就租住在小区地下车库。人很热情、勤快，很多人家都请她，时间安排不过来，就有选择地在几家做。我自觉对她挺好，衣服、被褥、电器等，只要她需要，都给她，但她还是走了。走时不好意思，说是老公腿摔了，需要照顾。可是怎么到李老师家来了？问了一下工钱，李老师说一小时十二元。我去！当时的行情是从四元刚涨到五元，他一家伙抬高几倍！我回来开玩笑地跟人说，怪不得鼓动人才流动，人才在流动中升值啊！

李老师的夫人施大夫是儿童医院内科医生，我们系很多人都得到过她的帮助。我儿子四年级时有一天肚子疼，我带他到儿童医院，当时医院里里外外全是人，根本排不上队。儿子痛得厉害，我急得没法，想到了李师母。施大夫问了几句情况，直接就把我儿子送进手术室了，不久手术大夫用托盘托出一个红紫蓝青的鱼鳔一样的东西，说盲肠差点就穿孔了，再晚一点手术就麻烦了。儿童阑尾炎最易误诊，我当然非常感激施大夫。儿子康复后，我去了一趟李老师家，带了点小礼物，主要是表达一点心意。李老师死活不收，推让了半天。让我没想到的是，过了几天，李老师另备礼物，来了我们家。

李老师这样为人处世，也是他能把留学生部管理好的原因吧。

柳士镇

柳士镇老师是语言专业里的另类。

与李开老师就任留学生部主任的同时，柳士镇老师被任命为校社科处处长。一个专业的两个人同时"当官"，形成了鲜明对比。就算李开老师不是"举轻若重"（李老师表情绝对沉重），柳老师"举重若轻"那是绝对的。没见柳老师怎么"投身"到管理工作中去，社科处的工作进行得有条不紊，也是能耐。柳老师的经验是放权，结果是求仁得仁，皆大欢喜。柳老师有句口头禅"晓得了、晓得了"，常常你的话只说一半，他"晓得了"就出来了，而且是边走边说，几个"晓得了"没说完，中文系的走廊被他走了一半。说也奇怪，往往他真的就"晓得了"你的意思。"闻弦歌而知雅意"，是说能听懂弦外之音，连"弦歌"也没有便知"雅意"的，叫什么呢？我说不出来了。

柳老师是有官场智慧的，有一次他看我填表，因为各种数据要求很精确，让我很头疼，他说："你随便编个大差不差的就行了。"我说要求很具体啊。他说："越是具体越不需要准确，具体到没法准确时，只能是不准确。连他们自己也没法验证是否准确，你干吗认真呢？"确实，很多表格设计得随心所欲，也只能应付了。可是，柳老师的衙门就是负责"制造表格"的呀！

如果因为看到柳老师一天到晚笑嘻嘻很洒脱的样子，就以为他马虎不认真，那就大错特错了！柳老师可是国家高考语文命题组连续多年的负责人。高考牵动亿万人心，还真不是一般的精细负责能胜任的。从这个角度说，柳老师还真是语言专业的人。

像柳老师这样的年龄，一般都会有几个孩子，可他只有一个儿子。到了儿子这一辈，自然只能生一个，所以柳老师理所当然只收获一个孙子。俗话说"隔辈亲"，孙子乔乔就是柳老师的宝贝啦。平时的话题常来自乔乔自不必说，最好玩的是有一次我上班路过草场门大桥，看见柳老师站在高高的桥顶，极目俯瞰桥下。我问："看什么呢？"柳老师不很好意思地说："乔乔上学了，我看看他适应不适应。"桥下面不远处是龙江小学，柳老师想居高临下看看孙子，虽说登高可以望远，但想在密密麻麻的孙子中分辨出哪一个是自己的孙子，还真不容易。柳老师努力了一会，无功而返。

朱家维

朱家维老师是做党务工作的，我刚到中文系时他就是中文系党总支书记，到他退休时，也仍旧如此。朱老师是个非常好合作的书记，学校里是铁打的书记、流水的主任，可无论系主任换谁，和朱老师都可以"无缝对接"，不会有一点障碍。曾听前系主任许志英老师说过，以后无论谁在系主任任上，朱老师退休时，都要留他两年。后来确实如此。朱老师工作任劳任怨，牵涉到权利方面，从来不争，倒是比较烦心的思想工作之类，都是他出面。还有跟新党员谈话，多枯燥的事，朱老师退休多年后，还一直承担此项工作。朱老师退休后，再看到朱老师出现在系里，就知道又发展新党员了！

朱老师是中文系首领，他自己似乎不知道。那年系里忽然想起强调纪律，搞了个打卡机考勤。制度实行之初，办公会议上，朱老师破天荒地、很不好意思地为自己提了点要求，他说："我想我可不可以不参加打卡？"别人还没反应过来，他紧接着又说："我保证我不迟到。"说得那个认真恳切，众人都不好意思了。朱老师当时已是即将退休的年纪，而且他是那种以系为家的人，再说，哪个单位的考勤制度是为书记设置的？朱老师以为自己争特权呢！

其实，你什么时候到朱老师办公室，他什么时候都在，除了学校开会。他连个出差机会都没有。说来令人难以置信，朱老师临退休前一年，我们系与山东师大联合办班，暑假期间在威海集中授课，许志英老师额外请求主办方邀请朱老师前往，那是我知道的朱老师唯一一次"出差"。那次去的人比较多，我因为儿子贝贝在家没人带，把他也带上了。在威海的几天里，因说可以游泳，贝贝天天盼着，上午水凉，须得等待下午，可是不巧的很，天天一到下午就下雨，贝贝就急得要哭，许老师说："你以为只你急呀？有人比你还急呢！"他说的是朱老师。我以前只觉得朱老师是个敦厚长者，从没把他跟年轻人的爱好联系起来，后来才知道，朱老师年轻时是运动健将呢！那次去威海，朱老师一件紫红 T 恤，神采奕奕的，好精神啊！连我儿子都注意到了，他词不达意地说，朱爷爷是个风流老头！贝贝的真实意思是想说爷爷很精神，可是"风流"两字现在已被赋予别种意义了，说得朱老师很不好意思。

朱老师是喜欢孩子的。贝贝放学以后无处可去，常到单位找我。朱老师见到他就逗他，没事时还把他带到办公室去。有次贝贝放暑假了，在走廊里见到朱爷爷，兴奋得不行，大叫，"这次我要疯玩了"。朱老师跑来对我说，听听，听听！贝贝说要疯玩！他和贝贝一样大声地强调那个"疯"字，快乐得好像被贝贝感染了一样。一次乘电梯下班，贝贝到了电梯里，兴奋得猛地一跳。我是胆小的，怕电梯因此出事殃及大家，想也没想就给他一巴掌，我觉得很自然不过，贝贝自己也没提什么意见，朱老师不愿意了，沉下脸来呵斥我："你怎么能打他！"其实贝贝那个时候是淘气的，曾经柳士镇老师出电梯来笑着对我说，等会电梯下去是慢车了，站站停。原来贝贝把每一层的键都按红了。我对贝贝这些行为是很在意的，朱老师却不以为然，为了这一巴掌，他说了我多少次，我甚至听到他对别人

"控诉"我的罪行，也是宅心仁厚啊。

顾文勋

听赵益说过一件挺有意思的事。一日，他在办公室，来了一个留学生，带来一件小礼物，要送给他。赵益问："什么意思？"学生回答："没什么意思。"赵益又问："没什么意思是什么意思？"学生的回答像绕口令一样："就是一点小意思，意思意思。"小礼物倒真没什么大不了的，让人惊喜的是，一个小老外，能把汉语的"意思"体贴入微玩得那么顺溜，也真是难得。我就想起另一件关于"意思意思"的事，那件事的主角是顾文勋老师。

顾老师儿子小升初（那时小升初需要考试）时，考得挺不错，可以上金陵中学，差一分够得上外国语学校（外校）。按说上金中就挺好了。金陵中学原是一所教会学校，历史的悠久大约算得上南京中学之最。一百多年之后，教学质量仍是好的，在偌大南京市，进得了三甲。可很多人仍旧想上外校。外校之所以很牛，除了高质量的教学，更引人入胜的是毕业生的出路，大部分学生可以保送进高校。所以进了外校，差不多一只脚就算踏进大学门了，因此竞争者趋之若鹜。顾老师的儿子分数距离外校差了一点，本来准备安安分分上金中，并没有出格的想法，偏偏外校自己抛出了橄榄枝，说还有一些名额没用完，可以招收一部分分数稍微差一点的学生。顾老师的小宇宙就活动了。于是到外校打听，学校说名额有限，想进来的人挺多。顾老师想，托关系呗。就找了跟外校有关系的自己的朋友。朋友也是有点来头的，说尽管放心。但顾老师放不了心，儿子上学，唯此为大，录取通知书没到手，心里没法安稳。又到外校打听，办公室的人吞吞吐吐地说，僧多粥少，名额给谁不给谁？最好能给学校表示点意思。顾老师赶紧就问，表示多少意思呢？人家就不好说了，"哎呀，就是意思意思"。意思意思是多少呢？顾老师很想让人家明确表达，自己好照章办理，可是再三询问，人家还只是说："就意思意思啦！"（这是当初，学校收钱还羞羞答答的，后来就明码标价了。）顾老师始终不得要领，只好回来把情况告诉朋友，朋友很不以为然："什么意思？我这样的关系，还需要意思意思？"尽管朋友说得豪气冲天，顾老师始终不敢贸然相信，想为了保险，还是意思意思吧。可意思多少是好呢？多了，自己一工薪阶层拿不出，少了，如果意思表达不到位怎么办？那一段时间，顾老师真纠结啊。纠结到最后，还是根据自己的理解，向外校表达了"意思"。可是到了放榜时，没有顾公子，顾老师就急了，赶到学校，找到了让他"意思意思"的那位，问："你不是说意思意思就可以录取吗？"人家说："主要是别的人也意思了。""既然都意思了，为什么录人家不录我们呢？""哎呀，意思跟意思不一样！""不都是意思吗，怎么就不一样了？""就是——"顾老师也算是把人逼到墙根了，人家只好说，虽然说都是意思意思，但别人的意思更——就是说，人家的意思比他的更够意思！顾老师郁闷地一句话也说不出来。那天到了系里，我问他孩子上学的事，他说，别提了！那一声"别提了"悠长得很，比《智取威虎山》中李勇奇"八年了，别提他"还要感慨。

我查了一下《现代汉语词典》，对"意思"的意思，词典这样定义：1. 语言文字的意义、思想内容。2. 意见，愿望。3. 指礼品代表的心意。4. 指表示一点心意。5. 某种趋势或苗头。6. 情趣、趣味。要说这"意思"的意思真够复杂的。这才只是表面。在中国，很多事情，说开了就没意思了，奥妙就在于意思后面的意思需要你自己揣摩。文勋老师以为自己是玩汉语的，没想到被这"意思"弄得很没意思！

我这样理解这件事，可能中文系一些老师不能全赞同，因为文勋老师的性格委实也该负点责任。顾老师，那不是一般的优柔寡断。龙江房子造好，点房那天，已经做了大量前期调查准备工作的顾老师，到了点房那一刻终于不能再犹豫了，于是下决心点了自己认为最满意的房子。尘埃落定的一刹那，顾老师还是满意的。紧接着他又不放心了，骑上自行车就往龙江跑，回来时高兴就变成了沮丧，说刚知道某处要修一条路，点房时没考虑这一因素，以后用不上这个便利了。他的老同学吕效平老师听说后，说了一句："你就是让他第一个点房，他还会有后悔的。"

性格如此，其奈若何？

余 斌

余斌是中国现当代文学出身，他是张爱玲专家。因为系里外国文学专业人少，余斌外语比较好，便被派去支援外国文学了。以余斌大大咧咧的脾气，我猜他当时肯定没有想到这一"学雷锋"的后果会让他很尴尬。申报博士生导师时，按学校规定条件，余斌已经达到，但外审被打回来了，而且连续两次。原因是，余斌的成果"两栖"，现当代不认他的外国文学成果，外国文学不认他的现当代成果，他成了"十三不靠"！第三次又申报时，余斌终于沉不住气了，他让我帮他问问消息，他说："我成了习惯性流产了！"我还从来未见余斌急过，尤其是为这类事情。这次是"伤自尊"了。人无远虑必有近忧，余斌不是深谋远虑的人。

余斌不会深谋远虑，源于他得过且过的性格，一般事情他不放在心上。他女儿刚出生时，我当时兼管我们系女工工作，跟他说，记住拿孩子出生证去办独生子女证，办公费医疗证。知道跟他说一遍两遍是没有用的，我几乎是耳提面命、"谆谆教导"，见一次说一次。几个月后，余斌急慌慌地来找我，女儿生病住院，需要公费医疗证，他没有。我告诉他拿户口本、独生子女证到校医院办理。回家找这两样东西时，余老师发现独生子女证还没办。于是再告诉他拿孩子出生证去办独生子女证。大约出生证又找不着了，总之，孩子到出院时，也没享受到公费医疗待遇。这也算小事，人民币吃点亏就罢了。更奇葩的是，他女儿高中毕业，按他们计划，孩子不参加高考，申请国外学校，准备出去读书。但申请那段时间，余老师把这档子事给忘了，生生把孩子耽误了一年！

张梦葭告诉我一件好玩的事。博士生面试，余老师找到自己的学生，说："梦葭，我借你办公室用一下。"余老师当然有自己的办公室，但常年不打扫，里面已经很有岁月感了，不好意思让考生进去。可是用女弟子的办公室，也有尴尬处：里面花花草草布娃娃的，太不爷们。于是每一个考生进来，余老师都要解释："这不是我的办公室。"

至于平时丢三落四，对余老师来说是常态，经常不是没了手套，就是掉了钥匙。我们系马骏山老师在这方面也糊涂，但和余斌是两个方向，马老师是认不清自己的东西，但是不会丢，他的错误是常把别人类似的东西拿走。有一次他在我办公室拿走了我的钥匙，害得我锁不上办公室门，开不了自己家门，差点没急疯。前不久在同事办公室里，看到马老师在还雨伞，不知在哪儿拿了和自家相似的雨伞，回家发现自家雨伞安在，想把误拿来的归还失主，却记不得是在哪儿"作案"的了！余斌不同，余斌是想不起来把自己的东西带走。在生活中，余斌基本上是"难得不糊涂"。以前校区在浦口，有校车前往，余斌误点然后自己打车去上课是常有的事。因为路途遥远，车资自是不菲，一个月来这样几次，也是不轻的负担，可是避免不了啊！像这样花点冤枉钱只要不误事也还罢了，有一次，余斌到仙林上课，却坐上了去浦口金陵学院的车子。上课时间到了，生在长江南，师在长江北，思君不见君，共望一江水！

胡有清老师有一次告诉我，他奉教务处之命听课，其中包括听余斌的。上课时，余老师准时进了教室，在讲台上手提包里摸索了好一会，终也没拿出什么东西，然后就上课。课上得行云流水，很精彩。下课后，余斌问胡有清，发现什么问题没有？胡老师说，挺好的，没什么问题。余斌说："我是写了教案的，特意把教案带来了，可是找不到了！"有清老师大笑着跟我说："我说他在包里摸什么呢！"

余斌健忘，但不是所有事情都忘，他是选择性健忘。看余斌散文的人都知道，他的《旧时勾当》，分分钟可以把你带进几十年前某个时段的某个场景，其中细节的还原那是神记忆啊！他的《南京味道》，是一个老饕的体验，不知引起多少吃货共鸣呢！有一点我佩服到想不通的是，他居然连小时候哪种点心每斤几角钱、几两粮票都记得清清楚楚！我的印象里，粮票可是不归小孩子掌握的，他从哪里得到的呢？

2017 年 5 月 14 日

先生们在学术研讨会上

左起：吴淮南、李开、鲁国尧

去威海授课时留影

前排左起第二人朱家维，第四人叶子铭，第五人许志英

　　　　　　读书人的事儿

2007 年，柳士镇教授参加教育部首轮本科教学评估

诗酒风流

一

韩国离我们很近，韩国的大学与我们往来很密，有时就像走个亲戚、串个门子似的就去了，或就来了。经常是有一段时间没见到某某，一问，到韩国去了。一般是去客座的多，把汉语、汉文化输送给友邦。也有学术活动，基本上是个人行为。但有一次现当代文学专业是多人同时去了韩国外国语大学。其间一次集体座谈，待所有发言结束后，外大友人评价说："张光芒老师的普通话说得最好。"同行的人都有些纳闷：虽然各人都操着各自本地的普通话，但也不比张老师的差呀！张老师，鲁人，普通话中鲁味很浓，凭什么韩国人认为山东普通话就比别的普通话正宗呢？王彬彬的脑子转得最快："这些人一定是赵宪章教出来的！"韩国外大几乎每年有我们的老师去客座，赵老师是去得比较早的，按时间推算，他的学生长成为老师也是可以的了。

赵宪章老师，无论在社交场合，还是教学，都注意用普通话。但他是属于激情澎湃型的，话说着说着就热血沸腾了。血一沸腾，话就由普通话转为山东普通话，进而去掉"普通"，净化为纯粹山东话，然后有所警醒，再转换到山东普通话，然后，就在这两种语系中切换。一般说山东普通话是第三句以后的事，前面的都还标准。但赵老师上课是极有感染力的，会给学生留下极其深刻的印象。张光芒一开口，昔日的学生一定觉得"似曾相识燕归来"，倍感亲切呀！

中文系留学生不少，欧美、中东的从外貌上可以见得，东亚的一张嘴便知，当然，新马泰华裔除外。学习语言，跟民族性格还真有很大关系。亚洲人性格内敛，羞于开口，看啊写呀都没问题了，可是说好很难，交流起来就别扭得很。欧美学生可能水平并不怎样，但是嘴巴呱呱的。二十世纪九十年代，一个美国硕士生，刚来中国时间也不长，不光普通话不带口音，连南京方言都会了。"阿要辣油"是最先听他说的，"活丑"也是跟他学的。可是韩国学生即便是来了许多年，讲的还是韩国汉语。曾经有一个女孩跟俞为民老师读硕士学位，学了五六年，话还说不清。好不容易毕业了，还要读博士。我问俞老师："你还敢要啊？"俞老师想了想，说她听力还可以，可以听懂吴新雷老师的话。我就无语了。听懂吴老师的话，是有相当难度的。

吴新雷老师，江阴人，虽鬓毛已衰，然乡音未改。他是著名红学家，古典戏曲更是看家本领，更有一绝是，昆曲不光是嘴里说，纸上写，还可以台上演。一般研究者纸上谈兵没问题，要粉墨登场就难，比较近的知道的也就是俞平伯先生，还有，就是吴先生了。吴老师待人很亲热，每次见到我，就会喊："小王啊！""啊"字拖音很长，上扬。除了开头的"小王啊"和结尾的"再会（音 zāi wěi）"我听起来没障碍，中间的内容就得全神贯注地连猜带蒙外加虚心、耐心地再三请教。我没看过吴老师登场，但是"中国思想家评传丛书"前五十部出版新闻发布会在人民大会堂举行时，吴老师作为中国思想家研究中心负责人，到北京参加会议，而后又多留了几天。回来后他告诉我，这一次在北京票戏了，而且是彩扮。我问他演什么行当，他得意地用普通话说："小——僧。"然后说自己的个头矮、脸圆，扮上不显老（吴老师七八十岁，周勋初先生见了还是喊"小吴"，是同学时的习惯，改不掉了）。又说为什么女的年纪大了也可以演，就是因为脸上线条比较柔和，而男人脸有棱角，老了就不能演年轻人了。我这才悟出，他演的是小生，年轻男子，而不是小和尚！哎呀！这难懂的江阴话！难怪俞老师把听懂吴老师的话作为博士生听力考核的标准了！

二

中国文学，往宽泛里说，就是说唱的文学，说嘛，自不用说，唱呢，也是很盛行的，诗啊词的，以往都是可以唱的，曲，就更是的了。所以说和唱，应该都是中文系老师的吃饭功夫。我上大学时，在课堂上听过郭广伟先生吟诵韩愈的《左迁至蓝关示侄孙湘》，白皙清癯的脸上，两只深陷的眼窝，泪光盈盈。教室里一时肃穆得很。郭老师说，吟诵韩愈的《祭十二郎文》，往往不能卒读。这是以前，现在嘛，越往新里走，越不会唱了。但是，诗既不会唱，可以唱歌呀。唱歌唱得好的，中文系有几个；唱得不算好，但喜欢唱的，也有。曾听过戏剧影视专业的许莉莉老师唱87版电视剧《红楼梦》插曲《葬花吟》，真让人九曲回肠寸寸裂断。也是该专业的解玉峰老师，继承了中文系的传统，昆剧拍曲子都会。苏昆青春版《牡丹亭》来宁演出后在中文系座谈，小解老师现场挑出毛病，指出不地道的地方，连专家都心服口服。开了一门昆曲赏析的选修课，我儿子以为是文学赏析，就选了，及至上课时，才知是要张口的，而且考试也是考唱功，"小曲好唱口难开啊"，我儿子先是做了南郭先生，最后逃之夭夭了。但是喜欢昆曲的大有人在，小解老师的生意好得很。

姚松老师也是喜欢唱歌的，且会唱的歌曲还不少。姚松老师是男高音，似乎多高的调门都能唱上去，嗓门又特别大。我听姚松的歌，会想用什么样的词形容他的声音呢？白居易的《琵琶行》中有"曲终收拨当心画，四弦一声如裂帛"，我觉得可以取那个"裂"字。又觉得"裂"的不是丝绸，没有这么滑润。"穿云裂石"，也不对，是形容穿透力，跟音色关系不大。想起以前看过的关于电影《红高粱》的报道。片中插曲"妹妹你大胆地往前走"，据说这首歌开始怎么唱，张艺谋都觉得不对味，后来有一天收工后，姜文吼了一嗓子，张导一下找到感觉了，他说这首歌要往"破"里唱。我觉得这个词对了，姚松的声音就有些"破"，很粗犷，独具一格。姚松平时很稳重，不急不缓的，而且很谦让。可是唱起歌来，也不知哪来那么大的热情，整个一麦霸。自己唱就不说了，别人唱时，他也一定要"赞助"。曾经看到张伯伟唱歌，姚松"赞助"，伯伟老师是要抒情的，而且是华美的、优雅的抒情，可是姚松给他吼得很破，张伯伟几次试着把声音提高，终于压不过姚松的大嗓门，一个急得无可奈何，一个助人为乐唱得很忘情，我看得那个乐呀！

　　陆炜老师是能唱的。陆老师算是童子功了，少年时参加宣传队，参军后是文艺兵，退伍后入了戏剧专业，一辈子都跟说唱打交道。以前系里元旦聚餐，吃到差不多时就是娱乐环节，这时总有陆炜的节目，或唱歌，或唱戏，或者就是陆氏独有的南京方言朗诵毛泽东诗词。后来有了陆二少时，还表演了儿歌。陆老师是很爱自己专业的。1993年我们系去杭州旅游，大家漫步在西子湖畔，看到断桥上一对男女拍照，陆老师触景联想，给我们讲起了《白蛇传》中小青形象的演变，活灵活现。微风细雨，湖光山色，听陆炜老师侃大山，绝对是享受。但陆炜是个好老师，却不是很好的导演。据说他导戏时想法太多，听起来都很精彩，可是没有办法一一在舞台上呈现，所以一台戏迟迟也排不好。这个我信。

董晓也能唱。董晓是比较早的独生子女，独生子女缺少玩伴的孤独他是体验过的。他自己说，二十世纪七十年代，一段时间连续几个伟人相继辞世，广播里哀乐播放得就多了些，纪录片中追悼会的场面也频频出现，董小朋友看在眼里，听在耳里，记在心里。一日，董晓妈妈听到屋里咿咿呀呀，不知是什么动静，进去一看，只见床上有一布娃娃，身上盖着红布，董小朋友嘴里哼着哀乐，满脸凝重，正围着床认真地转圈呢。董晓是从北师大毕业回来做博后的，与他同时的还有苗怀明、陈文杰。当时三人中除苗怀明已有妻室，其余两人均是"单身狗"，就是苗怀明，夫人也还未过来，因此三人行止常在一处。又因为特殊的处境、心境，三人发明了一种怪理论，叫作"男人、女人、女博士"，意即女博士是第三种人。此怪论一时间还颇有影响，流行很广，乃至中央台的一个栏目（是《半边天》吗？）作了专题讨论。董晓是制造传播该理论的核心人物。其后不久，董晓谈了个女朋友，恰在上海某高校读博士。我知道后问他，怎么恰恰找了个第三种人。董晓回答也妙，说这一个是最不像女博士的女博士！董晓家里经济情况其实挺优裕，可是他本人实在是太简朴了，又不修边幅，一件衣服可以穿若干年，鞋子则是从上脚到退役，中间不兴休息的（成家以后，有夫人管束，好多了）。因为如此，董老师的教授形象就打了些折扣。文学院从鼓楼搬到仙林时，他和收发室阮师傅一起指挥搬运工人装卸，明明他是领导，工人们只唯阮师傅马首是瞻，一口一个"主任"谦恭地叫着，而指挥他跑来跑去，拿东拿西。带领学生把行李装车，一女生喊："师傅，把箱子搬上来！"可见董老师"搬运工"形象还是很被认可的。但"搬运工"董晓研究的是俄罗斯文学，是跟"洋鬼子"打交道的。董晓唱的歌曲也多是洋气的俄罗斯歌曲。

还有一个人，平时不唱歌，偶尔露了次峥嵘，可惜我没有听见。说的是莫砺锋老师。据说在一次谢师宴上，莫大先生开了金口，唱了一曲苏州评弹。这我听了都觉得稀奇。莫老师是不苟言笑的，平日话不多，我一直觉得他很端着，拒人千里之外的样子。但莫老师的口才是真的好，说话、演讲，语言是少有的干净。对他来说，可能"说的比唱的好听"！一次"五二〇"学术报告会，莫老师的演讲。演讲的题目忘了，大致是由读书中发现问题，到查找文献释疑，到得出结论，应该是讲治学方法的。一般人报告会围绕观点进行论证，莫老师的是倒过来，抽丝剥茧，水到渠成。除了方法新颖，感觉很享受的是他的语言，像云南一首民歌的歌名：《小河淌水》，不疾不徐、淙淙流淌、不滞不涩、不枝不蔓。和他的老成持重反差很大的是，莫老师的反应是惊人的机敏。我有一次在办公室和一位老师说话，该老师刚走，我忽然想起还有一件事要说，就急忙追出去，一边大喊该老师的名字，一边夺门而出，我的那个动静有点像炮弹出膛，恰巧莫老师从门前经过，我急忙收住脚，避免了"撞车"。还没看清是谁，莫老师开口了："我说你目中无人吧！"我惊魂未定呢，就愣住了。一语双关，可以理解为调侃，也可以理解为责备。亏他想得快啊！

三

"新来瘦，非干病酒""浓睡不消残酒""三杯两盏淡酒，怎敌他晚来风急"，李清照的词里是充满酒精味的。连女人也好酒如此！其实，自古诗酒就不分家。鲁迅有一篇杂文，题目就叫《魏晋风度及文章与药及酒之关系》。魏晋文人就没有与酒没有关系的。我甚至觉得，一部中国文学史，好像就是酒泡出来的。所以，研究文学的人，似乎也以能酒为荣。

以前元旦前后，也是学期终了的时候，中文系会有个聚餐，算是吃个团圆饭吧（近几年没有了）。聚餐时总是有酒的，于是气氛就很热闹。一次古代文学和现当代文学两个专业坐临桌，不知怎么就斗起酒来，捉对厮杀，似乎古代文学占了上风，周勋初先生就很笃定，许志英老师就有点着急了，于是派人出来挑战。派出的老师是有酒量的，但体检出脂肪肝后，就刻意控制，现在事关专业荣誉，个人身体就顾不得了。他找了古代文学专业最弱的巩本栋，一字排出六个酒杯，个个斟满，一连干了三杯，然后看着巩本栋。巩本栋确实没有酒量，但后来据张伯伟说，在韩国一年，经他"培养"，酒量见长。

其时正是刚从韩国归来不久，余勇尚在。不管此说是否属实，当时巩本栋确实是从容地端起了酒杯，一一喝干。本来现当代专业是想找个突破口，一举解决战斗的，没想到这样，一时也摸不清深浅，于是鼓掌喝彩，见好就收了。巩本栋的"壮举"把我也惊呆了，后来他说，为了专业，为了专业。我就想不明白了，喝酒能给专业增加荣誉么？

巩本栋其实不好酒，不能酒，所以一般情况下是众人皆醉他独醒。他从来没有醉过酒，也没有因喝酒失态过，但这不能代表他没出过洋相。一次是小范围聚会，已经喝到尾声，基本上是该站起来走人的时候，不知许结说了句什么，把巩本栋激起来了，他拿起酒杯一饮而尽，据说酒杯还很大。回到家里起初倒还安静，只说胃不太舒服，就直奔卫生间了，然后趴在马桶跟前两个多小时方才出来。

中文系酒量大的老师有几个，其中巾帼不让须眉的是盛林老师和曹虹老师。二位都是温文尔雅，不露锋芒，不像会喝的样子，但据说都可以豪饮。在程章灿的婚礼上，曹虹老师喝了烈性酒，然后迟疑地发问："这是低度酒？"满座男士"花容"失色。盛林老师是刚留校时参加了一个类似扶贫的工作，在酒乡熏了一年，从此酒量深不见底。一次在淮阴，东道主特别好客，怕客人酒不尽量，特意找了几个高阳之徒陪酒，当时的系主任赵宪章老师，率两位女将迎战。推杯换盏之际，酒器由杯而碗，对方气势汹汹，曹虹老师淡淡地说："这有何难！"四两拨千斤一般。次日早饭时，主任不知从哪儿搞了枝花儿献给两位女老师，表示由衷地钦佩与感戴，看来没有辱没使命。

"李白一斗诗百篇，长安市上酒家眠。天子呼来不上船，自称臣是酒中仙。"我理解酒与仙的联系是说酒喝到一定时候就飘飘欲仙了。我不会喝酒，所以从来没有过成仙的感觉。但看张伯伟喝酒，似乎确已不在凡间。伯伟老师有些酒量，也好酒。听说也常在家中独酌，且一边饮酒，一边高声吟诵"帝高阳之苗裔兮，朕皇考曰伯庸……"，一部《离骚》是用来下酒的。此说没有当面求证。但我确实看过伯伟老师醺醺然时，更加神采飞扬，气盛言直，而且这时，平常不用的英语也会脱口而出。一次伯伟老师又秀英语时，徐兴无一脸坏笑地对我说："一般说英语时，就差不多了。"伯伟老师喝酒之后更加活跃，不太肯安静。一次酒后，非要到我们家，曹虹老师再三劝阻无效，只得陪着他。在楼下他打了个电话，巩本栋看时间太晚，说下次吧。他说"我已经到了"，本栋只好开门迎客。他提出要表演书法，本栋便拿出文房四宝，伯伟老师一张一张地写着，兴致盎然，说要替巩本栋把所有已有的、将要有的、可能有的书名、斋号都题写好，可以一劳永逸了。还殷殷嘱咐说，要好好保存。一次是他和巩本栋一起喝酒，也是喝大了，回到家中，操起电话打给我："本栋喝醉了，哈哈哈哈……"

酒精可能真可以使人在短时间内放松身心、脱去约束、舒展性情，变得比平时更率真可爱。程章灿老师在台湾参加学术活动，台湾学者因为"有朋自远方来"，特别"说乎"，所以在招待宴会上劝酒殷殷；章灿老师因为两岸关系血浓于水，便举杯频频。频频的结果是把"骑马舞"（当时特流行的一个韩国胖子带给全世界人民的《江南Style》）秀到了海峡对岸，特别萌态可掬。但是如此张扬个性，章灿老师也就这一次，也可能我知道的就这一次。一般情况下，程老师都会控制得很好，即便是超常发挥，也会控制在清醒状态。一次是同门几人聚会，也是比较尽情了，结束后巩本栋开车，先送章灿，再送陈书录。车开至阳光广场四号楼前，章灿老师下车，巩、陈二人且在车上目送。但见程老师并不径直回家，却向相反方向走去。二人便急忙下车，只眨眼工夫已不见章灿人影。分头寻找，未果，只好找到章灿老师家中。夫人成林自然也着急起来，结果三人在麦当劳店里看到了正在享受冰淇淋的程老师。章灿后来对我说，喝酒后吃冰淇淋，味道特别好。我说不喝酒，冰淇淋味道也好。其实章灿老师是怕酒气太大，吓着了夫人，巩、陈二人不明就里，画蛇添足了。（我把此文发给章灿看，他说细节有出入："比如本栋送我那次是深入南师虎穴，我一人独对全南师，兴无跑了，本栋开车，不能喝，结果全我包了。还不让我一个人安静地吃一会儿冰淇淋！"按：以章灿自述为准。）

我看电视剧《士兵突击》，两位军人在搏杀演习后因为惺惺相惜，一位说："改日请你喝酒。我酒量，一斤。陪你喝，二斤。"另一位说："我酒量，三两，陪你喝，舍命！"感动得要命。可是一到生活中，就颇不以为然了。一般女人是不希望自己的先生多饮酒的，总会有种种顾虑，起码大陆的女人如此。好几次与台湾清华大学朱晓海老师吃饭，晓海老师都会认真告诉我，放心，我有分寸的。但巩本栋举杯时，我仍会不由自主地盯着看，其实也不一定是多担心，本能而已。晓海老师就会奚落地说："瞧弟妹那眼睛！"有这毛病的肯定不止我一人。徐兴无夫人郑玫是医生，自然更加注意。但兴无老师自有应对高招。他在喝酒之前会说，"检讨已经写好了"，意思是可以放心喝了。兴无老师自己说，检讨有钢笔写的，也有毛笔写的，视情节轻重，选择性提交。一般交毛笔检讨，是比较慎重的，那就是错得有些大发了。兴无老师的书法很漂亮，这也是习练的一种途径?！（兴无说，交检讨的事是在做讲师时，意即后来不太有了。是职称提升喝酒政策也放宽了？）

中文系不能酒的也有。像王恒明，一五尺高汉子，做的又是办公室主任的工作，居然滴酒不能沾。非但如此，一次吃饭，上了一盘醉枣，王先生多闻了一会，居然也醺醺然了。还有一人也是绝对不喝酒的，是吴俊老师。只要集体吃饭，吴俊总是很自觉地坐到女同胞的桌上，任人劝说，哪怕是激将，也不会挪动。吴俊被称为新好男人。吴老师是当得起这个称号的。尽管夫人是全职太太，但吴俊早起烧饭，接送孩子，内政外交，亲力亲为。又要做学问，又要忙行政，不知他哪来那么多的精力。吴俊老师是个计划性特别强的人。有一次我到和园看房子装修，他也去，当时和园的交通还不方便，吴俊要了一辆出租，说一块回鼓楼。当时已近下班时分，吴俊说回家要到幼儿园接小女儿，然后要做饭，因为夫人和大女儿从上海回来，没吃晚饭。做饭时要督促女儿练琴，饭后要赶到江北大吉，八点钟专业在那儿有个会。吴俊的时间是按分钟分配的。吴俊老师，美丰仪，很注意修饰。到研究生院上任不久，研究生院老师跟我说："吴院长来了以后，我们 X 院长开始换西装了。"我知道 X 院长本来是极不修边幅的。

四

徐雁平有一次问我，羊肉的最佳做法。他根据我的年龄、我的性别，认为这个问题问得很恰当。我没有回答上来。雁平是属于那种特别认真、特别严谨的人，这用在做学问上很好。当他还是博士生的时候，这种特质就特别明显了。毕业时，赶上我们系第一次搞论文抽检。这在当时还是新鲜事。正好就抽到雁平的了。我对他说，这次外审了，等评优秀论文时就省事了。那时全国优博也还没开始评，我说的是我们系。果然这一年雁平的论文就中头彩了。雁平把别的事儿也当学问做，比如说做饭。我知道雁平自己对吃也不苟且，经常招生阅卷时吃盒饭，雁平就很勉强。雁平在家也是掌勺的，一次烧菜，大约味道不太好，受到了儿子的批评。儿子当时尽管还小，但批评的语言很老辣，他说："没用心吧！"

与雁平吃饭风格截然不同的是董晓。董晓怎么说都应该是贵族范儿，从家庭出身、经济收入、个人经历，都应该。可就不是。董晓吃饭一点不挑不说，胃口还好得很，一般一份盒饭不够。但他吃饭真是吃饭，有米饭就行，菜不菜的，无所谓。要求不高，也许是家风？董晓说过，他在北师大读书时，董健老师去看他。到学生食堂吃饭，董老师不知从哪儿带去的煎饼大葱，众目睽睽，董老师粗放地展开煎饼，卷起大葱，梁山好汉一样吃将起来。回头率太高，董晓同学如芒刺在背。

我说我没有回答出来雁平关于烧羊肉的答案，不是谦虚，其实无论烧什么肉，我都没有经验可资介绍。曾经有一个后生辈，说根据我的介绍，红烧肉已经很拿手了，且说还传授了若干弟子，都已成才。我竟不知道她给我搞了很多再传弟子，可我连自己当初是怎么说的，早已忘却了。我只是纸上谈兵，不知从哪儿看到了，记下了，就说出来了，连我自己也不懂得如何操作。以其昏昏，竟使人昭昭，也是奇迹。前几天和韩国延世大学的金炫哲教授一起吃饭，他说知道我不会烧饭。看到我惊讶的神情，他有点不知所措。我忙解释说："我惊讶的不是你说我不会烧饭，我惊讶于你如何知道我不会烧饭。"中国有两个现成的词语，一是美名远扬，一是臭名远扬，我想这两个词我都不沾边。我奇怪的是我没名如何还能"远扬"！

一次吃饭时，张伯伟说，金程宇的太太可以一年烧菜不重样。我当即表示怀疑，虽说金太太是日本人，可能家庭传承很好，又是全职太太，个人修炼也佳。但是，一年三百六十五天，一天三顿饭，每顿饭两个菜不算多吧，那得多少才能够一年不重样呢？何况作为唯一可以检验其效果的小金老师，实在是论据不充分啊！（金程宇瘦得像铅笔一样。）伯伟老师对我的质疑很不满意，认为我有酸葡萄之嫌，并且揭发我只会开罐头。我从来不隐晦我不会烧饭。其实要说烧饭，从字面上说，我还真会，尤其是北方的面食，几乎全能。但关键是烧饭它烧的不是"饭"，是菜，是各种动物的解剖状态。我倒不是动物保护主义者，主要是胆小。曾经来了客人，我确实是用一堆罐头招待的，开罐头时，手被铁皮划破了，因为伤口不整齐，流了很多血，亏得邻居是医生，浪费她家很多云南白药。怎么说我这也是"血染的风采"，轻易不会忘记，哪里需要别人提醒？

对我来说，后来就好了，因为突然有一天，小饭店大排档，就像雨后春笋，遍地开花，真解决大问题了。从此不再为请客吃饭犯难！正庆贺呢，谁知情形又变了，待客又回归家庭！历史还真是螺旋式发展的啊！

年前许结约大家吃饭，到碧桂园他的新居。许结夫人徐静，烧得一手好菜，中西兼擅，冷热全能。尤其是用心，每样菜式，从选取食材到烹调方法，到餐具搭配，都用尽心思，精益求精，其菜品的口味、摆台的考究，堪比高端酒店，而用餐环境更是宽松优雅，赏心悦目。后来在一次吃饭时，我告诉了徐兴无，兴无就很有点不服气，提出比试比试。我说："你可能不行。"徐静的厨房里，何止十八般兵器！光是双开门大冰箱就两个，各种蒸烤炸煮的什么炉什么箱，见过没见过的，该有不该有的，琳琅满目，我反正是很震撼。有如此装备，该得对烹饪多热爱！兴无老师鄙夷不屑："你哪知道！好的厨子，就两把菜刀！"（怎么听着像贺龙两把菜刀闹革命似的。）他觉得徐静那都是花活，没有真功夫。且说，拟邀上若干食客，专事品尝评判，到时便分出山高水低。很有师出必胜的气概！又一次吃饭，恰恰二徐碰到一起了，我重拾话题，跟徐静说："徐兴无不服气，要与你PK呢！"徐静笑笑，云淡风轻的。小徐老师便发起攻势，考问淮扬菜大煮干丝的基本功，问徐静一块豆干可以劈成多少块？徐静说有专门工具，小徐老师说算不得能耐，比刀功。大家认为机器可能更规范些，不易发挥失常，且应该与时俱进。几个回合下来，小徐老师再次说到找机会专门比比，但怎么听，气势都没有先前壮了。

写于 2015 年 6 月 2 日
2016 年 6 月 1 日改定

工作着是美丽的

前排左起：姚松、程章灿、巩本栋、曹虹、俞士玲

合影

左起：张伯伟、巩本栋、张宏生、蒋寅

两古专业在沛县歌风亭

左起：武秀成、程章灿、孙立尧、许结、巩本栋、俞士玲，前面蹲着的是严杰

历历开元事

两个石头狮子

文学院在仙林校区的楼盖好了，比在鼓楼校区的用房面积增加很多，又单独成院，院内院外花花草草，挺有情调，大家都很高兴。但是美中不足，在整个文科建筑群中，很平庸，体现不出中国文学文化的特点。"院政府"便动了脑筋，不知怎么游说学校的，总之，是要来了两个石头狮子。当然，没有现成的狮子可以买来，学校只是给经费，要把金戈戈变成威武的雄狮，还需要一个过程。这件事交给了时任副院长的徐兴无。一段时间以后，在一次院学位委员会会议之前，兴无老师兴致勃勃地打开面前的笔记本，汇报石头狮子的进展。他出示狮子的图片，说狮子的稿子已经打好了，是仿乾陵的。兴无老师说，清代的狮子都不行，嬉皮笑脸的，一副媚态。还是乾陵的气派。又说，开始做的小样没有神，后来用了姚松的照片，眼神表情都凌厉起来，狮子方才有了生气。徐兴无介绍得正起劲，冷不防莫砺锋老师提了个问题："狮子是公的还是母的？"
这一问是徐兴无没想到的，愣了一下，其余人便大笑起来。莫
老师一向不苟言笑，开会时更不开玩笑，这句话从他口中问
出，不光出人意外，尤显滑稽，莫老师是像讨论学术一样很严
肃地提出了这个问题，但这个问题本身容易让人不严肃。一般
两只狮子的标配是一雌一雄，且造型不一。我猜莫老师的意思
是担心兴无没注意怕闹了笑话。后来两个白色的石头狮子端端
正正地放在文学院大门口，成了文学院的地标，与其他狮子不
同的是，它们都长得像姚松老师。文学院换届之后，兴无老师
接任院长，他大约觉得光有石头狮子，中国元素还不够，又把
大门的颜色从灰色改成朱红色，便有了现在的模样。

　　关于石头狮子的来历，坊间另有一种版本，甚是流行。说
文学院楼刚建好时，"院政府"组团前往参观，一眼见到大
楼，徐兴无便大叫起来："文学院这是前后两把刀，腹背受敌
啊！"他指点大门里外，外面对着外国语学院墙体侧锋，里面
对着院内报告厅墙棱。他说这是两把钢刀。因为整个文科建筑
群的设计追求一种错落美，一种犬牙交错、钩心斗角的古典
美，所以所有院系的大楼都不是正南正北，且每幢楼庶几近乎
三角形状，所以会呈现兴无所说的状态。据说徐兴无说，须
得"破一破"，不然要死人的。如此说来，石头狮子是作为辟
邪的壮士来替文学院守门的了。故事至此还没结束。话说这一
说法一传出，文学院一些老师便兴奋起来，纷纷出招，有说装

一面镜子吧，名曰照妖镜；有说多栽柳树，以柔克刚，一时也热闹得很。这风声传到了对面外院，不巧的是这时外院接连两位老先生辞世，外院人便心慌起来，在一个月黑风高之夜，办公室主任用一瓶硫酸，将一棵疑似卧底的大树烧死，而后连根铲除。此事做得很低调，倒也没什么风浪。但还是作为笑话传了出来。然后又巧了，恰恰此时文学院一位老师生病了，于是轮到文学院紧张了，再于是把大门漆成了朱红色。这是一种传说，文人无行，图个嘴巴痛快，认真不得的。不过，演绎得活色生香，也是文人的能耐。姑且存疑。

我后来在研究生开学典礼上，听到兴无院长郑重其事地解释院门前的石头狮子，他说："我们这两个狮子，绝不同于贾府门前的狮子。我们这大理石狮子的坚硬洁白，象征文学院的品格精神，是要继承发扬的。"说得煞有介事，算是给石头狮子正名了吧。

创　收

二十世纪九十年代初，有相当一个时段，高校收入很低，社会上形容说搞原子弹不如卖茶叶蛋的。鉴于人心严重失衡，"创收"二字成了高校的热门话题，也成了学校各级领导特头疼却回避不了的大问题。我有幸亲历中文系的"创收史"。

靠山吃山。文人除了肚子里的那点货没别的好卖，只能办班教学生。中文系办班起点很高，开始走的就是国际路线。但印象中与马来西亚、新加坡最早的班都没办成，倒是周晓扬老师去韩国客座，带回一个班。这个班起初报名人数挺多，最后成行，却只剩了六人，而且只是暑假短期班。因为涉外，手续特别烦琐，忙得人七荤八素。付出与收获，极不成比例。但就是这个班，不仅是我们创收的报春花，甚至也是少数几个成功的案例之一，因为接下来的办班基本上都像宋人的诗："一团茅草乱蓬蓬，蓦地烧天蓦地空。"每一个预期中的班，都很令人鼓舞，但就是，理想很丰满，现实很骨感。我们办过最滑稽的班，是一个没有办成的班。那是郑州某高校找我们联合培养，他们招生，参加南大考试，录取后在郑州当地学习，我们负责授课，成绩合格通过答辩后授南大学位。还记得该校中文系书记亲率一干人马过来，招待宴席上书记大人不知是酒喝大了，还是其人本身就豪放，总之，说出话来都是"语不惊人死不休"的范儿。待考生报名工作结束后，我跟他们说，如果需要辅导，我们可以去教师。当时的招生政策是，命题之前允许辅导。消息传送过去，迟迟没有回应，我以为考生程度很好，不需多做准备。也或者，他们可以帮助考生备考，就没再啰嗦。待到考试时，浩浩荡荡的应试大军从河南长途跋涉过来了，当晚，领队打电话给我，问次日监考人是谁，我预感他们想歪了，忙警告说，千万不许胡来！可是，次日考试还没结束，噩耗便传来了，满场考生公然作弊，小抄就明摆在桌上。监考老师当然不是吃素的，抓了现行。事后考生抱怨说受骗了，说好可以搞定监考人员，说话不算话。这次考试成绩可想而知，全军覆没。当然，我们前期工作也白做了。正所谓，不怕神一样的对手，就怕猪一样的队友。我们不幸选错了队友。

文学院戏剧影视系本科专业，是创收的硕果，却也是创而无收的范例。这个专业的建成，要感谢姚松。姚松时任院党委书记。那年他女儿参加南师大艺术类招生，家长姚松去给女儿报名。报名处人山人海，水泄不通，找了熟人还是报不上，熟人说下午晚一点人少的时候再来吧。姚松下午很晚时去，报名还没结束。这情景触发了姚松创收的灵感，他脑洞大开：这么多人报名，光报名费得收多少啊！尤其是，接下来的辅导班、学费……哎呀！姚松像得到"芝麻开门"口诀的阿里巴巴，好像马上可以打开宝库了！"我们要办一个艺术班！"姚松愉快地做出了决定。回来一商讨，"系政府"所有成员一致同意。然后打报告、做论证、报批，然后就招生了。但是报名时，我们没有出现南师大那样火爆的场面，也难怪，毕竟我们只是一个班级，成不了规模；况且第一年招生，宣传不够；同时门槛也高了些，让很多人望而生畏。但无论如何，还是收了一些报名费，少归少，聊胜于无啊。报过名后进行考前辅导，几个老师轮番，讲得口干舌燥，考生、家长都挺满意。次日辅导结束后，看会计还在忙，我说钱（辅导费）还没收完啊？会计说，不是，是退钱。原来，学校来通知，一、报名费上交学校；二、辅导班不许办，已经交了钱（辅导费）的，退回。交了费的家长已作鸟兽散，如今要一个个找回来，还得挨个解释，比收钱时麻烦多了。这事儿弄得！当然，现在我们的戏剧本科专业办得很好，很红火，可还是不赚钱哪！

丁帆在院长任上，几次在会议上说，如果我们什么什么做成了（指创收），大家的口袋就会鼓起来。可是大家口袋始终没有鼓起来。一次我拿这事跟丁帆开玩笑，丁帆很尴尬，一时语塞。我后来觉得这个玩笑有些过了，创而不收是中文系历届领导不能触碰的痛，很努力，可是很无奈。其实，秀才的本事就是教书带学生，让他们创什么收呢？

好尴尬啊

香港回归之初，一个国际学术交流会在香港举办，董健老师前往参加。回来后，在系学位委员会会议上，董老师感慨万千，讲了他参加会议的遭遇。学术会议一般是需要交会务费的，会议主办方出于友好，免了董老师的会务费。这件事引起了台湾一位学者的不满，他质问主办方，都是中国人，为什么不一视同仁？会议主持人问台湾学者："这位教授，你每月薪水多少？你知道董教授每月多少工资？"据说台湾教授后来是哑口无言，心甘情愿地交了会务费。但董健老师难过地说："我知道他们是好意，可我真的觉得无地自容。"无独有偶，卞孝萱先生也说过类似的事。也是那个时候，也是去香港开会，被境外学者好友盛情款待，却因囊中羞涩，连投桃报李回请一顿都不可能。卞先生说，都害怕接到邀请。说的也是，中国可是一个讲究礼尚往来的礼仪之邦啊！其实那时不光学术界如此，记得曾看过文章说电影界组团去日本访问，当时红透中国的演员刘晓庆，须到北影厂仓库借假首饰、借服装装装门面。国家穷的时候，没法给自己的子民以自尊。所以，套用一句网络流行语，好尴尬啊！现在的年轻学者，是赶上好时候了。

酒后余波

一年终了，总结会后，AA制聚餐，气氛比较嗨，有人醉了。结束回去后，围绕醉酒之事，微信群里展开了讨论，我看着觉得有趣，便截屏留了下来，顺便点评一下。括号内是点评语。

赵益：昨天倒也者，不知情况如何？（热心人。但其实也很主观。喝倒了的年轻人已入职不短时间，他叫不出姓名。但看行文，此人古代文学出身。）

刘重喜：回家睡觉了。（知情者。书记啊，应该的。）

王彬彬：罗慧林等人送于雷到医院急救了！（副院长。通报情况。）

徐兴无：出院了。（告知最终结果。）

徐兴无：上午出院。小家伙喝闷酒，自己灌自己。（到底是院长，知其然也知其所以然，关心民生。）

刘重喜：@王彬彬　上午和于雷一起乘地铁来仙林的，已经回和园了。

赵益：酒风尚可，酒德还是欠点修养。（情况已明了，放心。但是，不加评论，那就不是文学院的人了。不过，该表扬表扬，该批评批评，指出问题要害所在，好老师。）

王彬彬：没事就好！年轻人喝闷酒，院长书记有责任。（悬了一夜的心放下了。彬彬老师看似粗犷，粗中有细。当了领导，还有严于律己、勇敢担当的精神。）

王彬彬：@刘重喜　没事就好！（不忘回应小刘书记，也是彬彬老师细致之处。）

刘重喜：@赵益　下次让他找您修炼修炼（表情：呲牙）（事情过了。小刘书记松了口气。赵益人称"老道"，"修炼"一词准确发挥了调侃功能。）

罗慧林：@王彬彬　主要是徐世梁老师、邱俊老师在于雷那边帮忙的。（慧林很乖，中规中矩。）

罗慧林：后来刘书记也赶来了。（周到。）

刘重喜：@罗慧林　我没有过去，辛苦罗老师、世梁老师和邱俊了！（表情：鲜花、赞扬）

王彬彬：刘书记昨晚自身难保！

刘重喜：在某桌被整了好几杯。（表情：眼泪滂沱）（新书记道行还浅，要是姚松就老辣得多！）

苗怀明：也请那些醉酒的同志想想，昨天晚上给别人带来多大麻烦。没酒量还是少喝一点吧。（转入严肃文学。怀明老师是副院长，分管行政，与赵益不同的是身份。赵益站在教师角度，注重培养人。怀明涉及本职工作，批评更直接。当然，怀明老师搞通俗文学的，语言风格比较直白。）

刘重喜：有酒量也不要多喝。（自勉，与人共勉。）

苗怀明：邱俊、罗慧林、徐世梁三位辛苦，为你们昨天的表现点赞。（有批评有表扬，赏罚分明。）

刘重喜：（表情：四个小人、阶级友情）

徐兴无：要表扬罗慧林、徐世梁，特别表扬邱俊！要批评于雷、钱祥升、高仲伟！（虽是群里议论，也算是组织意见了！挺怀明副院长。）

徐兴无：我把手机放在枕边，夜里看了三次。直到早上刘书记来短信才放心。（不是非要批评你，实在是你太让人操心了！）

徐兴无：特别是罗慧林在电话里说要CT，我和老苗已穿衣服准备去医院。后来小邱说醒了才作罢。以后吃饭，党委要有预案，对反动分子要掌控！（这话说的！虽是说明情况，布置工作，一不小心，顽劣劲儿还是露出来了！有些人，装不了长时间正经，兴无就是。）

刘重喜：也是大家聚在一起不容易。以后还要多聚聚，一起打球走路，一起写字画画。（表情：两颗红心）（也是，一年轮不到一次。不过聚会不一定是吃饭，思路一开阔，好玩的事多着呢！别担心，在哪儿跌倒，就在哪儿躺下！）

于雷：感谢领导老师关怀和照顾，谢谢！（职场小白兔。我是喝醉了，可是怪我喽？全都怪我喽？谁让我最年轻，跟谁喝我不得喝呀？）

苗怀明：这次醉酒有个规律，全是小年轻。本来在这种场合他们应该做服务，而不是醉酒。（文学院是个讲"礼"的地方，长幼有序，记着点。）

徐兴无：《乡饮酒礼》："六十者坐，五十者立侍以听政，所以明尊长也。""和乐而不流，弟长而无遗，安燕而不乱。"（行政长官中最有才的，有才者中最好为人师的！看人家这文献功夫！要说，中国规矩在秦以前差不多都订完了，兴无老师懂规矩，是专业素养。）

苗怀明：弄得大家都提心吊胆，如果出了事，院里怎么向其家人交代。[责任在身，不得不说！怀明老师被职务训练成碎嘴婆婆了（此处需要一呲牙表情）。]

赵益：酒风要抓，酒量要控制，酒品要提高，酒德要培养！（这总结！赵益不当领导都是浪费。可也只是纸上谈兵。记得以前有段时间，连续有女硕士生延期毕业，都是因为怀孕生孩子，而且很巧都是赵益高足。一日，办公室正谈论此事，赵老师到了，王彩云认真地说："赵益你要注意了。"话怕被多想，于是哄堂大笑，赵益赧然，竟唯唯说不出话来。）

钱祥升：谢谢各位老师的批评，昨晚一激动就喝多了，给大家添麻烦了，对不起大家，以后一定自我严格要求，做好服务工作。

刘俊：@赵益　在此前提下，类似聚会要经常搞！（表情：笑脸）（重点在后一句，一是肯定成绩，鼓舞士气，抚慰挨批者，再则反映民意，提出要求，放眼长远，不能因噎废食。补充一笑脸，表明态度中庸平和。）

周欣展：@于雷　喝酒住院，打球出汗。动处养身，静处养心。（乐观主义者，住院也没什么不好的，关键看怎么利用这个机会。都说住院可以使人变成哲学家，没准一不小心，我们替哲学系培养人才了呢！欣展乒乓球打得极好，在江苏省教育界一只手的指头用不完就能数到他，就是客座国外，玩儿似的就把人家奖杯奖牌搂回来了。不过，欣展真是善良啊。）

我常说，在文学院，一句话都掉不下来，总会有人接着。瞧瞧，我说着了不是？当然，说了半天，我说得最多。如果有人批评说，不说会死啊！我会说，死不至于，会很难受。归根到底，谁让我也是文学院人呢！

2017 年 5 月 29 日

南大文院前的石狮子（摄影：余治骏）

文学院的"私家花园"——启园

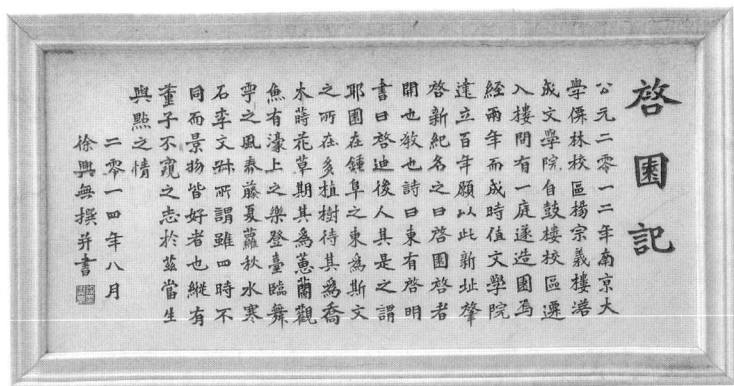

《启园记》

启园记

公元二零一二年南京大
学傑林校区揚宗義樓潜
成文學院自鼓樓校区遷
入樓間有一庭遂造園為
經兩百年而成時值文學
院遠立百年願以此為新址
啟新紀名之日東為啟明
開也敩也詩人其是之謂
書曰啟迪後人其為斯文
園在鍾阜之東為喬
木特花草期其為蕙
魚有漾上之樂登臺臨
寧春之風秦漢蕭秋水寒
石卒文斜而謂雖四時不
同而景物皆好者繼有
與黙之情
徐興無撰並書
二零一四年八月

书生底色

董　健

董老师是研究戏剧的，戏剧属于艺术，董老师很有艺术范儿，尤其是冬天戴上紫红色贝雷帽时，当然也包括平时的茶色眼镜。

但董老师其实更是一条典型的北方汉子，从食物偏爱上就可见得。比如说，爱吃煎饼卷大葱，曾经在董晓就读的北师大饭堂表演过，收获了很多注目礼，那注目礼的内容不是献给学者教授，是给山东大汉的。据说酷爱油条，因为不是什么健康食品，在家中被限制，有时去街头小摊处，会偷偷猎食。

董老师为人耿直，是有名的"大炮"，他认为不对的事是一定要说的，从不忌讳。南京市消防大队在靠近北京西路口建了座大楼，很高。我曾听有小学老师问学生，消防楼为什么这么高？然后告诉学生，是为了观察全市的火灾。我对这答案将信将疑。南京大学的北大楼一直是南大的地标，从来毕业生合影，学生拍纪念照，都一定在北大楼前取景。消防大队的高楼起来后，就像在北大楼的建筑上竖起一根高高的烟囱，整个画面都被破坏了。虽说后来可以采用 PS 技术处理掉，平时的观感却没办法补救。董老师为此写了一篇文章，他称那不合时宜的大楼是杵在北大楼后的傻家伙，狠狠嘲讽了一把。消防大队现在已经搬迁了，大楼却不能拆掉，留下那个傻家伙继续煞风景。可是如果当初不建，该多好啊。

有一次系学位委员会开会，讨论研究生专业，说到"写作学"时，董老师很不以为然地脱口而出："写作还有学？"那神情那口吻，大家都忍不住笑了。

早年为了上博士点，有人送礼，董老师对这种败坏学术风气的事情很气愤，口无遮拦地给开风气者送了个外号"跑点之母"，还写到文章里。这样的话也就董老师能说出来，别人总还会留点情面，不像他那样得罪人。但在董老师那儿，白就是白，黑就是黑，没有灰色地带。

北京人艺有一年到南京演出，好像演的是《李白》吧，系里组织大家都去看了，然后戏剧专业邀请主演到南大座谈，其间，主演送了董老师一本书，大约是他自己的演艺经历之类的，里面有不少剧照。董老师提起这本书，我说借我看看。他说，谁谁谁先拿去了。然后，很不以为然地说："不过一个演员！"该演员确实是我们比较喜欢的，董老师对其本人也绝无恶意，但因为两个借阅者都是女性，所以这话听起来，怎么着，都觉得有点酸，我在董老师面前，忍住不笑。

蒋广学

蒋广学老师严格说不是中文系老师，他在南大中国思想家研究中心工作，但是在中文系带研究生。说起蒋老师在中文系带研究生，有一件事我一直没好意思跟他说。带研究生当然要具备导师资格，资格的认证，除了要符合一系列条件（这一点，蒋老师绰绰有余，无论是学术水平、资历等，都没有任何问题），还需要一个审核认定程序，就是个人申报，院系学位委员会讨论通过，材料上报研究生院学位办，由上一级相关部门批准。走程序需要时间。蒋老师是个急性子，尤其对工作是十二分热情。他向中文系提出申请时，那年申报时间早已过了，书面手续没来得及办，就到了师生互选的时候。我想跟他说，今年的研究生他还不能带。但我的话还没说完，蒋老师就表态，他大约以为中文系同意就行了，他是苏北人一贯的那种大度豪爽，立刻说，什么样的学生都可以，决不挑三拣四，不会让系里有任何为难。我知道蒋老师说的是真心话，他就是那种丝毫不考虑个人利益、一心工作的人，但此时我要表达的不是这个意思，见他误会了，我反而说不出口了，于是作罢。回头跟主任如实做了汇报。蒋老师的水平、人品，大家都是了解的，所以主任说将错就错吧。所以，蒋老师在带硕士生时是没有硕导资格的，一直到博导资格批下来，我才觉得对蒋老师有个交代了，但从未对蒋老师提及此事。

蒋老师就是个使命感特别强烈的人，那样地对国家前途命运、人民生活疾苦深切忧虑，即便在知识分子中也是少见的，见到他，我就会想起范仲淹的名言"先天下之忧而忧，后天下之乐而乐"。但是，就像范仲淹自己提出的问题，"然则何时而乐耶"？

退休以后，蒋老师写了一部小说，他想把自己对农村建国初期的所见所闻、所感所想形象地表现出来。但搞理论研究的人，不一定擅长创作，学术著作和文艺作品完全是两条路子。所以蒋老师把他的小说发给我看时，我一下子就蒙了，心想：你一个知名学者搞你的研究驾轻就熟，何必另起炉灶给自己找麻烦呢？但蒋老师说，对于那段历史他没法做到熟视无睹，他说："我们这些亲身经历这一过程的人，今天回顾这段触目惊心、含血含泪的历史，在见到马克思之前，应该给我们的后代留下一部供人们研究的、可信的、感性的生活画卷。"

当朝人不写当朝史，这几乎是共识，因为评价的东西总是很敏感的，所以蒋老师写小说不是为了发表，他就是有一种使命感，要说真话。他对我说："解放初，实现了耕者有其田，这是农民千百年的梦想；兴修水利，为后来的农业发展奠定了基础。但是三大改造的做法是有问题的。这是我自己从二十世纪八十年代以来的历史认识。"我从他的话语中，能感受到中国知识分子从屈原到杜甫到范仲淹们"居庙堂之高则忧其民，处江湖之远则忧其君"这种一脉相承的深广的忧虑。

要把小说写得像小说，其努力是相当艰辛的，蒋老师的小说从一稿、二稿到六稿，字数从六七万到十六万，内容从生涩到很好看，这得付出多少劳动啊！那段时间，当我轻轻松松、不知不觉地度过一个寒假或一个暑假而后开学时，看到蒋老师的修改稿又发过来了，我就非常惭愧，我玩的时候，蒋老师做了多少事啊！我发这种感慨，蒋老师说自己："目前最大的问题是衰老，干活，腰疼；不干活，全身特别是精神痛，所以，我凡做起活来，都要想到'今夜脱了鞋，不知明天来不来'。你所说的使命感是有的，但最主要的是不做事，我精神痛苦，但做事，效率极低，差错特多。为此，我非常不安。"说得我更不安了。

蒋老师是我非常佩服尊敬的一个人。

周　宪

周宪是研究美学的，有一双善于发现美的眼睛。某次系里出去考察学习，回来同事说，周宪眼里都是好东西。奇了怪了，明明不起眼的，拿过来一细看，真就不错。同事是女同事，其间她们大概去了一次商场，同事感叹在一堆看似平庸的服装中，周宪挑出的，就是最合适的。周宪的这个特长在中文系装修中派了大用场，从整体风格、颜色基调，到一桌一椅、一砖一瓦的细节，周宪都亲力亲为，办公室、会议室、图书阁览室、教研室，装得个个得体。在有限的资源中还辟出教师活动休息的地方，建了一个"活水轩"。"活水轩"的室内家具时尚、大气又很实用，是当时让大家很惊艳、很欣喜的场所。还有一个亮眼的地方，是过厅的墙壁，那是从电梯出来第一眼所见之处。周宪直接把凸凹不平的青砖贴到了墙上，这在当时是大家想不出来的做法。那砖名字很文化，就叫"文化砖"，做出来的效果出奇得好。有一次洪银兴校长到中文系来，和时任中文系主任的周宪谈工作，在这面墙前驻足不走了，我正好出去办事，看到他们正在指指点点，忍不住贫嘴了，我说："校长，我们墙上贴的都是文化哦。"把他们都逗笑了。

　　周宪做出来的事儿都很漂亮，我想这跟他专业有关。他搞西方美学，跟"西方"跟美打交道，长期浸润其中，又要追踪学术前沿，所以周宪是时尚的，是国际范儿的。比如，他在中文系当主任期间，特别注意开拓国际市场，对外办学、国际学术交流，都做得有声有色。但周宪又特别务实，这是从表面看不出来的。中文系装修时，给阅览室定制座椅，周宪从商场买回一把木椅，设计很好，好看好用，但是很贵。周宪找来了木工，直接做起了"高仿"，阅览室里清一色高大上的椅子就是这么来的。如同接受"高仿"椅子一样，周宪吃盒饭、骑自行车之类没有任何障碍。我这样说，是因为当时私家车不说拥有，连想还不敢去想，交通工具以自行车为主。曾经有人跟我说，如果不能像国外那样出入坐小车，走路比骑自行车要体面。他的意思是,走路可能被认为是散步,不至于跌份儿,骑车则连误会都不可能了。周宪没有这样的顾虑,他的自行车书包架上比别人还多绑了一块胶皮,说是带东西方便。这样的自行车奇丑无比,周宪不以为意,还把经验推广给别人。有一次在一个地方办事,出来时自行车被雨淋湿了,我看着水淋淋的车座发愁,周宪随手从包里掏出个塑料袋给我。塑料袋往车座上一套,OK 了。

周宪大约对房子装修很有兴趣,他到高研院后,好像高研院也焕然一新了。我装修港龙房子时,有一次打电话咨询装修经验,周宪告诉我,可以到江北红太阳装饰城买材料,买材料的细节交代得不厌其烦不说,连去装饰城的路线、乘坐几路车、中午到哪家买盒饭,都详详细细、清清楚楚。我觉得周宪如果失业了,可以去搞室内装潢,肯定有饭吃。

王彬彬

王彬彬是做过军人的,来南大之前他在部队。从部队来的王彬彬形象也——怎么说呢,不是说像军人,但跟文人好像有点距离。这可能主要表现在发型上,他是部队里常见,但学校里难得一见的板寸,加上形体比较壮(现在减肥成功,我说的是以前),不修边幅,外形就显得粗犷了些,有点靠近大碗喝酒、大块吃肉的那一类。有这印象的,我想不只我一人。有一年硕士生刚进校,一个男生给王彬彬写了一首长诗,诗开头就表达了和我差不多的看法，因为是诗人，用词更夸张了些。王彬彬很气愤地拿给我看，说怎么有这样不礼貌的学生。因为描述的不是我，我的情绪就比较平静，可以耐心往下看，没像彬彬老师那样只看了开头。结果越看越感动，这其实是一个几乎把彬彬老师当男神一样崇拜的铁杆粉丝，但是他比较贴切的外形描写，让彬彬老师很不认同。

王彬彬这外形极易引起误会。某年学校分房，条款里对有房户有限制。彬彬老师在军区有套房子，但部队的房子不出售，有使用权没有所有权，所以和真正拥有商品房是不一样的。一位和彬彬老师同样情况的同事便约王彬彬一道去房产科说明情况。该同事回来告诉我说，以为王彬彬一定会争出个子丑寅卯来，没想到他竟一点脾气没有，人家说什么就是什么，"好好好"的就回来了。彬彬老师的外形，真真辜负了同事的信任。

王彬彬确实是个大度的人，别人不愿接的活儿我就找他，他也从不推诿，我有时就觉得对不起彬彬老师。有一次给了他两个外籍学生，都是大龄女青年，日本的那个是进修生，也还正常。马来西亚的那个是研究生，招生的时候我就有些犹豫，因为家庭不正常。但也不好因为这个就不让她入学。结果，进校后就比较麻烦，跟管理部门、跟同学、跟租房子的邻居都能弄出点事儿来。又很神经质，与日本的进修生关系尤其紧张。王彬彬有一次发给我该生写给他的邮件，语气特别激烈，称她的同学为"日本女鬼"，逼着导师将其退学，说作为一个中国人，王彬彬还收留这样的学生是卖国，简直就不是中国人。满纸的乌烟瘴气！真是难为彬彬老师了，不论是什么样的学生，也还得带啊。

因为名头很响，就有慕名前来投师的。曾经有一个老华侨，八十多岁了，径直找到王彬彬，要求深造。再三推脱不得，王彬彬便找到我。我说年龄不是问题，没有什么限制，他也不需要找工作，连就业率也不会影响。关键是，他那么大年纪，走路都磕磕绊绊的，万一有个好歹倒担当不起。王彬彬说，这个倒不用担心，他女儿也退休了，专程陪着老父亲读书，就为圆老爹一个博士梦。招这么老的学生，在我的学生工作生涯中也是创纪录了，拜彬彬老师所赐啊！

在和园我跟王彬彬老母亲住同一排房子，而且都在一楼，彬彬老师每次前去问安，都会从我的窗前经过。有一年我的小院里长了三个南瓜，其一硕大无朋，考虑到南瓜切开放不了很久，但凭一己之力短时间消灭几无可能，我向几个同事请求共享，无人稀罕。那天在门口碰到王彬彬，我突然想到南瓜，忙问可不可以给他一段。彬彬老师豪放地一甩头："你要吃南瓜，我提几只给你！"我这才想到问错人了。王老太太的那个园子经营的不是一般的好，一年四季似乎什么都长，彬彬老师确实提过两个南瓜给我的，他哪里需要我的"馈赠"！（附带说一下，我的大南瓜因为不敢轻易问津，最终自生自灭了！也是我始料不及的。）

　　我这样说彬彬老师，可能跟外界对彬彬老师的看法不同，几度闹得沸沸扬扬的争论，从国内到国外，那影响忒大了些。外人以为彬彬老师好斗，其实真不是，他是认真。彬彬老师刚到南大时，研究生招生，我请他命题。一般情况是，谁命题谁阅卷。阅卷是件枯燥的活儿，学生的答案对的千篇一律，错的也没什么创造性，毫无美感可言，但对阅卷人要求很严格，要认真，不能出错。我当时对彬彬老师还停留在由他的外表得出的主观看法上，担心他大大咧咧的影响阅卷，但正是那一次阅卷，奠定了我对彬彬老师的认识，他实在是个认真到较真的人，是严谨到追求细节的人，是要求绝对真实的人。太较真不好，容易树敌伤到自己。彬彬老师可能就是树敌比较多的人，但就像恩格斯评价马克思说的，他可能有过许多敌人，但未必有一个私敌。彬彬老师是做学问的人，对事不对人，只是对学术太虔诚，如此而已。

　　赵　益

　　赵益是一个很认真的人。赵益少白头，英俊小生，顶着一头奶奶灰，其实挺酷的，这在现在是一种时髦。曾经央视著名主持人陈铎，头发漂得雪白，一丝杂色没有，那个帅劲儿！人送外号"白发小生"。但是赵益接受不了，曾经有段时间还很苦恼，说去学校接女儿，有学生对他女儿说："你爷爷来了。"

其时他女儿刚上小学，女儿的同学当然也是小学生，小孩子看到有白头发的人以为年纪很大，也只是小孩子还不会看人而已。但是赵益还真在乎了。那是他还没有真老，否则，几根白头发算得了什么？

赵益出道很早的，他硕士毕业便留在古籍所工作。我记得他第一次（也是唯一一次）到我们家，是游说巩本栋参加他们的一个写作系列，就是"日落九世纪"那套丛书。巩本栋没有时间，谢绝了。看他很为难的样子，便给他出主意说，可以找老莫啊，他唐代又熟。赵益很老实地说："我不敢。"那时赵益很青涩。我后来知道，那套丛书赵益自己承担了两本，还是老实啊。

赵益说话很能抓梗，釜底抽薪式地解决问题。一次和赵益共同参加了一个活动，那天众人聊天，说到在一流期刊上发论文各地奖励不一，有的挺高，有的就只是个意思。甲老师对乙老师开玩笑说："我写文章给你发，奖金两人分。"然后又问："你会给多少。"乙老师竖起两个指头，有人说，两万？甲老师说两万不行，两百万差不多！赵益说，干脆把两百万拿来办个一流期刊！一会儿众人又打趣乙老师，不抽烟、不喝酒、钱又多，怎么花呀，赵益顺口就接说，办一流期刊呀。后来聊到工作，文学院即将举办纪念胡小石先生诞辰一百三十周年的书法文献展览活动，准备请已是知名书法家的某校友回来，章灿说，到时让他留两幅字下来。然后大家议论现在书画都是有价格的，名家轻易不会出手，而且印章都掌握在夫人手中，赵益立马接道，我们先给他刻好印章。如此终结式地一锤定音，赵益有帅才！

金程宇

今年暑假去日本，在东京时，金程宇打车到酒店，请我们去吃饭。去的这家餐厅是俄国人开的，服务生是帅气的俄罗斯小哥，吃的东西从开胃汤到每一道菜到饭后甜品以及配套的餐具都非常讲究，不光满足了口福也愉悦了视觉。饭后又到隔壁和式居酒屋喝二次酒，体验日本人的狂欢，宾主都很尽兴。金程宇特别指出，去年张伯伟到东京，被招待的就是这两家餐厅，他特别预订，为的是有一样的感受。这也有些胶柱鼓瑟了，但金程宇就是这样认真得可爱。

那天到酒店接我们前，金程宇特意从家里早出发，去到一个古旧书市买旧书。吃饭时很兴奋地让大家见识了他淘到的宝贝。金程宇是经常到那样的地方淘古书的，遇到老的版本，或是孤本善本，往往欣喜若狂。因为经常去，书市老板都认识了，便有了优越的待遇，可以当时不付款，把东西拿回来，鉴定以后决定买了，再送钱去，如果怀疑是赝品，或是不合适、不想要了，退回去也没有任何问题。我觉得这有些接近民国时书店的风气了。看民国时的典故，北京一些爱收藏的文人，可以享受到荣宝斋之类的古旧书店送书上门的待遇，收到好东西，优先送给他们挑选。我对金程宇说："什么时候你也有这种待遇就行了。"

金程宇对买书搜集资料，真的肯下血本，他的理想既宏伟又无私，他说，到退休时也就十几年时间，准备一年买几箱书，尽量搜集完备，然后都交给学生，让学生多见识见识，选择自己喜欢的研究去。这样想想，做金程宇的学生还是挺有福气的。

席间又说到金程宇正在装修的房子，他说装好时，一定请我们去看他的书房。早就听说金程宇家书房很大，可是还不够用，为了日益增多的书们，又特地购了更大房子。如果我没记错的话，这次大约三四百平方米是有的，就为用来藏书。而且书房特意做了恒湿恒温处理，只给书房做，自己的住处倒简略了。金程宇为书们居住条件的改善而高兴，很有些得意。我其实很感动，却故意小小打击他一下，说："你知道某人在自己家里装了一个小剧场吗？上课排戏都不用到系里了。比你如何？"轮到金程宇惊讶了，竟然也还有痴到他那样的，很有些惺惺相惜，连忙说，回去要找他切磋切磋。

苗怀明

苗怀明年少时应该是很淘气的，曾经因为放爆竹，把右手炸伤了。最初的疼痛之后，伤手好像没有给苗怀明留下多少心理阴影，他是那种大大咧咧的性格，于是他直接把右手的活儿交给了左手，连写字也是。伤了手的苗怀明属于"身残志坚"的典型，高考时他成了河南省的文科状元。他在北师大一直待到博士毕业，来到南大做博后，然后留校工作。顺便八卦一下，留校时他那只伤手被鄙视了一下，差点进不了古代文学专业。但苗怀明在他的专业上还是一路高歌猛进，做成了网红教授。

苗怀明做研究生辅导员时，我曾经和他一起出差过。那次是去北京、天津的高校取经学习。在北京去了北大、清华以后，就到了苗怀明的母校北师大。一进中文系，一路过去就不停地有人跟苗怀明打招呼，十年北师大生活，苗怀明"攒"了不少熟人，作为学生干部，看来当年没少在系行政窜来窜去。午饭时分，时任系主任的刘健老师被什么事绊住了，不能前来陪我们。刘健是董健老师的博士，南大戏剧专业毕业的，很热情，他请康震老师招待我们。康震老师当时是副系主任，还没有像后来那样名震遐迩。但他在南师大博后流动站待过，我们于他也算是他乡遇故知。席间交谈很融洽，说着说着，话题就转到了当时的热门《百家讲坛》。《百家讲坛》是一档文化历史普及节目，因为受众关系，风格上要求生动活泼、通俗易懂，而这对于专家学者就有些小儿科，所以很为这些人诟病。那天去北师大的人中偏巧就有这些人，比如汪维辉，比如苗怀明。于是抨击起《百家讲坛》不遗余力。汪维辉稳重，话不多。苗怀明心直口快，外号"大嘴"，说的就有些酣畅淋漓了。康震老师没参加讨论，礼貌地沉默。饭毕出来，汪维辉作沉思状：

好像在哪见过康震，但不是在南京。想了一会儿，恍然大悟，是在《百家讲坛》上。

从北京坐火车去了天津，除了到南开，还在市里转悠一圈，吃了狗不理包子，买了十八街大麻花，我还买了泥人张的泥人，又去看了梁启超故居。梁启超故居分两部分，是相隔不远的一模一样两幢二层小楼。一幢家居，住着妻妾孩子，一幢做书房，做学问接待客人。这样明确、科学的功能区分，让同样做学问的汪维辉、苗怀明歆羡不已。二位虽然没有成群妻妾、满堂儿孙，但一个老婆一个熊孩子也占地方，当时住处逼仄得只能称为"宿舍"，连一间专用书房都没有，遑论整幢小楼！汪维辉羡慕也就羡慕了，苗怀明就不同了。几年以后，当房子作为商品可以买卖的时候，几乎有条件的人都忙着改善居住条件，苗怀明也动手了。只是，他没有跟别人一样把小房子换成大房子，仍旧住在原处，却另外买了一小套，专门用来做书房，让原来委屈在箱子里、墙犄角的书们堂而皇之的登堂入室。想来当年梁启超的饮冰室对苗怀明的刺激挺深啊，虽不能至，心向往之，若干年后，苗怀明终于向心仪的大学者在物质上也靠近了一步，尽管只是具体而微。

2018 年 9 月 5 日

在安徽马鞍山留影

前排右起：张建勤、董健

后排右起：周宪、丁帆、朱寿桐、王一涓（作者）、孟锡平

2023 年，赵益在英国巨石阵游玩

苗怀明教授和他的书房

总为浮云遮望眼——远去的背影

我在没到南大之前，包括在中文系已经待了一段时间，对中文系其实都并不很了解。就像那时很多人对南大也不很了解一样。我有一次乘火车，与人聊天时被问到在哪工作，我如实说了，人家没听明白，继续问是南京哪个大学。那个时候南大的地位有点尴，虽说"祖上是阔过的"，后来不是被瓜分了么。但中文系不同，中文系一直都在，且很有一些拿得出手可以炫耀的人物。但就像很多文人喜欢说的那样，"余生也晚"，诸如黄侃、吴梅、汪辟疆、胡小石等老先生，我没有赶上和他们照面，就是陈白尘、陈瘦竹这些现代文学课上已经熟悉了的名字，我几乎就快要见到本尊了，也遗憾地失之交臂。但中文系真是个藏龙卧虎的地方。我刚到系里不久，一天听说吴白匋先生去世，系上忙着治丧。我不知被称作"吴白老"的先生是谁，自然也没在意。若干年后，去扬州，看江南三大名宅之一——吴家大院，这个昔日的"吴道台府"，不光是建筑精美令人流连忘返，不只有号称"东南四大藏书楼"之一的测海楼让读书人眼馋，更惊人的是从这座府邸中走出了举国闻名的"吴氏四杰"——他们分别是著名剧作家、教育家、文学家吴征铸；著名医学寄生虫学家、医学昆虫学家吴征鉴；中科院院士、著名核物理学家吴征铠；中科院院士、植物学家吴征镒。而吴征铸，竟然就是南大中文系的吴白匋先生！尽管吴白老和我没有半毛钱关系，可是无端的，我就是觉得与有荣焉！这份自豪，我想来自南大中文系。

进到中文系大约第三、第四个年头时，那年春节，大年初二，我接到个通知，系里老先生陈嬴教授走了，系领导要前往吊唁，让我到花店买个花篮。本来买花篮这个事儿轮不到我，吊死问疾，是办公室主任的"专利"。可是因为寒假，因为过年，主任回老家了。我那时兼了一个副主任，于是，这事就到我这儿了。可我从来没办过这样的事儿。外子是知道我的，把我带到山西路，找到一家花店，定好花篮，交代好相关事宜，让我等着花篮制作，然后便回家了。那天要请哥嫂家中吃饭。花篮做好后，老板装在一辆三轮车上，让一个半大男孩帮我送回学校。男孩蹬着三轮，我在旁边走。走到鼓楼大转盘时，我就蒙了，不知该在哪个路口出去，硬着头皮选了一个我认为正确的，却是越走越不对，计算着早就该到目的地，却依旧前途茫茫。鼓楼这个圆盘太可恶了！曾经我一个同事，骑自行车走在圆盘上，也是不知出路。骑着骑着，不知犯了哪条纪律，还被交警拦住了。与交警好说歹说，终于放行。可是转了一圈，又把自己送到交警面前。交警都忍不住笑了，说："我要是还不罚你都对不起你转这一圈。"歧途亡羊啊！老是到不了目的地，骑车男孩也急了，话里话外怀疑我是骗子，说哪有找不到自己上班地方的。我说："你负责送货，你为什么找不到？"男孩说："我就是寒假到我叔叔家玩的，我又不是南京人。"这就没有办法了！我那时不喜欢问路，就自己折腾，好在到底回到学校了。系领导等了一上午，好不容易等到我出现，立马动身去陈先生家，一转眼看我还穿了不合时宜的红色棉衣，眉头皱起了疙瘩，说："你不要进去了。"我知道都是我不好，讪讪地立在原地。但是一会儿我就起疑心了，家里一点动静都没有啊？后来知道，陈先生除夕去世，怕影响大家过年，过了初一才告诉系里。丧事也办得非常低调，没有惊动任何人。我在中文系的本职工作是研究生管理，跟学校的研究生院时时都有联系。研究生院负责教务的陈曙老师跟其他工作人员不太一样，高挑的个子，齐耳短发，一副白边眼镜，难得的是那种文静端庄中透出的书卷气。她做事有条有理的，不声不响就把事儿做好了。研究生院因为直接跟学生打交道，好多办公室不说是鸡飞狗跳，总是声语喧哗的，陈老师那儿，从来都是静悄悄的。好久之后，我才把她跟中文系联系起来，她是陈赢先生的女儿，家风啊。

我住在北京西路二号新村时，常会见到赵瑞蕻先生。我知道他是系里的老先生，他最多在系里看到过我，或者看过也不记得。好多次我在路上见到他，看他步履蹒跚，头上稀疏的白发在风中凌乱，都会跑上前去，扶他过马路。有时是在西门外那条平仓巷——他到学校来或是离开学校，有时是在北京西路——他要回家或是从家里出来。在我，就像帮助任何一个需要帮助的人一样，在他，也像遇到任何一个热心人一样。我从来没有告诉他，我其实认识他。周维培老师调走时到我家告别，夫人韩曦是一起来的。韩曦送了我一本书——《我赤裸裸地来——罗丹的故事》，是她和杨苡先生合译的。当时周维培说，韩曦签名无所谓，杨先生签名就有意思了。1999年的时候我还不知道杨苡先生，后来看了杨先生的一些文章，有些小崇拜，又知道她是赵瑞蕻先生的夫人，就住在二号新村，心里常常有个小想法蠢蠢欲动：把书拿去请杨先生签个名吧。但我这个人就是想法很多，懒得落实，所以赵先生作古了，杨先生看完百年风景也走了，我的想法仍旧只是想法，多了份不可能实现的遗憾而已。杨先生走了以后，我找出韩曦送我的那本书，聊作一点怀念，我惊讶地发现，韩曦的签名之前杨先生的名字赫然在目。我仔细回忆当日周维培的话，莫非他那时强调的是求到杨先生签名了？而我一直心心念念，枉操了这几十年的心。高兴之余我又突然担心，怕这幸福来得不真实：或者，这个签名其实不是杨先生手迹，而是他们自己添上去的？我没有见过杨先生手迹，无法印证。回想不出周维培当年的话究竟是什么意思，真应了李商隐的那句诗了：此情可待成追忆，只是当时已惘然！什么时候找周维培问问吧，只怕我又是只想想仍不作为。

　　程千帆先生晚年做的很重要的一件事是整理自己一生的来往信札，他要把这些第一手资料整理好送给学校档案馆。档案馆也很重视这件事，为程先生特别订制了特殊的稿纸，以便于粘贴信件装订成册。程先生有时稿纸用完了，会让我替他去档案馆取。费了很多功夫，花了很多时间，终于完成了，程先生还细致地编了目录，皇皇几大册，档案馆收藏起来了。有一次程先生需要查对某封信件，让我到档案馆把原件借出来。我第一次去借，管理员孩子生病请假了。几天后又去，另一个管理员找了一会儿没找到，说不知放到哪里了，让我改日再去。第三次去，还没找到，说可能弄丢了。我一下就急了，且不说程先生和陶先生两位耄耋老人为这事付出多少，关键是这个损失它没法弥补呀！程先生性子比较急，他自己做事抓得很紧，这么件小事在我这耽搁很久，我已经很愧疚了，结果——而这个结果是老先生无法承受的。我不敢告诉程先生，但心里郁闷，一次上班路上遇到档案馆馆长，便忍不住提了意见。馆长批评了相关人员，大概进行了整顿。当然档案后来找到了，可是我得罪了档案馆几个人。这事儿从来没敢跟先生说过。有一次学校做宣传需要博士生导师材料，宣传部李绪铮老师特地到各系给博导们拍照，因为跟我的工作相关，是我陪着李老师到中文系的各位博导家拍摄的。在程先生家里，书房、小院都拍了一些，工作完成后，程先生为了感谢，拿起毛笔，展开宣纸，写了几张条幅送给李老师。那天恰巧鲁国尧老师也在，鲁老师和我也沾光了哦。我选的是唐人王之涣的句子："白日依山尽，黄河入海流。"一次程先生到我办公室里跟我交代些事情，正说着，系里的一位副主任跑过来，布置工作，他从自己办公室过来，路上准备好的话来到就说，没有注意到程先生在，把程先生的话打断了。程先生很平静地说："我的话没说完，等我说完了你再说。"副主任确实冒失了，挺不礼貌的，但话说出去来不及收住，好尴尬。程先生交代完事情，转脸对副主任说："我说完了，你继续。"我后来无数次设想，我遇到这样的事情会怎么处理，想来想去，都没有程先生处理得漂亮！程先生辞世以后，好长时间，一直到现在，巩本栋还是说程先生是饿死的。在医院护理程先生的时候，因为不让进食，程先生一直喊"饿"，直说"饿死了"，本栋说心疼得没有办法，曾经深夜跑出去寻找食物，跑遍周围大街小巷，遍寻而不得，眼睁睁地瞅着先生挨饿。先生当时眼睛看不见，耳朵听不见，但是时时会伸出胳膊紧紧搂住本栋，推他去检查等待的时候也是。先生临终那种对亲人对学生强烈的不舍，让本栋什么时候想起来都潸然泪下。

卞孝萱先生为人最是谦和有礼。他自己重听，以为别人也听不见，与人交谈时，声音很大，往往身体前倾，"倾听"这个词用在卞先生身上挺合适的。因为担心别人听不到，卞先生会不由自主地靠近听话人，这时候听卞先生的话就真的如雷贯耳了。

卞先生的谦和表现在他对待年轻人也郑重其事。巩本栋在中国思想家研究中心时，卞先生是"中国思想家评传<u>丛书</u>"副主编，每次见面都热情又郑重地喊"老巩"。本栋那时刚博士毕业留校，整个中心上上下下都直呼"小巩"，只卞先生独特。卞先生当时已是白发苍苍，说话声音也颤颤巍巍的，每次喊得"老巩"诚惶诚恐的。"中国思想家评传<u>丛书</u>"中卞先生亲自承担了《刘禹锡评传》的写作，这本书当时是巩本栋负责。一次为了商量书中的一些事儿，卞先生亲自来到我们家。那时我们住二号新村5楼，没有电梯，卞先生就这样走了上来，手里提着两大瓶可乐、雪碧，那是一年之中最热的暑假期间。看到卞先生大汗淋漓地上来，我们都惊呆了。卞先生就是这样能把身份放低到尘埃里，哪怕是对普通的年轻人。

卞先生的谦恭有礼，我体会最深的一件事发生在程千帆先生去世时。当时中文系在大会议室设了灵堂供师生祭奠，程门弟子分列两侧给先生守灵。我那天带着儿子去谒灵，恰好卞先生也到了。只见卞先生蹒蹒跚跚走到灵前，颤颤巍巍跪下，端端正正叩了几个头。我一时震惊了。吊唁的人很多，在卞先生之前大家都是行鞠躬礼。我自己那时还没有经过丧离，也从没见过如此大礼，但那一刻除了震惊之外，特别体会到一种肃穆庄严，仿佛不如此不足以表达对逝者的敬意情谊。于是我拉着儿子，仿效卞先生，给千帆先生行了跪拜礼。

在恢复博士生招生初期，学校鼓励中青年教师在职攻读博士学位，那两年很多本系、外系的老师报名。卞先生学识渊博、资历深厚，自是报考热门，但精力有限，也不能照单全收。一次录取时，卞先生拿着一叠考生材料来系里，一份一份地告诉我拟录取谁、不录取谁，特别认真。翻到哲学系一位女教师的材料时，卞先生依旧认真地说，这个妇女，就不要了。我看卞先生特别认真的表情，丝毫没有调笑的意味，可他口中忽然冒出的古怪称谓，我差一点就绷不住了。

我们家搬到港龙后，跟卞先生住得很近，去了几次卞先生的"冬青书屋"。书房不算大，深藏了许多珍宝。都知道卞先生喜欢收藏，他有许多名家字画，非常珍贵。卞先生的书房是文化人的书房，和现代一般的读书人的不同。看卞先生书房摆设，听卞先生介绍自己的收藏，我基本不通，但会立即觉得自己太没文化了。

我第一次参加系学位委员会会议时，有些惊讶，都是些老头儿聚在一起啊！我这么说不很礼貌，可当时就是这种感觉。那时学位委员会主席是周勋初先生，委员有叶子铭老师、包忠文老师、裴显生老师、许志英老师、郭维森老师、董健老师和鲁国尧老师，还有当时中文系分管研究生、科研的副主任赵宪章老师。学校规定，分管研究生、科研的副主任天然是学位委员会成员，赵老师是当时唯一的中年人。三十年光阴流转，这些当日各学科的带头人，各自在自己学科领域内做出突出贡献的人，绝大部分已经离世，成为录鬼簿上的人了。记得我儿子在上海路小学上学时，我去接他放学，遇到包忠文老师接孙子，他向我吐槽，辅导孙子语文，答案常被老师否定，因此遭到孙子埋怨，且说自己在孙子那里一点权威也没有，常作为反面教材而被嘲笑。包老师于是自我解嘲地大笑，不是一个学术权威的笑，是慈爱的老爷爷的笑。裴显生老师说话瓮声瓮气的，他说自己一直这么老，刚入学时就被门卫称呼"大爷"，不知是不是夸张。但裴老师年轻时不年轻是肯定的，因为我从认识他到他辞世，外貌真的没有变化。搬到港龙居住时，裴老师住我楼上，虽然他早就去了新闻系，在（中文）系里见不到了，但在港龙电梯里常遇到。有一次他到我们家询问装地暖，详细问了安装公司、使用材料、锅炉品牌等，还把我们地暖安装设计图借走了。设计图后来还没有还给我们，忽然有一天，就听说裴老师走了。

王希杰老师也走了，今年新冠肺炎暴发的时候。王老师留给我最深的印象不是他在系里上班的时候，而是他退休以后。退休的王老师也曾和我住过同一幢楼。每次在电梯里见王老师出来进去，总是带着一条小狗，宝贝得不行，所以那条小狗常常成为我们寒暄的话题。有一天看王老师自己一个人出来，我很自然地就问到了那条狗，王老师说小狗死了，神情很黯然。当时正是五一假期中间，王老师说动物焚化的地方不上班，小狗暂时放到冰箱冷藏起来了，听得我一愣一愣的。我是怕狗的，对狗的喜好都在图片上，典型的叶公好龙，对王老师的做法不太理解。王老师做学问时是勤奋的，特立独行的，他从来不报奖、不申请项目，但学问自成一家。退休后也能怡然自乐。感染新冠肺炎本来已经治好了，谁知突然就走了。中文系老先生长寿的多，王老师刚满八十。

我到中文系的时候，现当代专业的老先生都已作古，资历最老、年龄最大的也就是许志英、叶子铭、邹恬几位老师了，紧接着他们的是汪应果老师。汪老师实在是充满活力的，说话声音也高，笑声也大。他是那时为数不多的博导之一。工作关系，他常到我这儿来。他是常年坚持游泳的，夏天穿 T 恤，胸大肌、肱二头肌历历分明。到了办公室，便会攒起拳头弯曲手臂秀一下。人是特别直爽的那种。一次跟我聊天，说到自己是父亲的老来得子，但立刻又自豪地说，晚生子聪明。他说自己的家世，说父亲与孙中山是相熟的，为了支持孙中山，曾经捐了一艘军舰，就是冰心父亲当船长的那艘。大哥却是跟方志敏一起革命的，也为革命捐躯了。但是他两头都沾不上光，在国民党那边他是共产党家属，在共产党这边呢，他又和国民党有牵连，总之是说不清。汪老师说这些的时候没有沮丧，他为父兄自豪。汪老师退休以后，夫人得了重病，要治病，要照顾，儿子已经定居海外，于是汪老师夫妇投奔儿子去了。二〇〇几年的时候，汪老师回南京一次，再一次要走的时候到系里来了，挨个跟熟人告别，且说夫人年老体弱，万里迢迢，经不起飞机颠簸，这一去，只怕难回来了。说话时神色凄然，一反往日的放达爽朗。从那以后，再没有汪老师的音讯。中国人信奉落叶归根，汪老师不知还能回来不？

二〇二三年"露似真珠月似弓"的九月初三

第二辑　**从前慢**

从前慢

　　新近换办公室，整理旧东西，发现了一本 1997 年的中文系暑假值班记录，随手翻看，竟从字面上浮出多少人和事来，不由得随手记下。（仿宋字是原文照录，别字径改，日期统一格式）

　　七月十四日
　　一日无事
　　程丽则

　　一般暑假第一天值班的总是程丽则。她负责本科教务，学期刚结束时，总会有成绩登录之类的事情还没完，所以就连带把班也值了。程丽则已经退休十多年了。她刚退时，大家还真不习惯。我说中文系进入"后程丽则时代"了。在"程丽则时代"，系里的娱乐活动是很多的，每年元旦的庆祝方式花样翻新，妙招迭出，而且都是"本地风光"。"摄影比赛"展示的是本系教职工旅游观光的成果；"老照片"让大家重温、见识了同事之间彼此的昔日风采；"猜灯谜"多以熟识的老师姓名作谜底，创作者、猜中者和被编作灯谜的人，各个开心，其乐陶陶。更有趣的是郊游。程丽则发动准备的都是民间活动，每次选地方、联系人，都由她一人承包了。尤其是细节，她会考虑得很周到。细节中的细节是吃的问题，又要经济，又要有趣，也是由她一人设计。经常是每人自带一个菜肴，因为出自各家的厨房，味道、风格自是不同，不消说是丰富多彩的。但是，荤素要搭配、冷热要均匀，这也需要调度、沟通，这些都是丽则大姐独立打理的，难得的是她以此为乐、乐此不疲。记得在植物园的那次，程千帆先生都被她发动起来了，用千张为材料做了一个菜，命名曰"横扫千军如卷席"。数年后，看《还珠格格》，为取悦"皇阿玛"，紫薇挖空心思给菜肴命名，就想，这已经是我们玩儿剩下的了！那次别的菜都记不太清楚了，印象比较深的，一个是陆炜带来的香菜拌花生米，一个是吕效平的干切牛肉。陆炜的那个菜是水平比较高，属于色香味俱佳的，且好懂易学。吕效平的是因为偷懒了，从店里买的现成的。又因为是一大包熟牛肉，让我一下子就联想起《水浒》中的梁山好汉了——武松来到景阳冈山脚的一个小酒馆里，要喝酒，问店家，有下酒的没有？店家说，只有熟牛肉。武松说，好的切二三斤来！端的粗豪。感觉我们也做了回武松。

七月十七日

上午：王恒明主任一大早即来检修煤气包，忙至9点多，终获成功，消除了事故隐患。程丽则、周欣展老师来系办公。有人找姚松老师，已告知联系之法。

下午：袁路、姚松老师来系办公。4点校办送来《紧急通知》(7月21日下午4点在北大楼2号会议室召开办公室主任会议)。已通知到王恒明主任。杨正润老师来系办公。一切平安！

值班人：高小方

真是文如其人，字如其人。高老师总是一板一眼，什么时候都是工工整整的，连着装、举止、上课、待人接物，都是。跟人说话必称"您"，对学生也是。进电梯、房间，肯定用手挡着，自己最后一个进门。告别时会连连鞠躬，请你办事时，会"谢"声不断。我常说，高老师是本世纪最后一个绅士了！对于我们这个经过"文革"洗礼后的礼仪之邦，不说是硕果仅存，也是珍稀物种了。最有趣的是打电话，高老师第一句话总是说："我是小方！"我接电话，往往是对方报过姓名后，习惯性就接着说"某某你好"，接高老师电话时，就得急忙刹车，不然就说成"小方你好"，而这是极不礼貌的。但这种不礼貌，其实不是我存心的，好像有个语言陷阱使你不小心就掉下去了。

七月十八日

平安无事。

　　郭熙

　　郭熙老师已经调离南大中文系好多年了。没调走时，他是现代汉语专业负责人。该专业一直人丁不旺，郭熙都快成孤家寡人了。经常是他和盛林都在我的办公室遇见了，就会调侃说："开会了，开会了。"因为人基本上到齐了。有时需要商量专业里的事情，也谈谈就算了，连教研室也不需要去。郭熙调到暨大后，管的人就多了，担子也更重了，但是做得很好。

　　想起郭熙，就会想起周维培。这两个人一见面，会互称对方为"土人"，这是我想不通的。周维培是合肥人，合肥好赖也是一省会城市，哪里就土了？但是两个人就是这样互称。周维培做研究生辅导员时，我们接触比较多，每次打电话到他家，无一例外的都是他儿子佳佳接听，然后再转给老爹。佳佳当时不知道上没上小学，但是接电话很老到，或者说也很规范，且态度一流。我曾笑对周维培说："佳佳真是不容易，明知没有一个电话是找他的，但每次都耐心地接，耐心地转，积极性还一直不衰减。"十几年过去了，佳佳已经海外学成归来，已经参加工作了。听说，还是这么和善、阳光。

七月二十四日

一日平安无事。

周宪

七月二十五日

一日平安无事。

刘俊

七月二十八日

平安无事。能有何事？

余斌

值班一般是没什么事的，平平安安是正常的，当然也是最好的结果。听余斌的口气，是觉得寂寞了，希望来点事。还真有不怕麻烦的。记得前一段时间有一次在《扬子晚报》副刊上，看到余斌的一个好友写余斌，足球赛世界杯时，几个好友聚会，余斌到得比较晚，进去时是胳膊吊着绷带的模样，说是因为某某球队（他拥趸的那支）输了。好友说，怎么不砸电视机呢！

余斌刚做硕士生导师时，考进来一个好像是《黄山日报》的硕士生，已经工作几年了，年纪比较大。学生跟我说，最好能给他找个年纪大些的老师做导师，否则比较拘束。我向他推荐余斌，我说这个老师年纪虽不大，但是你跟着他也不会拘束。学生问为什么。我说这个老师有点闲云野鹤，不太食人间烟火。（这是在余斌成家前，大婚以后有烟火气了。）过了一段时间，该同学来找我，说："老师你说得真对。我到余老师家谈作业，余老师家没有开水，递给我一瓶啤酒，我们就一人一瓶啤酒上课的。"

八月十一日　徐兴无值班
平安无事。
姚松、王恒明上下午均在系里操劳家务。上午系主任赵宪章来系视察刚刚竣工的会议室，辉煌典雅，别有洞天。新油漆的地板，光彩照人。于是大家光了脚板，进去体验一番。并参观了空调机和消毒柜。王恒明操作试验，运行良好。大家啧啧称赞，欢欣而去。

徐兴无是才子，遇事遇人评论一番是必须的，且多有妙语。记得一次研究生考试阅卷，有一道选择题，问《牡丹亭》的女主人公是杜丽娘还是杜十娘，多有考生答成杜十娘的。这样的答案多了，兴无老师就有感慨了："唉！什么时候坏女人都比良家妇女出名！"说的也是，自古青楼女子出名的就多，良家妇女如果不是节妇烈女，以生命作代价换得个贞节牌坊，就只能默默无闻了。而即便是立个贞节牌坊，出大名的也没有，十里八乡的轰动一下不得了了。十娘自是女中翘楚，但确也不是良家妇女。

兴无老师是纯粹文科生，数学好像不太好。也是研究生考试阅卷，有一段时间试卷比较变态，零零碎碎的小题目，竟有81个得分点，每次合分都艰难无比。有一年是兴无老师做阅卷组长，还得负责检查试卷分数统计得准确不准确。可怜他一遍又一遍地运算个位数的加减法，却是常算常新，没有两次的答案是一样的。

八月十四日
竟日无事
又逢平安
值班人　严杰

严杰的这个记录，言简意赅，不光文采斐然，连心情也跃然纸上。但其人口讷，又极其老夫子。我有一次在电梯里碰见他，很有礼貌地招呼一声："严杰！"他不光目不正视，声不高扬，竟然还面壁——面向电梯墙壁，含糊地"嗯"了一声，分贝和蚊子的差不多。电梯里同时还有几个不认识的人，越发显得我很莫名其妙了。但严杰的工作特别好。周勋初先生说，事情交给他，就放心吧。严杰的人也特别好。一次我在我妹妹的鼓动下，买了一只基金，巩本栋当作笑料在古籍所说。武秀成听了，说严杰也买了基金。武秀成大约觉得严杰比我先

"下海"，可以指导我，就跟严杰说了。严杰就觉得有责任了，主动找到我，说最近有一只基金，还是国际的，开卖的时候通知我。这期间有几次，严杰见到我时就说该基金还没有卖，到时他一定不会忘了。果然，该基金卖的时候，严杰准时通知了我，我就又买了一只。我认识基金的时候有点晚，是在基金正好开始跌而且再也升不起来的时候（我其实一共就买了这两只基金）。于是严杰又觉得指导失误，很对不起我似的。一段时间见面，更加讪讪的。其实一个书呆子，哪能玩得过股市？尤其是中国的股市？不过严杰人是真好。

想到严杰，忽然想到同在古籍所的赵益来。赵益研究道家学问，也因此得一雅号"老道"。徐兴无专攻先秦两汉，又是以"谶纬"之学起家，两人便都有些神神道道的。前年八月，文献专业举办暑期学校，连续数日，烈日炎炎，酷热难当。开学典礼上，兴无院长致辞兼致歉，说开学的日子是他和赵益两人选的，"没算好"。不知是怎样推算出来的。

想到赵益就想到前不久的一件事。上学期期末，系里在外面有个集体活动，董晓穿了一件黑色羽绒袄，有人揭发说价值不菲。看到董晓穿着价值不菲的羽绒袄抽烟，赵益非常认真地让董晓把羽绒袄脱了再抽，说烟灰溅到衣服上，会烧坏的。董晓自是不脱，赵益便坚持劝谏，直说是"暴殄天物"。劝说多时没有结果，赵益只好转而求其次，让一旁的陈文杰把自己身上的棉衣换给董晓。陈文杰唯唯诺诺，小心翼翼地说："我这衣服是我老婆给我买的。"言下之意，衣服就算没有董晓的好，也是自己老婆的一片心意呢，岂能随随便便就换给别人抽烟用？若是也有损伤，回家也不好交代呢。我在一旁听着，就笑得忍不住了，我说，凭什么？为什么董晓抽烟要烧陈文杰的衣服？赵益想想也有道理，又想了一个主意，他对董晓说："我的衣服换给你！"搞得董晓都着急了，现场打电话给老婆，问："这衣服究竟多少钱？"赵益的迂与呆，于此可见一斑。

八月二十二日，星期四。

上午：

1. 赵宪章 8:30 在系里给研究生班上课；

2. 姚松、李乃京来系搞计算机网络；

3. 周勋初、卞孝萱、周晓扬、杨正润等先生来系；

4. 阮师傅来系分信件；徐有富来系；

5. 吴新雷、钱林森先生来拿信（还有周安华）。

中午：

一部分研究生班的学员在报告厅用餐、休息。

下午：

王继志老师来上课。一切平安无事。

丁帆

丁帆老师是美食家，有理论有实践。不光会吃，也会做。

有次请我们办公室人吃饭，在家里，特意请了吕效平、王恒明帮厨，确实不同凡响。如果是在外面吃饭，考验的是别人的功夫，丁老师就以说为主了。在哪个饭店，哪个饭店的菜肴就要被批评，往往厨师长还会被找来接受质问。时间长了，都知道丁老师有这个爱好，就会有好事者、帮闲者起哄，等到把厨师找来时，主持考问的自然是专业造诣很高的丁老师，说的都是专业术语，听了也记不得的。一次校工会组织厨艺比赛，丁帆、吕效平、王恒明三位男士代表中文系参赛。三人中，只需两人操作，一人是要去做评委的。征求吕效平意见，吕效平说，还是让丁帆做评委吧。理由是比起做，他更喜欢说。那次比赛其实没有发挥厨艺的余地，只让炒了个土豆丝，真是大材小用了。王恒明操刀，因为刀工过于好，切得太细，土豆丝炒粘了，品相不好。且一律的土豆丝，长得都差不多，所以，尽管有丁评委在，也没拿到好名次。而只评论一个土豆丝，想来丁老师会感到索然寡味了。

俗话说，千里马也有失蹄的时候。又所谓"言多必失"。丁帆老师有一次就"失蹄"了。那次席间有一道菜是多宝鱼。（我孤陋寡闻，好像多宝鱼的频频亮相并不是一直如此，以前似乎不多。）看着鱼平平地趴在盘中，丁老师评论说，这种鱼就得是南方厨师做，北方人是不可能把鱼分得这样整齐的。并说已写了专文论述。有一次有一个场合正好又出现多宝鱼，我转述了丁大师的理论。不巧碰到中文系另一位大师徐兴无，徐大师大笑说，该鱼长得就是那副模样，并未经过分割！

兴无老师自然也是美食家，区别于丁大师的是他喜欢总结经验，把烹饪上升为理论，使菜肴从食材到食物变得具有可操作性。例证是，他的研究生曾在小百合上贴出《徐师说食》的文字，细述了多种菜肴的做法。烹饪其实不是徐老师开的课程，更不是他的研究方向，把业余做得很专业，徐老师确实是才华横溢，烹饪才只是"溢"出来的冰山一角罢了。

中文系其实还有一个美食家，小徐老师是后起之秀。在一段时间里，我认为在这个行当可以和丁帆老师"双峰并峙"的是李乃京。但乃京和丁帆的"主攻方向"不同。丁帆擅长的是各大菜系，乃京擅长的则是甜点零食小吃系列，更带有女性研究者的性别特色。其中甜品是重中之重：各色糕饼，各类冷饮，各种糖果，甚至是儿童喜欢的果冻。其口味、特点分辨得清清爽爽，其来历从产地到经销商，都知根知底。既坚持品牌意识，又能与时俱进，积极接纳新鲜事物，并且会和经销商保持通畅友好的联系，以及时、快速地获得真品。我曾说，中文系真可以为此申报一个硕士点或博士点，专业方向和导师都是现成的，闻者莫不首肯。

壹玖玖柒年捌月贰拾伍日，阴有阵雨，风力贰叁级。

值班人张建勤报告如下：上午八点三十分始，赵宪章老师在系报告厅为研究生班学员讲课。不知所讲的内容是什么，但见听者热情高涨，秩序井然。高小方老师亦来系，在大厅内与学生模样的人等交谈。刘可钦来系与张建勤整理教研室。王恒明、杨正润、吕效平（携子）、李乃京、王希杰、丁帆、周欣展、张伯伟、鲁国尧、朱寿桐、朱家维、徐有富等老师来系处理公务或取信件。虽然没有正式开学，但老师都俨然一副紧张忙碌的样子，显示出勃勃生机和强劲活力。下午情形亦如此。不赘。平安一日。（注：原文竖排）

这也是一个才子，才思泉涌，汩汩往外冒，怎么也压不住，所以连值班记录都写得洋洋洒洒。张建勤的才是文人的才，不是学者的才。程丽则以前组织的那些活动，每次都少不了他。更有一双巧手，布置活动室、展厅，该画的画，该写的写，该题词的题词，十八般武艺都会。活动时，打诨插科，取乐逗笑，活跃气氛，都少不了他。又是十足的文艺范儿，唱歌便唱歌，演戏便演戏，难不倒的。一次学校会演，中文系就出了一个简单不过的节目——男声小合唱。几条汉子齐刷刷地往台上一站，甫一发声，不说是声震屋瓦，响遏行云，反正是把前后的节目都盖了。张建勤就是其中一条好汉。吕效平的校园剧——《歌声遥远》，男一号也是张建勤。更难得的是特别热心。因为程丽则的退出，中文系多年没有民间旅游活动了，大家都很怀念。一天姚松问我，收没收到程丽则的"英雄帖"，言道丽则大姐要重出江湖，准备组织大家再游江心洲。回去打开信箱，果见程氏写得极其漂亮的诏令：

昔日重来（秋游通知）

在刘源同学多次建议下，本人作为昔日郊游活动的召集人决定重现江湖，组织一次继1992年八卦洲、1995年紫金山、1997年梅花山、江心洲之后便偃旗息鼓的群众自娱自乐，借以再发少年狂，重温当年情。

时间定在本国庆节长假的最后一天，地点八卦洲（或江心洲），交通工具：有车开车，无车拼搭（将提前公布有车人名单，便于无车者自行联系）。

鉴于诸君青春已逝，体力不济，将不举行烧烤活动，亦无需自备食品。聚餐地点随机而定，聚餐费用自告奋勇。

希望老友积极响应，新朋踊跃参加。

凡收到通知者务必尽快回复，告知决定以及可提供车辆情况，以便统筹安排。

张建勤同学乃网上达人，各方联络广泛，故委托其广发通知，昭告天下。

具体集合时间、地点另行通知。

程大姐丽则敬启

2013.09.05

另附旧照数张，你想起来了吗？

帮助组织的又是张建勤。

　　还记得那次去八卦洲，那么远，大家骑着自行车就去了。浩浩荡荡的一干人马，说说笑笑，也没觉得很远，就到了。刘源、张建勤张罗了烧烤的工具和食材，我和赵宪章、孟锡平几个北方人，在孟锡平家里包了很多饺子。烤着吃着，还不过瘾，赵宪章竟然带着小林几个人到农民的地里偷红薯。刘源、张建勤当时都还是毛头小伙子，带着足球在江边踢，一不小心，球飞到了江里，变着法子也捞不上来，眼见球随水波越去越远了，正好有只小船撑过来，向足球靠近，两人喜出望外。撑船人用竹篙把球够到船边，弯腰捡了起来，岸上两个年轻人高兴地直说"谢谢"，谁知船夫并不理睬，只管带着球扬长而去。惊得木鸡一样的两个小伙子，气愤，却也奈何他不得（我想起杜甫的《茅屋为秋风所破歌》：老头屋上茅草被风吹落，邻村孩童捡起就走，老头喊放下，小孩子像没听到一样。气得杜老头写诗骂道"忍能对面为盗贼，公然抱茅入竹去"。身临其境，方知这"对面""公然"的行为有多气人）。刘源、张建勤如今一是校学工处长，一是金陵学院艺术学院院长，还记得当年"陌上谁家年少，足风流"的时候吗？

八月二十七日　周三　值班人：赵宪章

上午：1. 赵宪章、杨正润在601召开新加坡任课教师会议；

2. 孟锡平、姚松、王恒明等来系办公。

下午：赵宪章、杨正润、王一涓在系商量起草一级学科培养研究生方案。

　　一转眼，中文系建立一级学科研究生培养方案已经快二十年了。南京大学中文系是全国第一个文科专业在一级学科平台上培养研究生的，当年这个事情还上了国务院学位办的简报。记得当时研究生院培养处的张小明处长找到我，说学校想在文科搞个试点，而中文系当时新上任的赵宪章主任年轻有活力，有闯劲，在中文系试验最有可能性，让我到系里游说系领导。我回来把事情一说，主任立刻拍板。1997年的时候，恢复研究生招生已经二十年了，尽管硕士生的就业，在当时还是"皇帝的女儿不愁嫁"，但随着博士研究生培养规模的扩大，高校和科研单位将不再需要那么多的硕士研究生。就像我当时在一篇文章里说的那样，硕士研究生的培养已不再是精英教育了。也就是说，硕士研究生的培养必须拓宽口径，以适应更加广阔的就业领域。中文系的这个一级学科研究生培养方案，于1997年暑假提出初步，经过一年多上上下下反复研讨论证，1998年11月系学位委员会通过，1999年中文系正式开始在一级学科平台上培养研究生。因为培养方案是我负责起草的，在实施该方案时，我还特地写了《关于"中国语言文学专业（一级学科）研究生培养方案"的几点思考——兼论研究生教育改革》的文章，解读我们的培养方案。文章发在《南京大学中文学报》上，赵宪章老师说，就凭这一篇文章，副教授够了！

我刚到中文系时，赵宪章是分管研究生、科研的系副主任，我做研究生工作，他是开蒙老师。记得我写第一篇论文投给《高教研究与探索》，发表时被删削不少，说给赵宪章听，他说："你要熬到我这样，就没人敢删你的文章了！"（惭愧！我始终也没能熬成他那样！）记得当时科研工作很少，主要工作在研究生这一块。而这一块的"阵容"是分管副主任：赵宪章；辅导员：刘俊；研究生教务：林雪梅；我是研究生工作秘书，孟锡平是我的前任。大家配合默契，相与融洽，工作之外，也经常有些小活动。一次晚上在刘俊家吃火锅，边吃边聊，原先看着洗净切好的白菜、菠菜、粉丝之类，堆得小山一样，觉得太夸张了，不成想最后被吃得河干海干的。

俱往矣！我发现我记忆中的有趣的、可乐的事情，近十来年远少于以前。我其实也不是"九斤老太"，想来想去，忽然想到今年春晚刘欢的一首歌——《从前慢》，我想，这便是了！

写于 2015 年烟花三月

程丽则值班记录

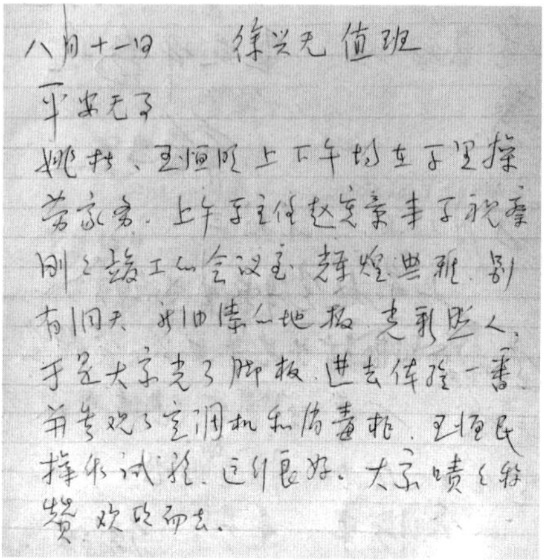

徐兴无值班记录

丁帆值班记录

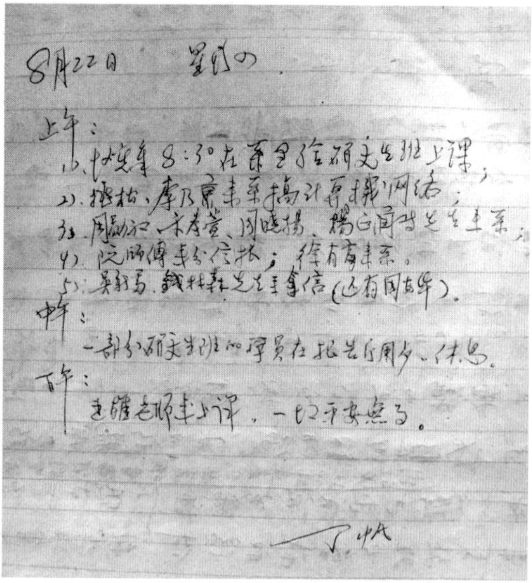

1995 年，中文系"民间游"

1995 年，中文系"民间游"，大家正在野餐

左起：徐兴无、刘俊

茅山，茅山

第一次参加院里离退休教职工活动，阮师傅通知我，去茅山。

茅山不远，一个多小时车程，5月29日去，春深夏浅季节，气候也适宜。可是我没有热情。原因是，茅山是出道士的地方。

和尚、道士的，和我什么怨什么仇啊？可我就是不喜欢，甚至是厌恶。

起初——其实起初是什么时候，我自己也不清楚，就是比较早吧，我也不烦和尚道士的。因为，说起寺庙道观之类，会说"深山藏古寺"，会说"天下名山僧占多"，和尚道士的都住在好山好水不说，还遁出世外，再加上高僧说禅，说半句留半句的，让你怎么猜也不明白，所以在不明不白中是留有好感的。可是这些，后来被冯梦龙的《三言》、凌濛初的《二拍》给颠覆得差不多了。神秘面纱彻底撕去则是在国民旅游热兴起以后。某年去洛阳白马寺。白马寺多著名啊！唐朝人离开京城，好朋友送别，一送就送到白马寺，唐人送别诗又多，白马寺出镜率很高啊。带着景仰的心情进的白马寺，想能生发点思古幽情，白想了。白马寺除了建筑有些古老，其他都与时俱进了。整个白马寺，就是一个现代化的旅游景点，和尚被分派做各种工作人员的事情，比如，售门票、拿着电喇叭维持秩序、引导游人参观、卖纪念品及各种小吃……我就纳了闷了，和尚的本职工作呢？在这里，芒鞋袈裟，只是统一的工作服而已，再独特点的，就是发型也统一。这类情形后来见得多了，明白和尚除本职工作外，也要一专多能，像现在很时兴的斜杠青年那样，否则无法做到财务自由，这也是上进表现，便理解了，这不成为我讨厌释道的理由。

又某年去九华山，弯曲的山路上迤逦着身挎黄色挎包的港台信众，寺庙里地藏王菩萨那句名言"我不下地狱谁下地狱"赫然刻于醒目处，菩萨像前香烟缭绕，善男信女合掌跪拜，此起彼伏。出得庙来，树荫下，小吃摊前，一小和尚正津津有味地吃着火腿肠。那直觉就是小和尚毁了所有的庄严和虔诚。某年在青城山山道上小憩，恰好一中年道士也在那休息。那是我第一次见到道士，只见他头顶正中挽一乒乓球大小的发髻，身着蓝色长衫，坐在一块石头上，悠悠然唱着"千年等一回"。与道家的形象甚有违和感。当然，后来知道，和尚道士这工作就业门槛高了招不到人，所以改革了，上下班制，八小时之外和你我他一样，你能干啥他就能干啥，最多算个特殊工种。这个，我也理解（道士的发髻我还是讨厌，但这是我自己的问题），这也不是我讨厌他们的原因。

可是，有的事不能原谅。某年暑假，去金山寺，中午时分，很热。寺庙中正在做法事，因为难得一见，游人挤得水泄不通，大殿里温度很高。和尚们一律身着黄色袈裟，领头的住持则与玄奘法师同款共色。住持倒也庄严，一丝不苟地领唱经文，众和尚们排成方阵，和声也很响亮。但其中一高大和尚，袈裟揎着衣袖，敞着领口，手持芭蕉扇，一边扇风，一边有口无心地随着众僧唱经，一边眼睛睃向游人中女客，那眼神，就是古书中说的"目灼灼似贼""眼睛里伸出钩子"。这样的和尚，一下子就与古小说中色鬼合体了，你还有什么理由尊重他们？当然，以偏概全不好，但"一颗老鼠屎坏一缸酱"呀。何况，即便是我所有的见闻都不作数，就算我不该像贾宝玉那样有"毁僧谤佛"的毛病，出家人整体形象也还是不好啊。

不过，茅山也是可以去的。

不是说"天下名山僧占多"吗？虽说还有很多名山没被占，但被占的一定是名山，这一点是可以成立的。况且，如果有和尚道士的地方都不去，那名山有很多就得放弃，凭什么？和尚道士去得，我为什么去不得（一笑）？为着茅山的风景，也应该去的。于是，我在百度上搜了一下茅山。百度这样介绍：

　　茅山位于句容市东南 24 公里处，与溧阳交界，距镇江、常州、南京约 40 公里，交通极为便捷。茅山以大茅峰、中茅峰、小茅峰为主体。主峰大茅峰，似绿色苍龙之首，也是茅山的最高峰，海拔 372.5 米。原名句曲山，中国道教名山。山上现有的老子神像是目前世界上最高的道教神像。

　　茅山自然景观独特秀丽。山上景点多，有九峰、十九泉、二十六洞、二十八池之胜景，峰峦叠嶂，云雾缭绕，气候宜人，山上奇岩怪石林立密集，大小溶洞深幽迂回，灵泉圣池星罗棋布，曲涧溪流纵横交织，绿树蔽山，青竹繁茂，物华天宝。

　　这么说来，茅山还是应该去看看滴。

　　不仅如此，吸引我参加这次活动的主要理由是，很多退休老师，已经很久没有见到了，集体活动，是一个集中见面的好机会，就是去看看这些老师，也应该走一趟啊。于是我决定参加这次活动。

　　这一次去茅山游览的一共 19 人，有贾平年、高国藩、朱家维、钱林森、徐有富等老师各携夫人，还有徐天健、陆炜、王恒明、姚松、管嗣昆诸位，以及任素琴、袁路和我，佘卉作为组织者参与其中。因为年老体弱者居多，所以活动安排并不多，上午登山，下午参观新四军纪念馆。

我们乘坐旅行社的大巴前往茅山。天有些阴，不时有一些雨星飘过。

刚到茅山景区，朱家维老师就忙着告诉我，1982年，高国藩老师率学生在茅山采风，系领导专程来看望实习的师生，那时，他来过一次茅山的。朱老师年轻时酷爱体育，是健将级运动员呢。工作期间，因是做党务工作，不免老成持重，没太见到他龙腾虎跃的一面。退休以后，他可是每天准时出现在运动场上，只是这时基本以锻炼身体为目的了。这次见他手提一根拐杖，非常惊讶，我忍不住就问："朱老师你拄拐杖啦！"朱老师立刻解释说，不是不是，前不久脚扭了一下。果然，再看朱老师走路，大步流星，拐杖提在手中，道具似的，原来就像健康人买保险一样，预防而已，并不真的打算派用场。

接着换茅山景区交通车进山。车在山中行驶，满目苍翠，悬崖峭壁上，藤状植物层层叠叠铺挂着，另一侧则是山谷沟壑，松柏翠竹覆盖其上。山道弯弯，峰回路转，有时眼见到路尽头了，却是一转弯又别有洞天。有人提起高老师当年"民间文学"课程在此实习，请高老师讲讲当年的茅山。高老师望着车窗外的山路，感叹地说：这就是九曲十八弯哪！

九曲十八弯是茅山登顶的山路，欲上山顶九霄宫，必经这九曲十八弯。可是高老师的声音里有太多的感慨啦，是感慨当年采风时登山不易？也是，也不是。比起高老师一生的坎坷经历，比起高老师并不顺畅的学术道路，九曲十八弯，又算得了什么！

　　生于 1933 年的高国藩老师，1957 年，正在北京大学文学研究所师从郑振铎先生研习敦煌民俗学和敦煌民间文学。然后，因为一首早年的诗歌，被打成了右派。从此，二十二年间，他在发配的地方，当过中学老师，当过校工，也养过猪，就是不能研究民间文学。但是，他心中学术的火种，却从来没有熄灭过，即使在被批斗的时候。二十二年漫漫长夜终于过去，1979 年，摘掉右派帽子的高国藩老师被调到南京大学，负责敦煌民俗学与中国民间文学的教学研究工作。高老师的学术生命，从中年才得以开始。而且，他选择了学术研究中最偏僻的方向，同时也是很不被看好的方向——中国巫术。一般人认为，巫术是中国传统文化中的糟粕，是应该被扬弃的。但高老师不这样认为，他说："实际上，巫术只是一种特殊的文化形态，有着非常丰富的内容。中国有五六千年的历史，巫术的历史也是如此。""巫术就是一种先民的文化，是一种民俗。"高老师觉得，这些巫术或曰民俗，是中国文化中被研究最少的部分，但实际上对于中国文化的形成有着重大意义，因此需要被研究，被记录。尤其是，很多巫术，其实是应该被保护的非物质文化遗产，在很多民族地区，既是当地的传统，也是当地的特色，是可以用来发展旅游并带来经济效益的。在被误解与被责备的日子里，高老师凭着坚定信念支撑研究与写作，在这条注定是九曲十八弯的科学小道上，孤独而坚韧地奋力前行。

他用了大半生的时间，写成了一百五十多万字的《中国巫术通史》。该书的写作，可以说是填补空白的工作。此时车厢里的高老师，稳稳地坐在座位上，情绪很饱满。我很好奇，十几年没见高老师了吧，他竟没变模样，细想一下，二十年前、三十年前，他也是这个样子，岁月是这样补偿高老师的啊。有一句话说，"踏遍青山人未老，风景这边独好"，高老师之谓也。

车在九霄万福宫停了下来，大家进去参观，我对此一向很漠然，随喜了一圈而已。出得门来，雨点大了一些，导游招呼大家到走廊里避雨。穿过走道，抬眼一望，对面的景色豁然开朗，群山环抱之中，老子的塑像巍然屹立。山岚迷蒙，遥望这位道家创始人，虽然不辨眉目，但那仙风道骨的气派令人陡生敬意。茅山的道派其实不是因老子而立，之所以敬他，为的是他鼻祖的地位，饮水思源的意思。当地人认为，茅山道派的创立者是汉代的一家三兄弟，分别为茅盈、茅固和茅衷。他们在茅山地区乐善好施，为当地百姓做了很多好事，也创立了道教的重要一支——上清派。为了感激和纪念，山民们在九霄宫里供奉了他们的塑像。还有建在茅山最高处的顶宫飞升台，上立一块牌坊，正面刻着"三天门"三个大字，背面有"飞升台"的字样，据说大师兄茅盈在这里得道飞升，立此石坊即为纪念。同时，人们把山名由句曲山改为茅山。

凭栏眺望之际，身旁的王恒明忽然说，1969 年他也到过此地。那时的他是部队战士，到茅山是执行训练科目——拉练。九曲十八弯也是两只脚板走上来的，宿营就在这九霄万福宫。只是那时这里墙颓屋摧，满目疮痍，没有一间像样的房子。茅山的道教建筑，其实有着非常辉煌的历史，从先秦时起，各朝各代都有建设，其鼎盛时期，茅山前前后后上上下下，宫观庙宇、殿堂楼阁、亭台坛馆、丹井书院，大大小小建筑多达三百多处五千余座，享有"秦汉神仙府，梁唐宰相家"的美誉，被称为中国道教第一福地、第八洞天。眼前这座万福宫，西汉时期就已经享有盛名了。沧海桑田，茅山道教盛盛衰衰，几千年下来，其毁灭性的打击为抗战中日本人的大扫荡和"文化大革命"的"破四旧"。茅山道教重获新生再度辉煌，已是改革开放以后的事了。

看完万福宫、顶宫，已近中午，于是下山吃午饭。山景就这样结束了？可是，那什么泉、什么洞、什么池呢？导游说，华阳洞最有名，可是还没开发好，现在去不得。

饭桌上，陆炜侃大山，讲他儿子养宠物的故事，让我听得津津有味。陆二少养的宠物很另类，是一只品种为洪都拉斯卷毛的洋蜘蛛。洋蜘蛛当然也要吃东西，而且洋蜘蛛吃的东西也很另类，是蟑螂，而且也是并不产于国内而是需要进口的洋蟑螂。关于洪都拉斯卷毛可以吃的蟑螂，陆二少列举两种，其一叫作樱桃红，另外一种名字太洋气，陆炜说了多遍，我很费了气力，终于，记住又忘了。有一天，陆教授奉命给蜘蛛买吃的，就是买蟑螂，去了夫子庙花鸟虫鱼市场。很不凑巧，该市场搬迁了。打听到新地址以后，教授又赶着前往。花鸟虫鱼倒是都有，却是谁都不知蟑螂归谁管。终于有人想到，某处有一卖宠物的，建议去那里看看。教授又来到卖宠物的地方。这一家宠物也很怪异，是蜥蜴。蜥蜴恰巧与蜘蛛同好，也爱蟑螂，所以卖宠物处也备有蟑螂，当然主要是为买蜥蜴的人准备的。卖蜥蜴的人跟教授推心置腹说，进口蟑螂有些短缺，因为当时正值一重大活动，进口云云暂时停止。但是再难不能难孩子，人家还是很慷慨地匀了一些给教授。教授当初接受任务时，儿子指示很明确，"樱桃红""XXXX"（原谅我实在写不出那个洋名字，依稀记得是四个音节。关于这一点我很佩服陆炜，他就记得，说得还很流畅）共四十只，两厘米规格。教授把要求说给卖蜥蜴的人，人家挺为难，说他们习惯是论斤称，一千元一斤。教授心里也打鼓，喂这个破蜘蛛成本也忒大了！好在，小强体重很轻，四五十只，也只二十多元，教授高高兴兴拿着回家了。但由于规格不吻合，比规定的大了一倍，麻烦大发了：小强太强势了，洪都拉斯卷毛奈何它不得。接下来的问题是，四处乱爬很嚣张的小强，怎么处理？要说，强中自有强中手，二少搞来了小强的天敌——螳螂。于是，让小强和螳螂对阵，一对一的方式。按说这时螳螂应该拿出威风：看我怎么收拾你！但是没有，一点也没有剑拔弩张的临战氛围。二少说，可能螳螂工作不愿被人看。于是一家人撤出现场。良久，再看现场，小强已不见了。陆炜认为是螳螂把小强解决了，可是我和姚松异口同声地质疑，要是小强跑了呢？我说，哪怕剩下半截呢！姚松也说，哪怕只剩两条腿呢！我这样怀疑是有根据的。我大学时一同学，边看书边吃咸鸭蛋，偶然看一眼咸鸭蛋，看见蛋里有半条蛆，另外半条不见了，她判断出少掉部分的去处，恶心得黄疸都要吐出来了。小强好歹也留下一点物证啊！再说，什么时候听说螳螂有不在人前进餐的不良嗜好了？陆炜没有理会我们的质疑，继续生发感慨。他曾请教儿子，洪都拉斯卷毛多长时间进餐一次，回答说，三天。教授就又感慨了，人家三天才吃一顿！一天三顿那是人自己的习惯，凭什么要把自己的习惯强加给动物呢？你瞧，动物园里老虎狮子肥的，人家本来一天只吃一顿的！教授对人类的自以为是很不满意。近年来，我见陆炜，每每打招呼时，总感觉他的反应有时差。这次重听陆炜神聊，觉得年轻时的陆炜又回来了。

午餐用时略长，主要为了等一个神圣的时刻——下午两点半。下山的路上，导游说起下午要去的地方新四军纪念碑，有一个传奇，就是在碑前放鞭炮时空中会响起新四军的军号声，准确地说是冲锋号声。大家表示怀疑，于是说一定买挂爆竹去验证一下。导游说，只怕不能，中午放爆竹扰民，规定是两点半以后。这说法越发地叫人怀疑，也让人心痒难耐，于是大家坚持，两点半就两点半。待到时间差不多时，我们才前往目的地。

没到茅山之前，我只知道茅山是道教圣地，到了茅山才知道，茅山还是著名的抗日根据地。在我有限的军事知识里，我知道我党的军队由红军、八路军、解放军三个阶段组成，当然也知道，与八路军同时的还有新四军，著名的《为人民服务》里说得很清楚：我们的共产党和共产党所领导的八路军、新四军，是革命的队伍。但是见到穿灰军装的，我本能的反应还是八路军。其实，样板戏《沙家浜》里，演的就是新四军，只是并没有引起我的注意。参观了新四军纪念馆，才明白，坚持在苏南抗日的队伍是新四军。1938年，粟裕、陈毅、张鼎丞等先后率领新四军先遣支队和第一、第二支队来到茅山地区，在此发动群众，创建了茅山抗日根据地，并以茅山为基地，东进北上，开辟了苏南东路和苏北扬泰地区，使其成为新四军东进北上南下的前进基地和战略通道。以茅山为中心的苏南抗日根据地，是中国共产党在华中敌后最早创建的根据地之一，为中国革命事业做出了重大贡献。为了纪念这段光荣的历史，句容市政府特地在茅山建立了新四军纪念馆，并在抗日战争胜利五十周年时，又树立了"苏南抗战胜利纪念碑"。

我们在拜谒新四军纪念碑之前，真的买了一挂鞭炮，在纪念碑前面鸣放。爆竹燃放时，果然有酷似军号的旋律响起，且屡试不爽。这真是太神奇了，似乎是一种神迹。虽然，我们知道，这可能是由于建筑和周围环境巧合的物理原因，但是，军号声声，好像唤醒人们重新记起那场波澜壮阔的人民战争，记起先辈们筚路蓝缕、艰苦卓绝的斗争事迹，记起中国人民众志成城、抵御外侮的伟大精神。军号声，是警醒，是启示，也是激励。

茅山旅游结束了，心情大好。我仔细回忆一下，茅山道士没有给我留下很深印象，茅山风景，也没有听说的那般神奇（当然天气也有关系）。总之，一切所见与预设并不一致。但就是开心啊，就是没有失望啊。我见到了老先生、老同事、老朋友，我听到了好听的故事，我与大家交谈或者听人交谈很舒服，于是我就开心了。是的，幸福就这么简单。

2018 年 6 月 3 日

走近《全唐五代诗》中人

2022 年 6 月 10 日，我和本栋去"君颐东方"养老院看望周勋初先生，之前跟师母约好的，去银行办点事，银行的一张什么卡，需要人脸识别，周先生本人要到场。那天太阳挺大，很热，我们到养老院接上两位先生就直奔工行的马群支行。银行的事儿总是复杂啰唆的，好在工作人员很负责，处处有人帮助，所以还算顺利。从银行出来，三点多钟，距离养老院的五点钟吃饭时间还早，我们想反正已经出来了，找个地方转转、散散心吧。刚一提议，周先生不假思索，张口就说，去学校。去学校，不用说，是为了《全唐五代诗》。

还在 2020 年夏末初秋的时候，周先生因身体极度虚弱住进医院，周师母考虑两人都已 90 高龄，儿女离家都很远，而周先生的身体需要专人照顾，便毫不犹豫地选择去养老院。所以当时周先生连家都没回，从医院直接去了"君颐东方"。

文学院 2012 年搬到仙林校区以后，距离鼓楼远了，周先生从那时起，基本上不太能来学校，联系工作主要靠电话。一辈子没离开学校的周先生，其实对学校是时时刻刻惦念着，尤其是那儿正在进行着《全唐五代诗》项目。像一个指挥千军万马作战的将军，周先生不满足于运筹帷幄，更愿意亲临现场。"君颐东方"坐落在马群，距离仙林近一些，所以在周先生住进养老院身体康复得差不多时，我们特意陪他回了一次学校。那次到学校，周先生也是直奔古籍所《全唐五代诗》工作室。

《全唐五代诗》是周先生心心念念的古籍整理项目。

众所周知，《全唐诗》在清代已经成书。中国诗歌的成就，在唐代达到了一个顶峰，这一点，清朝统治者也注意到了，所以，清代初年，康熙大帝平定内忧外患之后，马上就把整理编纂唐诗全集提上了议事日程。他委派曹寅征集了江浙两省的在籍翰林，一共十人，用了一年零五个月时间，编成《全唐诗》共九百卷，然后以"御定"的名义颁行天下。这部《全唐诗》一直流行到现在。

但是，虽然《全唐诗》在当时被誉为"自有总集以来，更无如是之既博且精者"，那不过是臣下颂上的溜须拍马，顶着"御定"名头，时人不敢置喙而已。到了清末以后，该书便一直被人诟病，指摘者层出不穷。原因是当时这事儿做得太草率了。十个人，不到一年半时间，只利用胡震亨的《唐音统签》和季振宜的《唐诗》两本书的现有成果修修补补，这对于完成真正的《全唐诗》这样旷世大工程，确实有点儿戏了。

人们对御定《全唐诗》所以不满，因为存在问题比较多，周先生在《御定〈全唐诗〉的时代印记与局限》中总结其弊端列出七条："一、缺收较多，二、误收严重，三、互见迭出，四、不注出处，五、校勘粗疏，六、小传简陋，七、编次失当"。

其实打从御定《全唐诗》问世以来，伴随着赏鉴、阅读，研究也就开始了。而随着研究的深入，随着对御定《全唐诗》问题认识的愈来愈真切，学术界普遍认为应该有一本更好的崭新的《全唐诗》取而代之。20世纪80年代，"学术界已经自然形成了几个研究唐代文学的据点，于是大家谋求联合，推举周勋初（南京大学）、傅璇琮（中华书局）、郁贤皓（南京师范大学）、吴企明（苏州大学）、佟培基（河南大学）、陈尚君（复旦大学）等六人为主编，以苏州大学和河南大学为两个据点，申报全国高等院校古籍整理委员会立项……自1991年起，正式开始编纂《全唐五代诗》的工作。"（周勋初《御定〈全唐诗〉的疏误与〈全唐五代诗〉的编纂》）

斗转星移，世事沧桑，时间来到了2011年，距离《全唐五代诗》立项已经过去二十个年头了。其间由河南大学与苏州大学初步编纂完成了初盛唐部分，而后却因故中断了十多年。当年那些年富力强的学者，随着时光流逝，逐渐退出工作状态，这使得使命感很强的周勋初先生有了一种时不我待的急迫感。作为《全唐五代诗》第一主编，更觉得促成项目尽快完成，责无旁贷。而此时，经过程千帆和周勋初两位先生的辛勤耕耘，前赴后继的努力，南京大学文学院两古专业已经成为享誉学界、不可取代的中国古代文学研究重镇，于是古委会建议，《全唐五代诗》的编纂工作由南京大学古典文献研究所接手，完成全书的出版事宜。从那一刻起，周先生的全部时间、精力都投向这一伟大然而艰巨且注定是旷日持久的世纪工程了。

记忆中，近年来每次去看周先生，话题总是绕不开《全唐五代诗》；陪周先生走出养老院两次，全部去了《全唐五代诗》工作室，而这时，工作室的老师就会说"周先生来督战了"，同时会倍感压力，从而更加努力工作；至于平时，先生是定期电话询问，掌握进度，发现问题随时解决。

去年12月18日，周先生和师母相继都感染了新冠，周先生于20日中午被紧急送到医院，直接进了ICU，上了呼吸机。周先生青少年时得过7年肺病，肺本来就受过重创，先生又是94岁高龄，感染新冠病毒就是雪上加霜。那段时间，大家的心都紧揪着。但同时又有一种信念，很强烈，觉得周先生可以度过劫难，理由就是《全唐五代诗》还没有最后完成，周先生不可能撒手不管，为了《全唐五代诗》，周先生也会坚持下去。上天保佑，今年2月17日，周先生终于离开住了59天的ICU，病愈出院了。如此，焉知没有《全唐五代诗》的"功劳"呢！

听从周先生的指示，我们把车开到了学校，当然，直奔文学院三楼《全唐五代诗》工作室。楼道里一如既往，静悄悄的，刚从太阳底下进来，光线有点暗。已经接到消息的工作室里的人涌出来迎接周先生，这时，我看见了严杰。

不见严杰已经有几年了，他是整天窝在办公桌前不动弹的那种人，平时上班时都轻易见不着他，何况现在大家都退休了，尤其这三年还是新冠流行。只见严杰快步迎向周先生，但走路姿势有点怪怪的，身子向一侧倾斜得厉害，这使我想起《左传》里记述触龙见赵太后时"入而徐趋"的样子，触龙自己解释说"老臣病足，曾不能疾走"，严杰可不是这样的人。在我的印象中，严杰是典型的"静如处子，动如脱兔"。常态下的严杰口讷寡言，低调得恨不能隐入烟尘。难以想象的他又是个健身爱好者，多年坚持长跑不辍。我住在鼓楼时，几次见到一身蓝色运动服的严杰，晨曦中跑在北京西路的林荫道上，竟然当得起"矫健"二字。不跑步时的严杰，文静而已，哪至于衰弱成这副模样？

提到严杰，总有一个挥之不去的画面会浮现眼前。那是1993年、1994年的时候，古籍所要进行一个大的古籍整理项目——点校《册府元龟》，所以人人学电脑。古籍所有限的几台"286"，可资练习。有一天我走进古籍所，巩本栋和严杰正端坐电脑桌前，两人在练习五笔输入法。五笔输入法初学很难，需要记住很多字根，但优点是对每个字来说算是"私人订制"，打出来的字是唯一的，不像拼音，同音字太多。古书中的字多生僻，字表中往往排在最后，找一个要翻很多屏，费时费力。所以搞古代文学的人会选取五笔输入法输入。俩人埋首操作，手法出奇的一致，都是"一指禅"，区别是巩本栋用中指，严杰用食指。因为不熟练，经常出错，敲几个键便"嘟"的一声，或是中指敲出来的，或是食指敲出来的，此起彼伏。房间里很安静，于是便凸显出"蝉噪林逾静，鸟鸣山更幽"的效果。看着俩人极其认真地制造错误，我当时觉得滑稽极了。

严杰就是一个不声不响踏踏实实的人。1986 年硕士毕业留校以后，严杰一直在古籍所工作。严杰主攻唐宋文学文献与笔记小说，多年辛勤笔耕，出版了《欧阳修年谱》《颜真卿评传》《唐五代笔记考论》等专著。而他更多的时间和精力是投放在古籍所承担的集体项目中。他是《唐诗大辞典》副主编，是《册府元龟（校订本）》和《唐人轶事汇编》的主要参与者。《全唐五代诗》工作移至南京大学文学院后，严杰作为第一常务编委，前期稿件体例确定、任务分配、稿件修订，后期书稿编排、校订，桩桩件件，琐琐碎碎，更是操碎了心。唐诗并不是严杰的主攻方向，但凭借扎实的专业基础和惊人的记忆力，《全唐五代诗》中几千个诗人全部由他排出，如数家珍。作为全书统筹，严杰的忙碌是不消说的。严杰家在鼓楼，到学校地铁往返，路上要耗费两三个小时，每日在校工作则近十个小时，十几年坚持如一日，即便是三年疫情，也基本没有中断，正所谓"夙兴夜寐，靡有朝矣"。许是上苍眷顾，疫情放开后那一阵，几乎全民皆"羊"，严杰仍旧天天往来不断，竟然没有感染，不知是严杰的造化还是《全唐五代诗》的造化。

《全唐五代诗》的编纂整理已近尾声，出版在即，严杰可以放慢工作节奏去治疗一下自己的病了吧？真的太累了。然而有一句话，叫作"桃李不言，下自成蹊"，说的就是严杰吧。

那天随着周先生进了《全唐五代诗》工作室，听周先生询问项目进度时，我四周环顾，打量了工作室和工作室中的人，突然感觉到一种震撼和悲壮。偌大的房间，案上地下，书架墙角，堆得满满的，人埋在纸堆里几乎难以发现。尤其是，我还从来没有在任何一个办公室里看到过这样的"白发群体"，早已退休应该颐养天年的他们依然皓首穷经孜孜矻矻，比年轻人更努力，更吃苦耐劳。

姚松的头发眉毛，白得更夸张了。还记得以前系里有一年元旦活动，搞了一个老照片主题，姚松提交的是一张在部队时的戎装照片，小伙子剑眉星目，端的是雄姿英发，要是上影视剧，绝对男一号，还得是正面角色。可是等闲白了少年头，尤其是退休这几年，沧桑在姚松脸上头发上肆虐。姚松这几年经历了什么呀？

1978年，姚松从部队考入南京大学中文系，我不知因为什么原因他选择了中文系，感觉他是入错了行，周先生说姚松应该是理科生，姚松自己说喜欢物理。电脑这玩意刚出现时，国人都还没太见过，姚松无师自通学会操作了，然后在古籍所普及，然后把系上行政人员训练会无纸化办公了。我有一次丢了一个文件，求救于姚松，他问我文件放在哪里了，我说放在电脑里了，把他气笑了，他的意思是我文件放在什么盘里了。像我这样的动手能力近乎白痴的学徒，他带过不少。姚松自己还捣鼓建成了中文系的局域网，自己管理服务器。这些本来应该是计算机系同仁干的活，姚松直接承包了。姚松这门手艺，更让古籍所文献整理在技术手段上上了一个大大的台阶。由周先生主编，严杰、武秀成、姚松参与的《唐人轶事汇编》获得第二届全国古籍整理图书奖一等奖；周先生主编，姚松、武秀成副主编的《册府元龟（校订本）》荣获首届中国出版政府奖图书奖。姚松本人则完成了《十朝诗乘》（点校）、《宋代传奇选译》（译注）等著作。设想如果当初姚松选择了他心仪的物理呢？应该成果更加丰硕吧。姚松其实是一个被文科耽误了的理科生。

姚松退休以后回到古籍所继续参与《全唐五代诗》项目，每天早出晚归。张建勤和他对门邻居，看他如此勤勤恳恳、一丝不苟，有一次就忍不住调侃："早干吗去了?!"

张建勤当然是言有所指。姚松担任过中文系副系主任，后改任文学院党委书记，在行政任上退休，做了多年行政工作。说起姚松当书记，我还有一个故事。组织部到系里考察时，征求意见，我被叫去谈话，我便说了几条姚松堪当此任的理由，我说得有点快，组织部的人记录比较慢，空档时我嘴欠地说了一句，"哎呀现在有人做就不错了"，意思是不必过于煞有介事。我这样说其实没有唐突"书记"这个职务严肃性的意思，只是就当时中文系实际情况而言。在此之前，中文系党总支书记因为酷爱戏剧创作，硬是辞了职务搞专业去了。和他相同的还有副书记。再之前，朱家维老师一直做总支工作，朱老师的书记工作就是服务，是奉献。这成了中文系的传统。组织部的同志抬头看了我一眼，没跟我计较，让我撤了。姚松是继承发扬了中文系的传统的，上任伊始，就表态"不折腾，给老师一个宽松和谐的环境"。某年我有事去组织部，在办公桌上看到干部考核表，姚松的等第不太好看，可是中文系很和谐。

姚松专业上该出成果的时候搞行政了，大好时光奉献了，姚松是一个被行政耽误了的学者。

那天在项目室没有见到武秀成，他上课去了。但是，说《全唐五代诗》，怎么能不说武秀成呢？武秀成在南京大学古籍所，是一个不可或缺的存在。我以为，武秀成的细致认真到较真的地步，几乎就是为整理文献而生的。

说到武秀成的细致，就会想起中文系第一次大规模远途旅行——去海南，那是武秀成做分管行政的副系主任时。因为人多，行程远，操办起来很麻烦，但是武秀成打理得井井有条，使得那次旅游成为经久难忘的愉快之旅。除了愉快让人难忘之外，有一个细节是特别武秀成的。订航班的时候，武秀成把系领导、同专业的、同个家庭的成员细心地分成两拨，那意思很明显，就是万一有情况，一定要为革命保留些火种，不至于全军覆没。我当时真是惊讶了，一般出行都希望在一起，好管好照顾，想到万一的，不多见。武秀成的心思就是这么绵密。所以，古籍所做大型文献《册府元龟》整理时，最后质量把关是武秀成做的。

武秀成又是一个热心肠的人。记得九几年时，有一次我们家搬家，其时武秀成好像也刚迁新居，他依据自己刚刚获得的经验，主动找来一辆三轮车送到我们家，作为运输工具。同时还送来一把打瓷砖的电钻，电钻是他借人家的，我们家没人会操作，武秀成还亲自动了手。在搬家公司、室内装潢还没普及到普通老百姓家中时，武秀成这一举动，堪比雪中送炭。

武秀成对家人当然更好。有一年古代文学专业大约是出去"打抽丰"，难得的集体清闲，一伙人聚在一起便胡说八道了，聊起每个人的软肋，比如说，被敌人抓住，什么样情形下会当叛徒，武秀成说得很感人。他说："如果威胁到我的老婆孩子，我可能就撑不住了。"还有一次类似情形，说到夫妻之间如果有冲突怎么处理，武秀成说："我不会让吵架这个事情发生。"过日子天天琐琐碎碎的，要时时保持克己让人，即便让的是自己的亲人，做起来也不容易。武秀成就是一个很有爱心的人。

武秀成对学生更是出了名的好。事无巨细，没有他不关心的。他的一个学生、我后来的同事告诉我，武老师是她的大媒。并说，她所有的师兄弟师姐妹的婚姻、家庭什么什么的，武老师都关心，都帮助。可是这些事别的老师做得就少。

但武秀成对学生的热心，有时候有点过。比如他分管本科生教学，一些学生毕业时缺了成绩、少了学分什么的，都会找他。牵涉到毕业等大事，学生肯定很着急，但这些事情往往管理部门管理得比较严格，办起来并不容易，可是武秀成可以不厌其烦，这会让具体办事的人很为难。所以有一次兴无批评他，说他这样做其实对别人就是不公平。公平不公平，我想武秀成并非有意针对谁，所以这样做，和齐宣王杀羊不杀牛的原因一样，见牛未见羊也。仁爱之心啊！

和严杰的口讷不同，武秀成好口才；与姚松口音很重的普通话相比，武秀成的比较标准纯正。说起来我和武秀成还"同学"过，我们一起在江苏省普通话测试员培训班里接受过专业训练。没有辜负满腹经纶和一口好听的普通话，武秀成上课很受学生欢迎。衍生出来的副产品是，武秀成居然能客串婚礼主持，古籍所年轻老师张宗友的婚礼就是武秀成主持的，效果很惊艳呢。

我说过，武秀成天生就是做文献整理的人才，他在古籍所，主攻目录学和唐宋史部文献，这方面的著作有《〈旧唐书〉辨证》《晁公武评传》《玉海艺文校证》等，都是精品。他还主编了《民国时期国学期刊汇编》，现在更是在主持国家重点出版项目"点校本二十四史及《清史稿》修订工程"中的

《新唐书》修订项目。至于《全唐五代诗》，不出所料，武秀成仍旧是那个最后审校质量把关的人。

有一次徐兴无跟我说，周先生夸赵庶洋呢，说赵庶洋做事稳妥认真。我说什么师傅带什么徒弟，你不看他师傅是谁。赵庶洋那时刚留校不多久，一些事务性的工作已经做得有模有样，周先生跟古籍所的联系就由他负责。一般刚留校的，除教书、科研外都要承担些行政工作，而这些是他们以往不熟悉、不擅长的，所以开头做起来不会很顺。赵庶洋不同。赵庶洋是武秀成的学生，早已训练有素了。所以我在写作这篇文章时，第一个想到的就是采访赵庶洋。

赵庶洋是周先生特意留下来参加《全唐五代诗》项目的，他与这个项目有缘。赵庶洋整个研究生阶段几乎所有的学术训练和实践，似乎都是为着这个项目：他赶上了古籍所《册府元龟》整理，与导师合作进行了《玉海·艺文部》校证；难得的是他的学术兴趣在唐代文献，硕士学位论文做了《新唐书·艺文志》考校，博士论文做了《新唐书·地理志》研究。他的所有学术准备，使他对唐代文献有了很好的整体驾驭能力，赵庶洋的出现，是《全唐五代诗》的幸运，当然，遇到《全唐五代诗》，也是赵庶洋的幸运，这是一场双向奔赴，而且必将成就彼此。

徐涛和赵庶洋一样，留校就在《全唐五代诗》项目组工作，也和赵庶洋一样，留校之初也担任一些行政工作，他是做研究生辅导员。徐涛拙朴内秀，也不是能说会道、善于言辞的人，刚留校时比研究生尤其是博士生年龄大不了多少，不知是真的少年老成，还是因为身份，需要老成持重，反正徐涛做事就是有板有眼、不疾不徐的。当然，也可能是性格如此。这样的性格倒是适合做古籍整理工作。

徐涛的专业方向其实是宋代文学，博士学位论文为《元祐诗坛七言律诗研究》，扎实而灵动。毕业后研究视野拓展，出版有《王安石诗歌研究史稿（两宋时期）》。他在中国宋代文学会中担任副秘书长。参与《全唐五代诗》的编纂工作后，为了做好这项工作，他认真研读过周先生的唐诗研究著作和论文，为周先生的《唐诗纵横谈》一书撰写了导读。而他在宋代文学会中的工作，也使他处理事务的能力得到提高，为他做好《全唐五代诗》项目中的篇目统筹等工作，做了铺垫。

两位是《全唐五代诗》项目组里的新鲜血液，五位常务编委中年轻的成员。

《全唐五代诗》的整理出版，是功在当代、泽被后世的伟大的文化工程，工作量超大，绝非个人乃至少数人短时间所能完成，前期整理撰稿集中了很多专家学者。当文字稿像雪片一样纷纷飞来、落到项目室案头时，我问武秀成，工作中最繁难的问题在哪里，武秀成说，当然是"又求完备又求精确"，诚然。

较之御定《全唐诗》,《全唐五代诗》利用了近人、今人的大量研究成果，从全国各大图书馆包括私人藏书乃至流落海外的善本中辑佚钩沉，辨伪校证，这为《全唐五代诗》"完备、精确"奠定了有益的基础。但因为参与人数众多，团队水平参差不齐，致使编委们审稿难度非常大。又由于项目时间跨度太大，而随着新的资料发掘发现，新的研究成果涌现，前期的成稿，几乎都要再作加工，甚至推倒重来，编委们工作量非常大。赵庶洋告诉我："文稿收集来后，需要我们审校，主要看底本选择是否合理、校勘工作是否完善、改正误字和错误判断、补充缺漏的诗作以及剔除伪作等，甚至有的文稿因不合要求而完全重做。"而所有这些工作，需要学识，尤其需要耐心，需要牺牲精神。在当今体制下，名与利都和成果挂钩，像《全唐五代诗》这样的项目，费时长，付出多，出成果慢，且不是个人成果，一般人不愿做，但赵庶洋和徐涛做了，一做就是这么多年。有一首关于《西游记》的儿歌，歌词云："西天取经上大路，一走就是几万里。"借来用在整理《全唐五代诗》上也贴切：南大古籍所自打承接这个项目，一做就是十三年啊！而庶洋和徐涛，在南大入职以来，就一直陪伴着《全唐五代诗》。"千淘万漉虽辛苦，吹尽狂沙始到金"，两位年轻人，对自己对项目，都可以问心无愧地说一句："不负韶华不负卿！"

顺便说一八卦，赵庶洋还是三只喵星人的监护者，三个宝贝干净漂亮，活泼可爱，一看就是生活得很幸福。

《全唐五代诗》编委对工作是精益求精的。关于这方面，有许多故事呢。赵庶洋透露，曾经有一本珍贵的唐诗版本藏在日本的静嘉堂，但还没有影印，是趁着有学生去日本访学的时候花钱复制回来的。有一些诗人的诗集，此前出过专家整理本，但是发现专家的版本搞错了，于是纠正过来重新整理。

　　我也记得一件事情。一次姚松问了本栋一个问题，说有一首王贞白的《太湖石》，出自《分门纂类唐歌诗》，但此诗又收入曾几的《茶山集》，据查，现《茶山集》是四库馆臣从《永乐大典》中采辑而成，所以也可能是《大典》错系？我想，类似这样的询问查验，绝非孤例。

　　一首诗的归属，一个版本的优劣，一条线索的真伪，一个字的正误……日出日落，每天在文山字海中披沙拣金，不知岁月消逝。这就是《全唐五代诗》项目组的寻常生活。当我为在项目室所见感动震撼时，我把感触跟姚松说了，岂料他说："……你所谓项目室的'风景'——'文稿埋皓首，图籍满四壁'，不正是做古籍整理工作的常态吗？为什么会震撼？"姚松说得风轻云淡、理所当然，可我知道，《全唐五代诗》收入近五万首诗，一千多卷，一千多万字，力求做得"完备、精确"，那种日复一日、年复一年的较劲，所付出的努力，岂是一般读者能够想象的。

　　《全唐五代诗》即将完成付梓，有唐一代最杰出的文化将在《全唐五代诗》中大放异彩、熠熠生辉。如果说唐五代诗歌是中国古代文化的一座丰碑，整理《全唐五代诗》的人们就是这座丰碑的打造者。当后人由此窥探了解到唐五代诗歌的真实面貌时，为中华灿烂文化击节赞赏时，被美好诗歌荡涤灵魂时，享受研究带来的便利时，不要忘记将这一盛世文化盛况完美精确呈现出来的"采得百花成蜜后，为谁辛苦为谁甜"的"《全唐五代诗》中人"。

　　谨以此篇，向所有为《全唐五代诗》的面世做出努力的人们致敬。

2023 年 3 月 2 日

周勋初先生在古籍所

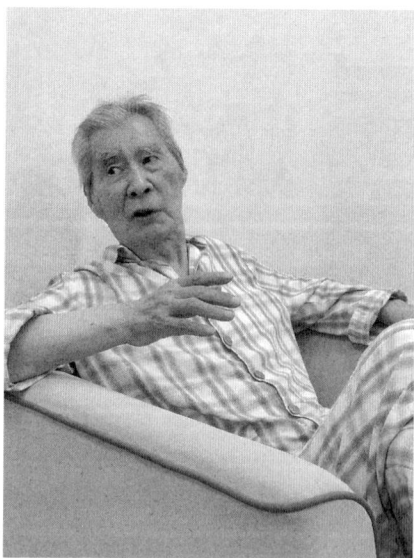

周勋初先生在养老院

周勋初先生"督战"

左起：武秀成、巩本栋、周先生、姚松、赵庶洋、徐涛

满目青山夕照明——记匡亚明校长最后的日子

20 世纪 90 年代，1996 年 12 月 16 日，匡亚明校长在省人民医院与世长辞，享年 91 岁。

匡老辞世最初的那段日子，外子巩本栋失魂落魄一般，不时就会念叨一句："匡老走得太早了！"我那时觉得他魔怔了，很不理解：生老病死，自然规律，谁都逃不掉。匡老已经年逾九秩，古人说，人生七十古来稀，91 岁，无论如何，也是高寿了，何况匡老身体也不好，这次又是这样凶险的病，应该是意料之中的事啊。

匡老对本栋有知遇之恩。1990 年，本栋博士毕业，导师程千帆、周勋初两位先生联名向匡老推荐，匡老将他吸纳进南京大学中国思想家研究中心，从事"中国思想家评传丛书"相关工作。本栋晋升副高职称以后，匡老不拘一格，聘他为"评传丛书"副主编。记得有一次我们系杨正润老师跟我说，匡老对巩本栋真好。他不只是"评传丛书"最年轻的副主编，还是唯一一个副教授职称的副主编。后来蒋广学老师说，这个话不准确，当时哲学系洪修平老师也一起被聘为副主编，他也是副教授。但是，蒋老师说，本栋是最敢于跟匡老争论且坚持自己意见的副主编。蒋老师所指的，是本栋曾经为将萧衍选入思想家评传传主和匡老争论的事情。初生牛犊不怕虎，但匡老没有因此对巩本栋有不好看法。本栋自己也说过，匡老对他鞭策鼓励颇多，并曾许诺为他的《辛弃疾评传》亲自审稿。巩本栋把这件事记在了《辛弃疾评传》后记中。他说："我应当感谢匡老。他生前对辛弃疾的研究多有心得，对本书的写作也十分关心。八十年代末，他首倡在综合大学开设'大学语文'课程，并亲自登台示范教学，所讲的便是辛弃疾的名篇《水龙吟·登建康赏心亭》。他又曾跟我谈到，他很喜欢辛词。辛弃疾不仅是一位伟大的文学家，也是一位具有杰出的政治、军事才能的人物，《辛弃疾评传》可以写得很生动。1996年4月，匡老在一次谈话中还跟我说，等我的《辛弃疾评传》完成后，他要亲自担任审稿工作。"但是，书稿未成，匡老溘然长逝，留给本栋的是永久的遗憾了。莫非，这是本栋觉得匡老走得太早的原因？

无独有偶，我看吉林大学历史系金景芳教授《一个学者的缅怀》，也是相同的感慨："老友亚明同志走了。噩耗传来，我心中痛楚万分。他才91岁呀，走得这样早，又走得这么急，竟一卧不起，说走就走。"金先生说："1991年在他主办的

'中国传统思想文化与二十一世纪国际学术研讨会'上，他曾私下与我约定，我们要活到 21 世纪，他完成他的'中国思想家评传丛书'，我干完我的事情，不把事情做完不走，他怎么能爽约，不辞而别呢！"金先生也觉得匡老走得太急太早了。

我后来知道，其实匡老本人也没打算在 91 岁没完成使命之前就"撤退"，他从没想过当"逃兵"。匡老给自己定的目标是 100 岁，是 200 部"中国思想家评传"完成以后。

重视传统思想文化，研究传统思想文化，是贯穿匡老一生的孜孜追求。青少年时期对五四运动"打倒孔家店"口号，匡老曾痛心疾首地质疑："东方文化的主人翁啊！你们忍心抛弃所有的优秀文化祖产吗？"延安时期，匡老有机会和毛泽东主席直接交谈，他记住了毛主席 1938 年的讲话："从孔夫子到孙中山，我们应当给以总结，承继这一份珍贵的遗产。""文化大革命"中，匡老是最早被打倒、最后被"解放"的老干部，受尽了非人的折磨。他说，我一生坐过法租界、北洋政府和国民党的牢，身心虽受摧残，但都未像"造反派"的牢这样残忍。而制造这种"残忍"的人，恰恰是自己学校的学生和青年教师。这促使匡老反思自己执行的教育路线，深感"什么是一个人""什么是一个中国人""什么是一个有现代意识的中国人"，乃是培养接班人的重中之重。于是，1982 年，匡老在辞去南京大学党委书记兼校长职务以后，便投身到传统思想文化的研究推广中去。首先他撰写了《孔子评传》，然后，1986 年，他建立了中国思想家研究中心，"以耄耋之年，主编大型图书撰著项目'中国思想家评传丛书'，对从孔子到孙中山共两百多位中国思想家进行系统评述、总结，继承中国传统思想文化中的珍贵遗产"(《匡亚明同志生平》)，这是二十世纪最大的传统思想文化研究工程之一，也是前无古人的壮举啊！

对于匡老年过八旬要开始的这次"长途跋涉"，其实很多人都想不通。两百多位传主，时间跨度两千四百多年，要组织几百位撰稿人、审稿人，来完成六千多万字的皇皇巨著，这注定是他此生不可能完成的巨大工程。1992年到1993年，匡老分别生过两场大病，一次是肺炎，低烧不退，在军区总院住了半年多。不久他又胃穿孔，不停地吐血，在工人医院手术，胃切除了四分之三。原来高大伟岸的匡老，体重轻了三十多斤，只剩下皮包骨头，连躺在床上睡觉都成了难以忍受的折磨了。这样的匡老，此时要做这样的事情，那就是"挑战不可能"啊。面对大家的怀疑，匡老的心情难以名状，他引了《诗经·黍离》中周大夫的两句诗："知我者，谓我心忧，不知我者，谓我何求。"但同时他也说："这套书不是我匡亚明个人的事业，这是中国共产党人特别是学术界、思想界、教育界工作的共产党人应该承担起来的历史性任务。"作为一个老共产党员，匡老要承担的是一个"前不见古人，后不见来者"的神圣使命，所以他注定要经受"念天地之悠悠，独怆然而涕下"的孤独，这是一种难以被世人理解的对人类命运的深广忧思，是一个奋勇前行的思想者的孤独，也是烈士暮年的悲哀。于是，与时间赛跑，与死神抗争，成了匡老生命最后的常态。

1995年新春，春节将近，思想家中心的工作人员集体去医院探望匡老，在病房里，卢央老师给匡老看手相。卢央老师是南大天文系前系主任，专治中国历算史，对古天文学和《周易》有精深的研究，因而也通看相占卜。此时，卢老师仔细看了匡老手相，说，匡老放心，两三年内没有问题。岂知匡老特别失望地问，只两三年了？卢老师赶紧说，说两三年是说这几年很健康，没问题，至于之后，到时再看。因为临近春节，卢老师劝匡老最好不要离开医院。匡老觉得过年还是回家的好。卢老师便说："那你等太阳落山后回去，回来时赶在日出之前。"这种神神秘秘的东西，匡老一直是不相信的，匡老是彻底的无神论者。中心人都记得，太谷学派的创始人周太谷曾经被作为思想家列为传主，《周太谷评传》已经成稿了，匡老因为恶其信神信鬼，硬生生把书稿退了，他觉得搞封建迷信的人就不配为思想家。甚至因为梁武帝萧衍佞佛，原本传主的位置也被调为《萧统评传》附录。如此的匡老，怎么会相信象数占卜一类的神秘主义呢。但是，匡老真的按卢老师说的做了。

我有一个同事，曾经问过我："你相信人死后有灵魂吗？"我说不信。她说："我原来也不信，但现在希望有。"彼时她妈妈刚去世。对于匡老，我也愿意这样理解。他不是一个迷信的人，更不是贪生怕死的人，一个把洋人租界、军阀政府、国民党乃至"自己人"的牢狱坐遍的唯物论者，会害怕死亡？但他确实又"怕死"，一个使命在身的人，生命便不再属于自己，不敢死啊。

1996年5月15日，丛书出版了五十部，在北京人民大会堂召开了新闻发布会，这是一个阶段性的胜利，匡老很高兴。而此后的匡老，精神一直很兴奋，一种"时不我待"的紧迫感，让他把精神和身体调成时时刻刻工作的紧张状态。他更加频繁地约见作者，召开会议，督促丛书工作人员。他以身作则，带动、鼓舞大家，希望推进丛书进度。评传常务副主编蒋广学老师说到当时的匡老，用了一个词"感动"，他说匡老此时甚至是以自己的行为来感动大家。他说每次看匡老拖着病体，艰难地挪动脚步，颤颤巍巍向前走动；每次听到他在筋疲力尽时仍以沙哑颤抖的声音，艰难地寻找最能表达自己思想的语言，絮絮叨叨地绘制《评传》的宏伟蓝图；每想到他在万籁俱寂的深夜，仍在床上左右翻滚，忍受着全身疼痛的煎熬，自己就忍不住从心底喊出：这个可怜的老人啊！是的，即将走到生命尽头的匡老，晚年就是一首感人的诗，一支悲壮的歌。

《王守仁评传》是匡老审的最后一部书稿。这时评传书稿已经完成六十八部，其中匡老亲自审稿的，约有五十部。我问过蒋广学老师，我说这些书稿匡老全都看过？话一出口，我就知道自己问得蠢了，每个人一天都是二十四小时，匡老又那么忙，尤其是，术业有专攻，丛书的传主两百多人，涵盖了中国历史各个时期以及包括文、史、哲、经、教、农、工、医、政治等各个学科，匡老也不是全能的神！蒋老师说，匡老的工作方式除了自己看材料，也听汇报。我知道蒋老师作为丛书的常务副主编，那段时间是与匡老联系最多的人，我觉得他的审读意见影响匡老最多。蒋老师就笑了，他说了一句特别出乎我意料的话，他说："你要知道，匡老是不相信任何一个人的！"这话很颠覆我以往对匡老的认识。一个大家都熟知的事情是匡老引进程千帆先生，在当时那样的环境能做成那样的事，也就匡老了。程先生的引进，救活了南大古代文学专业，强大了南大中文系。至今，南大文学院也是全国古代文学研究重镇。追根溯源，离不开匡老开阔的胸襟和宏大的气魄。程先生在自己八十生辰庆祝会上感动地对匡老说："不遇明公，荆州老从事耳。"（程先生这个典用得真是妙，他在武大工作了几十年。）但程先生也说过，对匡老并没有"特别的恭敬，从没有委屈自己去取得他的满意。意见相同我就支持他，不同我就提出来"。张宏生曾经问过程先生："如果您现在仍在武大，那么，武大的古代文学专业能否和现在南大的古代文学专业一样？"程先生的回答是"不会"。他说了一个例子，"我在南大，看到学校存在一些问题，就给匡校长写信。匡校长不仅不生气，反而把信印发全校教研室以上的单位参考"。匡老实在是个从善如流的人，怎么会不相信别人呢？

蒋老师说，每一次审稿，匡老都会先熟悉传主情况、书稿内容，然后召集作者、审稿人、分管副主编、责任编辑等相关人员一起讨论，然后才下结论。蒋老师说，每次去匡老家，都能看到匡老一边输液，一边听夫人丁莹如老师读丛书稿子。而传主的资料，则是由秘书查找复印。有一次因为秘书的粗心，审稿时还闹了个乌龙。那次是审《拓跋宏评传》，分管副主编卞孝萱先生和蒋老师一起去汇报，但是发现和匡老说的不是一回事。卞先生到底是治古代文学的，魏晋材料比较熟，他悄悄跟蒋老师说，北魏有两个叫拓跋 hóng 的，一个是孝文帝拓跋宏，一个是献文帝拓跋弘，匡老说的那个拓跋弘是这个拓跋宏的爹。原来因为名字音相同，秘书材料搞错了。但每个传主材料匡老都事先备课、审稿时群策群力，这个是不争的事实。

《王守仁评传》审稿也是这样。审稿会议是在匡老家开的，当时去了评传作者张祥浩，常务副主编蒋广学老师，责任编辑花建民，还有分管副主编兼审稿人潘富恩。潘老师是复旦大学教授，匡老特地将他从上海请过来。王阳明是匡老崇拜的一位思想家，因此他对该书稿特别关心。审稿时他躺在睡椅上，一边打吊针，一边强撑着听大家评说这位心学大家以及对书稿的意见。然后，针对王阳明的观点，匡老发表了关于"意志力、心志"的讲话。他结合自己的体会，阐释意志修养很重要。时间已经很晚了，匡老自己疲惫不堪，声音已经沙哑到说不出话来，但他仍然坚持。这是匡老最后一次审稿了。

次日清早，蒋老师接到电话，匡老请他过去。蒋老师转了两趟公交，到达匡老家时已经九点了，匡老正在输液。丁老师跟匡老说："你找广学同志什么事？他来了。"匡老努力想啊想，然后说："我昨天的讲话有没有讲错的地方？"蒋老师说，没有啊。蒋老师回忆复述了匡老昨日的讲话，认真说，确实没有问题。匡老还不放心，又问，潘老师什么看法？蒋老师说，潘老师也认为很对。匡老方才放心。

听了蒋老师讲述，我明白匡老的"不相信任何一个人"的含义了，不会轻信任何一个人，包括自己，是为了避免错误，兼听则明，集思广益，才能获取真实信息，这是匡老在长期工作实践中形成的工作作风，也是匡老正确的工作方法。

1996年10月，中国思想家研究中心在南京大学斗鸡闸召开南京地区评传作者见面会。那是一天下午，10月的南京，气候本应是很适宜的，没想到天气骤变，西风飒飒。考虑到匡老的身体，大家都劝他不要参加了。但是匡老执意要见见作者。拗不过匡老，大家就说，那就见见面，跟作者合个影，千万不要再劳累了。于是司机梁辰接来了匡老，大家搀扶着到了会场。这次会上，匡老还是跟与会者谈了很久。他说，中国思想家评传的传主们，都是历代优秀的知识分子，他们不仅是中国古代文化传人，也是政治、经济、军事、科学各个方面的杰出人物。中国人讲"天地君亲师"，中国人是最尊师重道的。你们也是知识分子，不要忘记祖宗，要为祖宗立好传。匡老没讲什么高深的道理，但是言辞诚恳、语重心长，与会者非常感动。这是匡老给作者开的最后一次会了。

11月，时任中共中央政治局常委、中央书记处书记的胡锦涛同志到江苏视察工作，百忙中抽出时间到匡老家看望匡老。这次看望，是礼节性的拜访，原本只安排了十几分钟，但是足足四十多分钟才结束。匡老见到胡锦涛书记，便拉着他的手，反复强调两件事，一是关于评传丛书，一是关于古籍整理小组。匡老说："锦涛同志，你一定要让江苏省委支持评传搞到底。"陪同胡书记的江苏省委书记陈焕友连忙表态，"匡老放心，一定支持，要钱给钱，要人给人"。答应得非常爽快。陈书记当然不是敷衍匡老，但那种毫不犹豫的回答，其实也有节约时间的意思。但匡老还是不断重复。后来匡老跟中心的人说，我好不容易见到他，一定要说清楚。

这件事听起来像个段子。我想起前两年看过的一个电视公益广告：一位老者，已经老年痴呆，儿子都不认识了。一次聚餐，他把饺子装进自己的衣袋。众目睽睽，儿子觉得无地自容。忽然老人说："带给我儿子，我儿子喜欢吃饺子。"所有人泪目。他忘记了所有，但没有忘记对儿子的爱。匡老晚年也和普通老人一样，忘事、絮叨，但他念念不忘的是评传丛书，这几乎是他生命、生活的全部。

11月底，苏北已经进入冬季了，匡老提出去徐州看望作者。联系作者、看望作者、给作者开会，是匡老一直坚持做的，说不清他给作者开了多少会，光是北京就开了两次。不光是他亲自做，也要求身边工作人员做，中心的同志大都有到各地联系作者的经历。我记得外子在中心的那些年，多次与蒋老师一道出差，深圳、广州、长沙、济南等，都跑了一个遍。但是匡老这次要去徐州，却是大家一致反对的。那时没有高速公路，去徐州要好几个小时，匡老的身体，实在经受不起颠簸了。匡老在临去前一天，嘱咐蒋老师打电话通知徐州师院的邱鸣皋老师，他是《陆游评传》的作者。接到电话的邱老师急坏了，说能不能阻止匡老，不要过来。我想当时的邱老师，不只是担心匡老的身体，只怕也有学生没完成作业怕见老师的心理。邱老师说我们去汇报就行了，让匡老来万万使不得。蒋老师也跟丁老师说，千万千万别让匡老跑这一趟。丁老师为难极了："他要做的事，谁能劝得住！"匡老还是坐着司机小梁的车，一路颠簸，去徐州了。那是匡老最后一次看望作者。

半个月后，匡老突发脑溢血，医治无效，永远离开了人世，离开了他念兹在兹的丛书工作。

或者，匡老的离世，没有"风萧萧兮易水寒，壮士一去兮不复还"那种荆轲似的决绝，没有"人生自古谁无死，留取丹心照汗青"那种文天祥似的旷达，不似董存瑞炸碉堡、黄继光堵枪眼那般壮烈，甚至不像"慷慨赴死易，从容就义难"的瞿秋白直面刽子手时那样从容不迫。但几十年如一日的坚守，生命不息、奋斗不止的努力，鞠躬尽瘁、死而后已的无私奉献，更加难能可贵，不是吗？

2006 年，匡老去世 10 年以后，"中国思想家评传丛书" 201 部全部出版问世。至此，自发轫于 1990 年的《孔子评传》，已经过去 16 个春秋，后人在匡老精神感召下，前赴后继，终于完成匡老的嘱托，可以告慰九泉之下的匡老了。

匡老去世多年以后，一次我和程先生夫人陶芸先生漫步在南大鼓楼校园里，走到匡老塑像前，陶先生停住脚步，伫立良久，我知道，她的思绪在翻腾，她想到了程先生，想到了程先生的"伯乐"匡亚明老校长。

匡老就像一座丰碑，伫立在后人心中，永远，永远！

2022 年 2 月 26 日

工作时的匡亚明校长

匡亚明校长和夫人丁莹如教授

写在蜡梅花开时

清晨上班，走到文科楼前，一缕清香扑鼻，凝眸一看，果然是蜡梅开了。

蜡梅又开了！

我又想起陶芸先生了！

先生家小院内有一株蜡梅，树不大，却横逸斜出的，开得很精神。每当蜡梅花开的时候，先生就会站在树下，亲自挑选模样好的枝条，让家中阿姨剪下，然后打电话让我们拿回家去插瓶。我把一大枝梅花，颤颤巍巍地插在车前篓中，小心翼翼地骑车回家，一路招摇着，收获着路人的注目，心情一如篓中梅花，迎风怒放！

已经多年不去小院了，蜡梅花开得还好吗？

我其实一直想写点东西，尤其在蜡梅花开的时候。

一晃，陶芸先生已经走了八年了。八年了！可是，一切，就像是在昨天。

陶先生是 2004 年 9 月走的。就是那年 5 月，外子巩本栋硕士时西南师大的老师林昭德的夫人林师母，到南京旅游，外子时在韩国延世大学客座，我一人接林师母到家。想到林师母从重庆来，而陶先生抗战时曾在那儿避过难，就把陶先生也接到家中。午饭后陪林师母去看总统府，陶先生说，总统府西院刚开放，倒是值得一看，只是她才去过，就不去了。打车送先生回家，到上海路南秀村路口，先生非要下车自己走回去，她说车到里面不好掉头，这一小段路，她贴着路边，很安全的。到底没有坚持过她。那是她最后一次到我们家了。那时，先生已经病了一段时间了，只是症状不那么明显。

知道先生生病，其实也已经有一段时间了，但是不知道是这么厉害的病。还在 2003 年 5 月，我儿子奚若即将高考，先生特地让阿姨烧几个菜，把他叫到家中，说是让他放松放松。那次先生自己吃得很少，她说没胃口。还说有一段时间了。又说让阿姨一起吃饭，阿姨不肯，这么少的饭都没法做！问她看医生了没有，说在校医院看了，胃病，吃点药而已。我们也没在意，看先生精神还好，胃病也是常见病。过了一段时间，先生到医院（记不清是省人医还是鼓楼医院）就诊，拿了病历给我看，病历上赫然写着"Ca"。可叹我和先生都是医盲，不知道那就是"癌"！先生自己解释，她说肝上有了毛病，但是已经钙化了。她把那个魔鬼一样的符号，理解为化学元素"钙"，我也相信了。又过了一段时间，先生说准备看中医，说南师大的徐复先生就是看的中医，效果不错。这样一直过了一年多。病情比较严重了，先生的大女儿从美国专程回来了。先生走得很安详。后来听说，因为国外很尊重病人的知情权，就把真实情况告诉了先生，从那时起，先生便不再进食。她说，孩子们都很忙。

……

我其实最愿意相信的是，先生是惦念着已经故去的亲朋老友，她想念他们了，她到天国和他们团聚去了！

记得有一年新春刚过，我在先生家中，先生说起一位在美国的老同学给她寄来贺年卡，高兴之余又不无感慨，说老同学只剩下这一人了！那位先生比陶先生年长些，应是已过九秩了。我和先生开玩笑，说做先生的同学，还要做到现在，那得多耐心啊！但我还是感到了先生的落寞。其实程先生晚年也说过寂寞，因为老友故交一个个离去，无人可以对话了。

是的，最懂他们的人都走了！他们带走了曾经那么美丽的青春岁月！带走了灿烂如花的往事！

往事如花！

那是张宏生搬到玄武湖附近住的时候，请陶先生游湖，我和程丽则陪同。那次先生和我们说了好多过去的事情。记得最清楚的是，九一八事变时，先生全家在北京，她和同学一起卖花为抗日义士募捐。那时她姐姐在燕京上学，先生来到燕京大学，要姐姐买花。当时姐姐正好和男友在一起，他们给她出了个促狭的主意，让她把花卖给他们的校长司徒雷登。于是先生真的就找了司徒雷登，大鼻子校长也真的买了花。我想象当时的情景，一个天真烂漫的少女，捧着一只花篮，严肃地、充满正义感地游说一位威严的校长。而眼前这位第一个在中国用庚子赔款开办教会大学，并亲自担任这个学校校长的美国友人，此刻放下威严，放下正在处理的烦冗的事务，来接待一个小姑娘。他满脸慈祥地从小姑娘手中接过鲜花，认真地把钱交到女孩手中。这时他心里会想些什么呢？除了义愤，除了同情，单就这个大胆天真的小姑娘，我觉得除了可爱，还能有什么呢？

往事如歌！

有一次陪陶先生走在校园里，盘桓在北大楼前。先生说起年轻时的志愿是考中央大学，没想到赶上中大的换校长风波不招生，只好进了金陵大学。先生指点着金大的旧址，沉浸在往事中。我想起曾经在哪儿看过一段文字，说沈祖棻先生上学时，附近小贩常到宿舍门前卖零食，沈先生她们住在楼上，大家经常用绳子把钱递下来，再把买的东西提上去。我求证于陶先生。先生回忆着，指点着，女生宿舍在哪幢小楼，里面房间的布局如何，沈先生当时住在哪间，小贩卖东西应该在什么位置……随着先生的回忆，耳边就像响起先生们青春年少时的欢歌笑语，那样清澈，那样明媚，那样无忧无虑！青春真是一首欢乐的歌啊！

往事如酒！

我第一次见到陶先生是在二十世纪八十年代初，那时我在上大学。系主任廖序东先生请来程千帆先生给我们做讲座，陶先生陪着程先生坐在主席台上。是冬天，先生穿着一件黑呢外套，儒雅端庄。后来我知道那一次是去徐州改书稿，待了不算短一段时间。九十年代末，廖先生来南京到女儿家小住，外孙女陈孜陪着来探访程先生。恰逢两位先生外出，廖先生小坐等候。先生们回来时，阿姨说来了位老先生，好像是南师大的。及至见面时，却怎么也想不起是南师大的谁。比起二十年前，廖先生发福了，程、陶二位先生又是只在南师大范围里寻找记忆，还老眼昏花的，结果相见的场面就有些冷清，找不到话题。廖先生走后，细问了阿姨，方知是故人来访。陶先生跟我说起这事时，直说简慢了老朋友，懊恼得不行。我不愿看着程先生、陶先生懊恼，也不愿廖先生心中委屈，我想，这个心结应该由我和外子来解开。我们那时住中保，一路之隔的宁工新寓，住着廖先生的女公子廖礼平。廖礼平和夫婿陈建生都是我的同窗好友。春节时，廖先生又来到女儿家，我们把几位老先生都请来，几个家庭加上孩子们，着实热闹了一天。如今，这几位先生都已作古，可是他们的友情，就像陈年的酒，历久弥香。

我曾经问过陶先生，她经历了那么多事，有些已是名人逸事，有些已是文坛掌故，很多都是珍贵的历史资料，有趣的，有价值的，那么多，为什么不写出来呢？她说也想写。说这话时正逢莫砺锋老师的随笔《浮生琐忆》出版，先生说，莫砺锋也这么跟我说。那时，先生心中还真有一股劲儿。可是这时已经是2003年，先生的生命已经走进尾声了。那些如花般灿烂的往事，如歌样青春的岁月，如酒似的醇厚的友情，同这些故事的主人公一起，已经走进越来越深的历史里。我想，陶先生真是想他们了。

还记得程先生过世时，先生悲痛不已。我们好些人陪在先生身旁，宽慰她、照顾她。说程先生晚年的几桩心愿都已完成，学生也培养出来了，晚辈们也都挺出息，再没什么遗憾的了。先生说，遗憾是没有，只是不舍得。是啊，不舍得！我知道啊。我们都知道。南大的师生都知道。那些年，只要不是刮风下雨、天气不好，总能看到一对老人，相互扶持，蹒蹒跚跚，走在校园里。那双身影，已经成了校园里独特的风景。程先生走后，陶先生也还会到系里走走，拿拿信件什么的。每次见到她，我都会帮她办完事，把她送回去。一次走到西门口，一个卖鱼虾的中年妇女跟陶先生很熟悉地打招呼，说了一句什么话，我没在意。陶先生一下变了脸色，比较激动地说了一句什么。我很惊讶，认识陶先生这么久，见她从来都是温文尔雅、和蔼亲切，无论对什么人。缓了一下，先生告诉我，以前每次和程先生经过这里，经常会买她一些鱼虾。程先生已经走了好久了，她见面还是会问："怎么只你一个人啊?"又不好跟她说，可是心里很难受。陶先生一生坎坷、饱经磨难，晚年性情非常平和，很少大喜大悲，能让她情绪失控的，可能只有程先生了——关心则痛！他是她的生命啊！

那些可爱的人们都到天国团聚了！留给后人的是无尽的思念！

蜡梅花又开了！

2012 年 4 月 26 日追记

程千帆先生、陶芸先生和廖序东先生（右一）在我家聚会

陶芸先生和巩本栋在南大浦口校区名人园内的程先生手植松树前

我拿什么奉献给你——周勋初先生侧记

　　周师母跟我聊到周勋初先生一生很不容易时，颇多感慨，一连用了好多个"如果"。她说，如果周先生生肺病时没有父亲和哥哥的坚持治疗与呵护，命早就没了；如果没有考上南京大学，早就老于乡野、泯乎众人了；如果不是选择推迟毕业，而是与其他同学一样下基层，以他当时的身体，不知能否支撑到今天；如果没有重新考回母校，而是继续留在中央机关，以他的家庭出身，必被发配远方到中学教书，而他的口音……几乎每一步都是生死攸关的问题，周先生就是这样命运乖蹇。

　　1947 年，周先生在上海读中学，暑假回南汇家中，一路辛苦辗转加上天气酷热，到家里突然大口吐血，把家人吓个半死，好在没有继续，这事就这样过去了。暑假后仍旧回上海读书，两个月后，又吐了。这次恰巧在镇江工作的父亲回家，路过上海，顺道看儿子，便赶紧带儿子去医院，拍出的片子显示，周先生的肺病已经很严重了。肺病是传染病，当时还没法医治。学是不能上了，只能回家静养。这一养，养了近两年，只在床上躺着，吃一些鱼肝油、乳酸钙片之类，让病灶自己钙化。病灶并没有自己钙化，周先生的身体却越来越弱了，曾经在家里换一个房间养病，先生自己都走不过去，扶着墙还要有人搀着。其间病情缓一阵紧一阵，总不见好，也时不时地还吐血，母亲急得流泪，却也没有好的办法。又是一年暑假，父亲回来了，把儿子带到上海中山医院检查，因为旅途劳累，周先生发起高烧来，医生让赶紧住院。可是住院谈何容易？没有关系住不进去，即便能住进去，不是还得大把的银子吗？为了儿子，父亲二话没说，回家筹钱。借高利贷，然后卖地。为了周先生治病，家里卖了二十多亩土地。当时美国人初来中国，带来一种治疗肺病的特效药——链霉素，一瓶价值一石米，周先生先后用了八十多瓶。到土地改革时，家里还剩八十余亩土地。在中国这样一个农业社会，土地是农民的命根子，是赖以生存的根本，为一个被认为没有指望的孩子，出卖全家人的生活基础，而且达到了四分之一之多，作为一家之主的父亲，是要认真衡量的。更难得的是哥哥，在家产和兄弟之间，毫不犹豫选择了亲情。周先生每每忆起这段往事，总忍不住泪目。前后三年缠绵病榻，心中无疑是悲凉凄苦的，能在无望中挣扎，全赖亲情的支撑。在上海工作的哥哥，每周六回来，总是带上鱼肝油和钙片，一进家先来看弟弟，陪弟弟，甚至顾不上新婚的妻子。妹妹不上学全天候贴心照护。妈妈和祖母格外的疼爱。最让周先生感动的是，在上海住院几个月，哥哥天天烧些牛肉，尽量给弟弟改善伙食。住院后期，链霉素需要到药房购买，哥哥每天早上三四点钟到四马路几家药房排队买药，买完药回去复兴岛单位上班，下班后将药送到中山医院，然后回家。由于一次排队只能买两瓶药，哥哥便需每天如此。青少年时代的这段遭遇，让周先生一生都十分看重亲情，但是新中国成立后每次运动，都需要跟地主家庭划清界限，至亲骨肉，血浓于水，怎么划清？所以周先生"文革"中的罪名是"地主阶级孝子贤孙"。

忠孝传家，本是中华文化的核心，周先生又是那样传统深厚的家庭。先生说，家庭的培养，不是说爸爸妈妈教你如何孝顺，是从行动中自然表现出来的。新中国成立初期，家里经济不很好，冬天，农村很冷，打一盆热水洗脸，"我祖母先洗，我爸爸洗，我妈妈洗，我哥哥洗，哥哥洗好后我洗，我妹妹洗"。"吃饭的时候，我们小孩子坐在边上，祖母先动筷子，我们才可以吃饭。"周先生说，"这种影响是潜移默化的。所以我们从小就养成了一种长幼有序的习惯，从小就知道父慈子孝"。长辈的行动就是最好的教科书，优良的家风就这样得以传承。

世道轮回，到周先生做父亲时，当年自己父亲经受的考验，几乎原版落到了他身上。儿子周晨，生下来就是严重的先天性心脏病，到12岁手术，其间漫漫求医的艰辛，丝毫不亚于当年父兄对自己的付出，周先生曾经非常感慨，"父母对儿子的爱，真是刻骨铭心。当年父母为我治病，吃尽了苦头。如今我为儿子治病，才知道心中承受的苦"。但是就如同当年父母对待自己一样，在坚持不住时仍旧坚持，在绝望之中寻求希望，周先生终于把儿子的病奇迹般地治愈了。人类所以生生不息，靠的确乎是这种超越功利的亲情。

三年肺病，生生把周先生的高中学习耽误了，病愈以后，周先生以同等学力身份考入南京大学中文系。周先生的父亲是学文科的，一生淹蹇，他不希望儿子步自己后尘，所以周先生原先准备学理，但是三年的病把数理化全收走了，凭借基础，只好上了文科。我由此想到，近代以来，尤其是"文革"以后，那么多原是理工科的拥趸，后来成了文科翘楚，很多人是不得已而为之，所以可以成功"转向"，无不是因为基础扎实。只正式上了一年高中的周先生，1950年，走进高校殿堂。

但是周先生这个大学上的也是波澜起伏。新中国成立初期，各种运动不断，班里同学，都是从旧社会过来的，大都出身不好，背着沉重的家庭包袱，一有运动便惶惶不安。进校不久，周先生肺病又复发了，身心都有压力。此时，又发生了一个小插曲。同班的一位女同学，父亲是原国民党河南省民政厅厅长，镇反时被抓了起来。其母四处张罗救丈夫，把一个箱子留在女儿那儿。该同学请大家帮忙把箱子抬到周先生他们宿舍放起来，出于同学友谊，周先生尽管还生着病，也去帮了忙。

后来有人揭发，箱子里有金条等，这就算是帮反革命分子转移浮财了。于是参加的人有一个算一个，叫作"落后小圈子"，都受到了批判。带头搬箱子的还被抓走了。本来出身就不好，现在又成了落后分子，加上身体状况不佳，此时的周先生很难安下心来读书，各科成绩也都不如人意。几年以后，周先生在北京想重回母校读研究生，希望走免试的途径，请当时的人事秘书到教务处查一下成绩，查询的结果，很令人汗颜，周先生说"门门都是六七十分，太低"。

不过这个时期也有很让人愉快的事情。从第二学期开始，周先生住进了休养宿舍养病，得到了很好的照顾，多年的肺病在这一时段得到了根治。三年级时同学们都去了皖北参加土改，周先生因为生病，也没有参加。对于新中国对年轻人的关怀，对于学校对大学生的照顾，周先生一直是感恩于心的。多年之后，周先生还念念不忘，一再说，当时组织上的照顾是非常周到的。"解放初期，在不是很好的条件下，对我们还注意营养，每天叫我们吃牛奶，吃荤菜，养病养得很好。"

二年级和三年级，因为养病，很多课程没修，周先生实际上没有完成大学应该完成的学业。但是，三年级一结束，1950级的大学生要提前毕业了。"因为那个时候国家刚解放，需要大批干部，所以大学生书也不读了，提前一年毕业分配。"周先生这样解释。新旧政权更替，百废待兴，很多岗位上的旧人员，要被取代，到处都需要人。所以，学校也不能按部就班，而是要适应新时代快节奏的步伐。但是，提前毕业，周先生心里就踌躇了，一是身体原因，周先生想："我肺病生了七年，几次差点死掉了。才刚好，到了工作岗位，如果负担重一点，肺病复发了怎么办？"周先生的担心不是没有道理的，试想，一个二十来岁的年轻人，几乎生命的三分之一都是在生病中度过的，又多次与死神擦肩而过，要说心里没有阴影，怎么可能？还有一点，也是很重要的一点，周先生是喜欢读书的，因为这样那样的原因，没有好好读书，这让周先生很遗憾，同时又特别的不甘心。那一段时间，周先生寝食难安，特别矛盾。在深思熟虑之后，终于，他做出了异乎常人的选择，推迟毕业，再好好读一年书。现代作家柳青说过一句特别对的话，他说，人生的路，要紧处就几步。周先生的这一步堪称他人生中的关键，确是周先生所以成为周先生的关键一步。

下定决心以后，周先生找到了当时中文系系主任方光焘先生，实事求是讲了自己的想法。方先生考虑了一下，同意了。他说："那你就再延长一年，不要跟大家一起毕业分配了，身体养好再说。"我听到这件事的时候很惊讶，学生可以以这样的理由不服从组织分配？老师和学校也认可这样的理由给予方便？但确实周先生就这样留下来了，我由此非常感动于当时处理事情的人性化。

方先生不光把周先生留下来了，还立刻为周先生做了留下来以后的打算，他让周先生跟胡小石先生专攻中国古代文学。

他说："下学期胡先生开文学史，你跟他听课吧，别的课就不要听了。"方先生认定周先生是可造之材，有心培养，但方先生又是那样的磊落，丝毫没有偏狭的门户之见，没有利己的想法。他本人学问非常好，文艺理论、现当代文学，都很好，周先生说听方先生讲鲁迅，深刻得不得了，后来在北京，也听过一些人讲鲁迅，没法跟方先生比。方先生更好的是语言学，在全国都是最好的。但是方先生没有把周先生留在自己身边，而是推荐他跟胡先生学习。胡先生当时年近古稀，方先生希望周先生能把胡先生学问传下来，亲自周到细致地安排了他跟胡先生学习的事。周先生后来一直致力于传承弘扬东南学术，对好多前辈老师都下力气研究过，论述他们的学术成就、学术思想和方法，即如为罗根泽先生写过《罗根泽先生传》，为黄季刚先生写过《论黄侃〈文心雕龙札记〉的学术渊源》，为胡先生写了《胡小石师的教学艺术》《胡小石先生与中国文学史研究》等。但是让周先生耿耿于怀的是，没有写过专门文章向世人介绍方先生。周先生说方先生是他"最敬佩的老师之一"，他"爱护学生如子弟""人品高尚，耿直率真，从不曲学阿世"，他"每读一本书，一篇文章，总能自出手眼，提出独到看法"。但因为专业不同，没法写出深刻的方先生，尤其是看到市面上一些方先生的传记，都不尽如人意，心里很不是滋味。其实，周先生一生事业，尤其是对东南学术的贡献，方先生若泉下有知，会很满意的。

周先生留下来继续读书，小石先生非常开心，亲自给周先生准备了札记本，鼓励他认真记录，好好学。周先生后来回忆往事，对那一年的学习特别感激，他说："那一年的学习，对我的一辈子有非常大的影响。我觉得我在大学里面读了四年，实际学得不好。因为身体不好，没办法。那一年因为集中精力跟胡先生学，学得比较好。胡先生教《楚辞》，后来我写了《九歌新考》，主要就是得力于那一年的学习。"周师母也说过，周先生因为"学生时代学过《楚辞》，所以对宗教与民俗一直极有兴趣"。确实，综观周先生的研究，每每从民风民俗角度切入，新意频出，从而获得了与众不同的研究成果，彰显出鲜明的个人特色，诸如对文学史人物曹操、李白的研究都是。

　　周先生在延长的一年学习中，除了得胡先生亲炙，也从其他老辈学者那儿获益匪浅。周先生说，新中国成立初期，"旧时流风遗韵尚存，老师喜欢学生前去提问，我就常是前往胡小石师、汪辟疆师家中请教……"看周先生关于这一段生活的回忆，其实还远不止这两位老师，像方光焘先生、罗根泽先生，周先生都常去请益。我曾经听我们系一位留校老师说自己读书时的事，说当时很不懂事，很多大师还在，从不知道前去请教，谁谁谁当时就老去找陈白尘问问题。往事不可追，也是后来觉悟，为时已晚了。除了讨教学问，周先生在老先生家里，常听到一些杏坛掌故，对抗战前的一段生活，老先生们很怀念，经常讲一些与王伯沆、吴瞿安、黄季刚、汪旭初等人交往的事情，汪辟疆先生还拿出过有九教授结社题诗的折扇给周先生看。折扇记载的是中央大学鼎盛时的辉煌，真的是群星闪耀啊！那一代熠熠生辉的巨星都远去了，如今我们只能从泛黄的书页中咂摸那一时期的诗酒风流，徒生艳羡，周先生当年真是幸运极了。

第四年大学生活结束时，很多先生都希望周先生留校做助教。有趣的是，每个人都以自己的方式替周先生努力。方先生因为尊敬胡先生，不好替胡先生做主，但提醒周先生自己跟老师说。周先生忌惮于老师的威严，不敢提，始终也没提。罗根泽先生觉得周先生是个好苗子，可堪造就，谁也没商量，仗义执言，他跟组织提出来了。大家都不知道的是，胡先生自己也提出了留周先生做助教。但是，组织都没同意。胡先生为此很生气，他说："我从来没向组织提过要求，我女儿生物系毕业分到东北，我也没提要求。我就是觉得这个学生好学，可以造就，所以想把他留下来。"胡先生把这件没办成的事告诉了已经在南京博物院工作的得意门生曾昭燏先生，曾先生也很遗憾，说，家庭出身不好，这个学生就不可以留了？但关于这件事，周先生自己替"组织"想了好多理由：家庭出身不好（破落地主），本人表现落后（"落后小圈子"成员），身体不健康（几年肺病），平时学习成绩一般。周先生就这样善解人意却心有不甘地离开南大，前往北京教育部文字改革委员会

"就业"了。

　　我觉得，在北京文改会工作这两年，周先生最大的收获是认识了祁先生。这么说，对周先生两年兢兢业业的工作显然不公平，因为周先生彼时还获得了"青年社会主义建设积极分子"的荣誉称号，工作显然是卓有成效的。但我仍然坚持认为认识祁先生更有意义，因为这对周先生一生太重要了。周先生、祁先生南北姻缘，显然是由红娘牵线，否则，像周先生这样的书生意气，很难呢。按说，大学时，校园里莺莺燕燕的，年轻人的世界，谈个恋爱很正常，可是周先生就能把自己搞得跟不存在似的。他自己承认："金陵大学的同学我都不熟。因为肺病，上课时坐最后一排，下课就走。好多同学都不认识我。"二十世纪八十年代周先生到中央民大拜访一位老同学，老同学又约了一位同班同学，被约的这位见到周先生居然说，从来没见过！该同学是女同学哎！周先生搞得自己在女生那儿一点存在感都没有！周先生自己说："我有一种封建士大夫脾气，很难主动追求女孩！"周师母回忆刚交往时周先生的趣事，好笑得不得了。作为未来女婿去准岳母家，周先生当时很认真地买了一捆蔬菜，丈母娘本来挺高兴，觉得这个女婿会过日子。可是接过菜以后很纳闷，买这么多芫荽做什么？在北方，芫荽的功能是做菜做汤时的点缀，没有充当主角的，一般不会用到很多。问了，才知道，周先生本来是想买菠菜的。这一下准岳母就犹豫了，这样的女婿，只怕日后家务是指望不上了，很为女儿担心。周先生水平不高但是态度好。成家以后，果然如同岳母预料，女婿就是一天到晚捧本书。祁先生工作也忙，两人就各自吃食堂。直到有一次祁先生流产，周先生觉得应该给妻子补充营养，于是在买回一条鱼的同时买了本菜谱，照葫芦画瓢。至于鱼做成了什么样，忽略了吧，但是心意到了。由于两人都忙于工作，孩子出生以后，一直找阿姨帮忙。但"文革"中买什么都得排队，排队又很耗费时间，阿姨也没有分身术，此时这一光荣且艰巨的任务往往由周先生担当（插一句话，大学老师自由支配时间多，若配偶需按钟按点上班，家务往往由他们承担。以前南大筒子楼一大特点，到了烧饭时间，灶前站的都是讲师、教授）。周先生也不误事的，带一本书，边看边排队。但究其一生，周先生是感激祁先生的。周先生八十寿辰时讲话，着重提到了这个。他说："我这个人一辈子与家庭是不可分的。我到了南京以后，自己组织了小家庭，我的妻子祁杰跟着我受苦受难，她原来在北京的时候，条件是很好的，到了南京，生活条件大大不如北京，工作条件也不如北京。尤其是到了'文化大革命'当中，受冲击，受批判，受斗争，家里抄家。后来我下放到农村，家里没办法，马上要崩溃掉了，儿子又有病，全靠她一个人支撑。能够到今天这个地步，是我们夫妻两个几十年相濡以沫，携手走过来的，我觉得这也是我人生当中能够走到今天的一个原因。"是的，"文革"中那么难，就像周先生没有同自己家庭"划清界限"一样，祁先生也没有与周先生"划清界限"。亲情的支持，往往是人在绝境中还能够往前走的最大动力。

离开母校的周先生没有一刻忘记母校，母校也没有忘记周先生。1956年，方光焘、胡小石、陈中凡三位先生招收副博士研究生，《光明日报》发了广告，周先生看见了，心里立刻起了波澜，回到老师身边继续做学问的念头，骤然萌发，而且是那么强烈。周先生跟昔日留校的老同学联系，同学又把周先生的想法告诉了胡先生，胡先生高兴地说，一定要让他参加考试，希望他回来学习。老师的话对周先生是一种鼓舞，是鞭策，于是周先生白天工作，晚上复习，不辞辛苦备考。"臣心一片磁针石，不指南方不肯休"，终于，这年年底，北飞的燕子南归了，周先生又回到了母校，回到了老师身边，继续读书学习，钻研学问。两年以后，因为需要，周先生提前毕业，留校任教。周先生说，在当时这个情况下，一步步这样走过来，主要就是得到了老师们的帮助。其实周先生只说了一方面，能这样一步步走过来，不可能只是别人的帮助，他自己的执着于学问，孜孜以求，乃是更主要的因素。

有一年春节，我和本栋去周先生家拜年，顺口聊起刚刚过去的春晚。先生不经意地说："我从来不看电视。"那个时候，除了电视，没有太多别的娱乐方式。手机、电脑这些可以上网——那个时候也没有网——的东西都没有娱乐功能，就是有，周先生也不沾。我自己那时是春晚的坚强拥趸，对电视也热爱，对周先生大年夜放弃春晚，很想不通，而从来不看电视，更觉不可思议。本栋回来就说，惭愧！想起鲁迅说过，他是把别人喝咖啡的时间用来写作的。程千帆先生晚年自觉记性不好，什么事情想起来就立刻打电话，不分时间。布置的事情经常催。他说："我要不是性子急，能做那么多事吗？"周先生也是这样利用时间的。

　　留校以后，周先生住在鼓楼二条巷十五舍，筒子楼顶层。楼道里挤得热热闹闹不说，房间里更是比冬天更像冬天，比夏天更像夏天。南京这个南不南、北不北的城市，冬天没有取暖设备，实在是冷得难熬，早上起来，洗脸毛巾都结冰。周先生手脚耳朵都生了冻疮。而炎夏就是传说中的火炉，门窗也不能开，外面是火热的太阳，楼道里是炉子的热火。师母说，先生午睡起床，席子上是清晰的人形汗迹。那一阶段运动仍多，经常下乡。但只要回来，只要有空，周先生就坐在桌前，不是看书就是写作，不到午夜时分不会离开。那个时候周先生这种做法叫"走白专道路"，和"又红又专"（实际上只红不专）背道而驰，并不被提倡。但周先生就像着了魔似的，一头扎在古书中，不管不顾，当真是"躲进小楼成一统"了。就在这间斗室里，周先生写下了《梁代文论三派述要》等高质量的论文。《梁代文论三派述要》在《中华文史论丛》上发表，还带来了意外的惊喜，师母说，稿费来了，简直喜出望外，没想到那么多，三百六十元！是的，二十世纪六十年代，人们月工资也就三五十元，三百六十元够普通人家一年的生活费了。附带八卦一下，先生和师母是背着书包去银行取款的（当时人民币面值大都是几分几角，最大是十元，都很少见）。

但是，写文章换稿费，这样的快乐其实不常有，绝大部分时间，古代文学研究这一块，就是个禁区，因为几乎所有古人，都跟"封资修"中的"封"有关联，是被批判打倒的。周先生的研究，就像蝉的幼虫在黑暗中做工一样，前途在哪，压根就不知道。没有任何功利，只是热爱，如同圣教徒那样。

"文革"中带工农兵大学生到浦镇车辆厂开门办学，集体住在废弃的卧铺车厢内，为了悄悄地读书，周先生以个高卧铺睡不下为由，请求睡到列车员休息的小房间里，获准。然后周先生天天就在那个铁皮箱子里，将门反锁起来，静心读书。利用每周一次的回城，到系资料室借书，一捆一捆带回来，包括《全唐诗》那样的大部头，也是。一周换书一次。谈到彼时彼地，知识分子要那样读书，周先生自我解嘲，他说，是很可笑，但是效率很高。在逐一翻阅全唐诗、摘引有关资料的过程中，发现问题，就找相关的书读，不断扩大阅读面，举凡唐代的典章制度、疆域、宗教、民情民俗，以及有关唐诗的版本目录，周先生在这个时候都涉猎到了。同时，在广泛的阅读中，周先生对唐边塞诗人高适，越来越熟悉了，他找来一些废稿纸，在背面做记录，然后，竟一鼓作气写成了《高适年谱》。周先生说："这纯粹是无意中的产物，当时也想不到中国今后会有什么学术著作出版。"为了节省，年谱是用文言写的，反复增补以后，原稿已经面目全非，再重新誊录，前后抄写了两遍。如此孜孜不倦乐此不疲！周先生在别人或参加运动，或无所事事之时，收获了科学研究的丰硕成果。

1978 年，病了十二年的儿子终于有了手术的希望，周先生携子赴京等待手术机会，由于没有关系，住不上医院，只能住在亲戚家中，托人找关系，等候七个月之久，才住上医院。在等待的过程中，周先生心情极为复杂。儿子的手术，非常凶险，走上手术台，都不知能不能下得来。作为父亲，理应多陪陪孩子，陪伴孩子短暂生命里极有可能是最后的时光。但是难得去北京，难得有时间利用北京的读书条件，错过这个机会，周先生也不甘心。心情在矛盾中撕裂。周先生强压身为父亲的不忍，把孩子放在亲戚家中，自己每日去各大图书馆看书。这次北上，本身也带有任务来，公务方面，要对集体注释的《韩非子校注》进一步校勘、推敲，全面审定；私底下，周先生也想附带进行高适研究。这期间，周先生利用关系，看了北图善本室的《四库全书总目》，将其中《高常侍集》与郑振铎校过的高适诗集进行复核，检验自己已用的文献资料是否准确；经常出入北新桥的柏林图书馆，查阅港台资料，了解掌握唐诗研究的前沿信息。旧历年前，儿子有了可以入院的消息，周师母终于被准假来京，周先生抓紧这可以脱身的十几天时间，赶到故宫博物院图书馆，去看季振宜的《唐诗》和胡震亨的《唐音统签》。这些都是海内孤本，图书馆不对外开放，再三请求，才获允许。20世纪70年代的餐饮业，远不像现在这样遍地开花，周先生去图书馆看书，经常就是啃凉馒头当作午餐。

回顾改革开放以前自己的学术之路，周先生说："那时'只专不红'帽子就抓在革命群众手中，专心读书是有风险的。事后有人问我，那时为什么这么投入，我也说不清楚，或许是兴趣的问题，也可能是书生积习难除，不愿虚度一生吧。"因为多方面的涉猎，先生的知识体系更加完整了，周先生日后所以能在很多领域都左右逢源、获得卓越成就，这十年的积累，非常重要。

恢复高考以后，踏入早就应该进的大学门，我记得我们那一代人，说得最多的，就是把耽误十年的时间抢回来。其实，岂止我们这些该读书没学上的少年，想做事的人，哪一个不是被按了十年暂停键？蹉跎岁月，醒悟过来的人们痛心疾首。然而，从同一时间段过来的周先生，却在默默中、不经意间收获了许多，尽管是被动的选择。"文革"期间，周先生成了系里的"勤杂工"（我想之所以这样，不只是因为家庭出身，也是他能够胜任吧），什么课没人上了，他就顶上，新开课或者被挑剩下的课，由他来上。甚至不是他的专业，有了突击任务，也拉他顶上：他非语言专业，被拉去编《辞海》；不是文艺学专业，却要编写《马恩列斯文艺论著选读》；不是哲学老师，《韩非子校注》的任务交给了他。周先生的特点是，交给他的任务，就老老实实、认认真真去完成。知识储备不够，一边学习一边做，努力把自己变成内行，变成专家。正所谓"败也萧何，成也萧何"，事物都有两面性，当时被嫌弃、被认为是吃亏的事，做起来确实很难的事，也成全了周先生。在"评法批儒"时，全国很多单位很多人都卷进其中，但是热闹之后，一片荒凉。周先生却把儿戏一样的东西做成真正的学术著作，除了《韩非子校注》，更由此衍生出学术价值很高的《韩非子札记》。

周先生就是这样，开垦一处，收获一处。

荒唐的年代终于过去了，恢复实事求是优良传统时，周先生凭借多年来无心插柳的科研成果，被特批为教授，而后各种荣誉纷至沓来：第一批享受政府特殊津贴，出任南京大学研究生院副院长，江苏省政协委员、常委，江苏省文史研究馆馆长……还有各种海外考察交流的机会等。周师母形象地比喻周先生是"风雨之后见彩虹"。比起同时代的很多人——十年蹉跎之后，学问中断了，什么都做不起来，然后碌碌一生，周先生何其幸运！但这幸运不是别的什么力量的赐予，只是因为热爱传统文化，因为执着这一念，逆流而上，之死靡它，周先生才见到美丽的七彩长虹，属于自己的彩虹。冰心说过，"成功的花，人们只惊羡她现时的明艳！然而当初她的芽儿，浸透了奋斗的泪泉，洒遍了牺牲的血雨"。诚然，没有谁是随随便便成功的！

薪火相传，重造东南学术的辉煌，一直是周先生的心愿，他以强烈的使命感做这件事。二十世纪六十年代，南大的中国古代文学，跌入谷底。1960 年罗根泽先生去世，1962 年胡小石先生去世，1964 年方光焘先生去世，一时群星陨落，加上建国伊始便陆续调走了一些著名教授，南大中文系的知名学者，此时所剩无几。"文革"以后，更是青黄不接，幸而程千帆先生此时来到南大。程先生来到南大之后，周先生便全力辅佐，与程先生共同培育人才。到了程先生晚年，周先生正担任研究生院副院长，考虑到程先生年老力衰、身体不好，周先生任期尚未满，便辞去了副院长职务，回到系里。作为东南学术承上启下的传承人，作为中国古代文学重点学科带头人，周先生做了太多的事情。于个人，周先生这以后的学术研究走上了更高的台阶，学术成果呈井喷之势，不断有新的论文、著作涌现。于学科，首先是着力打造南大古典文献研究所。根据文献所年轻教师的特点，周先生为他们每人选定偏重的研究方向，比如武秀成老师的版本目录、程章灿老师的石刻文献、曹虹老师的佛教文献、赵益老师的道教文献、严杰老师的唐宋笔记，大家的分工合作，使得古籍所在古籍研究整理方面，几乎涵盖了所有门类。由每个人的专门之长，合而为集体的整体之强，不能不说，周先生这一部署是具有高屋建瓴的战略眼光的。在古籍研究整理方面，周先生领衔主持了几项大型文献整理，诸如《册府元龟（校订本）》《全唐五代诗》《唐人轶事汇编》《宋人轶事汇编》等，都获得了巨大的成功。其次在培养年轻人方面，周先生说，1956 年底重回高校当研究生后，对中央大学的学统认识深入了一些，颇欲循此培育根本。本着从老师那儿传承下来的"有教无类"教育思想，周先生的学生，国内的、国外的、天资好的、资质平平的，周先生说，只要他们愿意学，我就愿意教。不光自己教，还给学生提供转益多师的机会，1990 年代初期，周先生在南大与日本奈良女大之间搭建桥梁，将学生送往国外学习，让她们开阔学术视野，这在南大交换留学生方面，是开先河的。对于青年学者，周先生热心提携奖掖，总是亲自向学术界推介，在会议上，在文章里。如果说程先生在南大培养了蜚声海内外的"程门弟子"，对于东南学术起到了继往开来的作用，周先生在培养人才方面也同样做出了卓越的贡献。如今活跃在学术舞台上的中生代学者，很多都出于周先生门下。他们或早已是专业的领军人物，或已是各学校学科带头人、学术骨干。复旦大学傅杰老师评价周先生说，"在教书育人方面，他与程千帆先生共同培养了一批杰出的学生，成为国内古典文学的最为成功的范例"，称赞他为"教授之教授，博导之博导"。再次是在学术交流方面，他为了让外界了解南大中国古代文学专业，传承弘扬南大学术传统，周先生筹办各种学术会议，扩大交流，广交朋友。同时自己积极参加各种学术会议，周师母说，最多一年，先生飞往国外、省外 36 架次。那时飞机准点率很差，又时常因为天气原因，飞机迫降别的机场，当年没有手机，家中电话不能打长途，航班变化不能及时得知，常常在家里等得提心吊胆，甚而彻夜难眠。

2019年暮春4月，外子巩本栋邀请北京大学著名学者葛晓音教授到南大讲学，刚在宾馆安顿下来，晓音老师便提出拜访周先生。此前刚过去的一年，南京大学为周先生举办了隆重的九十寿辰庆祝活动，晓音老师因故没能参加，这次特意给周先生补了寿诞礼物，是一条鲜红的长围巾，洋溢着浓浓的喜庆。聊天时，晓音老师说起2010年邀请周先生到北大演讲，学生老师济济一堂。煞风景的是音响出了问题，怕没有音响周先生太吃力，晓音老师和陈平原老师两位当时的系领导，轮番上台讲话，填补修理音响的时间空白，偏偏音响修理很慢，两位老师又是毫无准备，晓音老师说挺狼狈的，尤其觉得对不起周先生。晓音老师说的那次讲演，是周先生最后一次外出学术报告，那年，周先生已经八十一岁了。

倏忽又是十年，如今已九秩高龄的周先生，精神矍铄，思维清晰，说话仍旧很快，浓重的入声字很多的南汇乡音，使周先生的表达显得急促，不满意时人时事，照例是口头禅"荒唐"打头，学生友人拜访，仍旧兴奋，滔滔不绝，"滔滔不绝"时间的长短，周师母视其劳累程度"控制"。尽管大部分时间居家，很多事仍旧都关心，只要是跟学生有关的，跟学科有关的。

我在写这篇文章的时候，看周先生这漫长而曲折的九十年人生，像看一幅逐渐展开的长卷。我发现，周先生这一生，几乎都是在做一件回报的事情：少年时期患病，几不能治，得亲情呵护转危为安；大学时期因肺病复发，学习受到影响，得老师扶持而有转机，终于步入学术殿堂。这些亲身经历，让他对传统文化中孝悌、仁爱的思想观念认识更深，体会更切，从而深深地爱上了优秀的中国传统文化，并将其融入自己的生命意识和学术事业之中。所以，无论是在条件艰苦的五六十年代，还是动乱纷扰的六七十年代，他内心对学术的那种热忱、对优秀的中国传统思想文化的眷恋，都成为他默默前行的强大动力。他努力开拓学术，勤恳教书育人，"发愤忘食，乐以忘忧""造次必于是，颠沛必于是"，把自己的人生毫无保留地奉献给了学术事业，奉献给了他所深爱的中国优秀的传统思想文化。艾青的诗歌说，"为什么我的眼里常含泪水，因为我对这土地爱得深沉……"因为爱，所以奉献。周先生就是这样。

2020 年 7 月 24 日写毕

29 日改定

1958 年底，周家相聚上海时之合家欢

前排左起：母亲顾彩云、小弟周肖初、父亲周廷槐

后排左起：小妹周吉芳、大妹周静芳、大哥周正初、次子周勋初和妻子祁杰

1957 年，祝贺胡小石先生、杨秀英师母七十大庆合影

前排左起：徐家婷、胡师母、胡先生、陈方恪先生

后排左起：杨其群、郭维森、侯镜昶、周勋初、谭优学、吴翠芬

南京大学举行程千帆先生八十寿辰庆典，当晚举办昆曲演出招待会，周勋初先生陪同众贵宾上台慰问演员

左起第二人章培恒，第四人程千帆，第六人匡亚明，第九人周勋初，第十人傅璇琮

周师母 祁先生

祁杰先生是周勋初先生的夫人，我们应该称周师母。但是早年间还是称呼祁先生的多，称呼师母，已经到了祁先生退休回归家庭很久以后。

早前所以多称祁先生，主要是那时感觉祁先生更像一位先生，在她身上那种独立女性、职业女性的个性很鲜明，光彩动人。尽管她回到北京西路二号新村那套南京大学公寓里，担当的也就是相夫教子的角色；尽管周先生太过盛名，南京大学又是周先生的"一亩三分地"；可就是难掩祁先生本身的光芒。

首先一点，祁先生和周先生可不是"藤缠树"的关系。

时光倒退到二十世纪五十年代，祁先生事业上风生水起的时候，周先生处境还很"惨"。即便是两人谈恋爱时，周先生的"条件"也不尽如人意。这么说吧，当时姑娘找对象比较看重的几个条件，周先生差不多都不及格。论政治条件，周先生非党非团；论家庭出身，是一被嫌弃的破落地主；没有政治条件，设若身强体健，能干家务活，也算是女人一个依靠，偏偏周先生曾经得过当时很要命的"肺痨"，为此还休学过。若不是家里借高利贷，想方设法买到了当时极其稀缺的"特效药"（就是现在很普通的链霉素。但当时此药刚刚问世，一针难求啊），已经被医院宣布不治的周先生，怕只能在家等待"二十年后又一条好汉"的结局了！肺痨这种病又是富贵病，不能出力干活还得营养好，而且说不准什么时候又复发了。这样的身体条件显然不能得高分。更别说，尽管在南京大学这样的著名学府毕业，尽管学业出类拔萃，因为家庭问题，周先生分配到北京也就是个普通职员，拿着刚毕业大学生的五十多元薪金。祁先生那时已经很风光了，北师毕业后即留在北师附小工作，而这个学校当时是学习苏联模式的试点学校，属于重点中的重点。工作三年后，祁先生被调到北京市教育局，负责编写小学教材，指导全市小学的教研工作。与周先生认识之前，祁先生已经晋升到讲师级别，工资 89.5 元，在当时年轻人中，是实实在在的高工资。还有一条，这要在现在，也绝对是谈恋爱的年轻人不可忽视的，就是祁先生是地地道道四合院长大的北京姑娘，而周先生住的地方却是乡下得不能再乡下了。我这样说可能有些夸张，周先生其实是上海浦东南汇人。但是二十世纪五十年代，南汇也很偏僻呀。祁先生六十多年以后回忆第一次去婆家的经历，还心有余悸。她说，平生第一次坐绿皮火车，一坐就是二十多个小时。人多拥挤，车还不停地靠站。每一次停站上客下客，都会掀起一个拥挤的小高潮。尽管很困乏，却无法入睡。到了南京下关，要过江，彼时长江还没有大桥隧道之类的交通，火车要"坐"轮渡。一列火车，分成三组，分别上轮渡。上岸以后再组合，组合一次，需要三个小时。及至到了浦口站，却没有发往上海的列车，须得等到次日。从南京到上海，虽说是短途，可短途有短途的窘迫，人更多，又是临近年关，回家过年的游子，大包小行李的，人人都不空手，本来就拥挤的车厢更是密不透风，空气混浊极了。短途还意味着所有小站都得停靠，所以这一段行程又是 8 小时。到达上海，按说离家近在咫尺，马上可以结束旅途了，可是麻烦远没有结束，走完陆路，该走水路了。但是天色已晚，于是又停留一宿。天明以后，先到黄浦江边南码头，乘轮渡到对岸；在浦东周家渡换乘火车，四小时后到周浦，下车步行至东八灶小码头等候机动船，至黑桥。下了船之后，眼前还是宽宽窄窄的河道。祁先生说她就茫然了，不知家在水的哪一方。好在婆母大人已经请人摇船来接了！听听听听，这样路迢迢水长长的，周先生还不是"乡下人"吗？至于著名教授云云，那是多年以后的事了。若论当年，祁先生嫁周先生，并且来到南京，可是需要极大勇气的。离开多少人趋之若鹜的首都北京，离开亲人，离开住习惯的四合院，"文革"中还经受了那么多的磨难，如此"千辛万苦，所为何来"？祁先生自己回答说："答案说不清楚，但肯定不是为了房子、车子、票子，是缘分，就算是千里情缘吧！"

然后，祁先生也不是靠周先生"扬名立万"的。

曾经有一次请周先生和祁先生吃饭，一同去的还有张伯伟、曹虹、徐兴无等人。文人吃饭，话比酒多，尤其还有伯伟、兴无在场。饭吃到尾声时，喝酒的人已醺醺然有醉意，说话便有些云天雾地，伯伟说，娶妻最不能找两种人，一是医生，一是小学老师。话一出口，伯伟便知造次了，但覆水难收，早被祁先生接着了。祁先生笑盈盈地："说来听听。"席间人便王顾左右而言他了。伯伟说这话其实不是针对谁，但也是有感而发。爱酒的人喝酒喜欢尽兴，最怕有人扫兴。偏偏中国女人没有几个愿意自己丈夫一喝酒便面目全非，更且又是伤身体的事，往往充当的角色就是扫兴，其中"最不识趣"的当属医生，因为医生的天职就是让人身体健康，更不要说对自己家人。伯伟老师是追求自由的，喝酒时不光自己要尽兴，也不愿意整体氛围被打扰，因而有此一说。至于说到小学老师，这里有个缘故。作为"熊孩子"的家长，大约每个人都有被小学老师训话的经历，正所谓人人"都有一本血泪账"。听陶友红说过一桩趣事。莫杞上小学时开家长会，陶友红去参加，坐在女儿位置上。同座的是位男家长。老师批评莫杞上课时随便说话，便让莫杞家长站起来。又接着批评莫杞同桌，让同桌家长也站起来。然后轮流指着两位家长来回数落。陶友红说，我们两个大人站在那儿，本来素不相识，倒好像同谋做一件坏事。

我想想那场面，也忍不住偷着乐，这种因为"熊孩子"被老师拉扯成的"友谊"很尬啊！所以，作为家长，对小学老师大家心里是有梗的。其实，也不光对小学老师，对中学老师也如此。有一次周先生请大家吃饭，席间张宏生的夫人汪笑梅起来敬酒，她开口一句"各位家长"，把大家听得愣住了，唯有周师母，立马叫好。当此时也，几乎家家都有一个"熊孩子"在读中学，而且都在金陵中学受教。汪笑梅此时恰是金中党委副书记。她这一声"家长"算是一网打尽了。但是祁先生反应也太快了！当然，要说中小学老师云云，这话其实不该伯伟说。曾经有一次被儿子的班主任约谈，伯伟老师分分钟就把角色转换了，直接由"老鼠"上位成"猫"，儿子的小班主任倒只有接受教育的份了，还得心悦诚服。这也是伯伟老师的能耐，属于个例，一般人做不到。孩子作为"人质"在别人手里的时候，家长其实是强硬不起来的，尤其是当"熊孩子"不太争气时。所以，如若是平时，伯伟这个话题肯定会引起一番吐槽，但这次不行，碰上了祁先生。南京市最牛的小学是琅琊路小学，南京的适龄小孩家长及其亲友，人人对该校心向往之，进得了琅小的"喜大普奔"，进不了的"羡慕嫉妒恨"。琅小的这份声誉当然与教师们的努力分割不开，而祁先生，退休之前就是这个牛校的执牛耳者！

1956 年，在祁先生的支持下，周先生重新考回南大，跟胡小石先生攻读副博士学位，两年后提前毕业留校任教。此时祁先生在北京市教师进修学院负责小学语文教学，已经是研究员了。为了解决两地分居，在调动问题上北京教师进修学院和南京大学打起了"拉锯战"，都不放人，最后是北京市委出面，祁先生调到南京市，至此，祁先生重新回归小学教育。祁先生在琅琊路小学任教导主任时，通过调查研究，提出了"三个小主人（做学习、集体、生活的小主人）"科研课题，并带领全校师生不断探索实践。2014年教师节前夕，该课题"小主人教育——一体化课程与教学改革探索三十年"，获得了国家级基础教育教学成果一等奖。这是建国56年首次将基础教育纳入国家级教育教学成果评奖范围，而琅小是江苏省唯一获此殊荣的小学。谈到此事，祁先生欣慰地说，38年教学生涯，画上了圆满句号！

春风化雨，幼苗成材，这是教育工作者的独得之乐。前年年初，祁先生参加了一次非常难得的聚会，几十年前的老学生专门回来看望她这个小学班主任。现在时兴同学聚会，但一般多是中学、大学同学，小学的比较少。一则彼时年幼，同学之间、师生之间的感情体会不那么深刻；二则年深月久，同学早已风流云散，聚起来不那么容易。现在为了看望一个多年前的老师，大家聚到一起了，作为凝聚点的这个老师，幸福感真的可以爆棚了！祁先生告知我们这个消息时，抑制不住的兴奋，溢于言表。确实，还有什么比让孩子们记住更令人感动的呢？

1988 年，祁先生退休，回归家庭。对此，祁先生已盼望很久了。作为职业女性，尤其是将时间绝大部分奉献给工作的那个时代的职业女性，对孩子，对家庭，都觉亏欠太多，当然还有，对自己。

祁先生和周先生的第一个孩子周晨出生在 1966 年 8 月，孩子生下来就患有特别严重的先心病。祁先生在妊娠期间，因为输卵管炎症，医院采取理疗手段医治，十次微波射线的照射，给孩子的发育带来了致命的影响，除了眼、耳、鼻、唇，更严重的是造成心脏的畸形发育。严重的心脏病，使得孩子不能像正常小朋友那样游戏玩耍，不能和正常孩子一样上学读书。虽然后来千辛万苦总算给孩子做了手术，虽然孩子后来自学成才，有了谋生的本领，但是，他本来应该有的正常的幸福童年、正常的校园生活、更为远大的前程，终归被耽误了。尤其是在孩子漫长的求医路上，在"文革"那畸形的时间段，不许请假，不许缺席，作为母亲，祁先生无法照顾孩子，无法陪伴孩子，那种焦虑，那种绝望，加上前后几十年的担忧，一辈子的愧疚，是祁先生这一生刻骨铭心的痛。

听祁先生说过她几次死里逃生的经历，其中两次是在"文革"当中。尤其是生产周晨时，难产，手术没处理完，医生护士就跑出去议论白天毛主席在首都接见红卫兵的事情了，结果导致大出血。生产时，出现危险时，祁先生身边没有任何亲人，亲戚都在外地，而此时的周先生被通知深夜两点到大操场集合，次日上午将在鼓楼广场上接受省革命军事委员会主任杜平中将检阅，先要接受动员报告，整装待命，不能离开。血湿透了整个床单，祁先生连呼叫的力气都没有了，幸而临床一位产妇发现，叫了医生，祁先生才从死里逃生。

退休以后，祁先生推掉外聘，全心全意在家照顾周先生。每次我们去先生家，开门的总是祁先生，然后祁先生喊，"勋初——"，然后是周先生趿着拖鞋，从书房中缓缓走出，一副安逸的模样。周先生晚年学术成果累累，实在离不开祁先生的帮助。

从前人说到学者教授的夫人太太是贤内助的，都会说她们如何帮助先生记录文稿、誊抄稿件。但那是以前，现在想做这样的贤内助已经不可能了。陶友红提前从领导岗位退下来的时候，我见到莫砺锋老师，说："现在你要轻松啦，陶友红可以帮你做好多事啊。"莫老师问："帮我做什么呢？"我说："抄稿子啊。"莫老师说："我自己用电脑打，干吗要抄啊？"说的是啊，我把这茬给忘了。那是刚用电脑不久的事。以前文章都是用手写，一遍遍修改后，稿纸上便乱七八糟的，要想看清楚，就得重新抄写，甚至一遍遍抄写，所以有誊写、誊清之说。有了电脑之后不用这样了。20世纪90年代初我们刚学电脑时，有一次赵宪章老师兴奋地跟我们分享体会，他说，电脑最大的好处是方便修改文章，不想要的可以删除，调整顺序的，可以用"块移动"插入，关键是，你无论怎么改动，稿子总是干干净净的。这种兴奋，不用笔写文章的人是体会不到的。但是电脑普及时，勋初先生已是接近古稀的年龄了，用了一辈子的笔，改用电脑，实在是太难了。可周先生不能不写作啊，这困难的事，就让祁先生做了。其实祁先生当时也算年事已高，可是，她学会了使用电脑，学会了打字，尤其是为了配合周先生需要的古文输入，她学的是最复杂最难记的五笔输入法。周先生这样评价祁先生，他说："妻子手勤，能接受新鲜事物。网络时代到来后，她又学电脑，又玩 QQ 和微信，居然能与时代同步。耄耋之年，用五笔输入法输入、编辑、扫描、刻录、查询等，她都能应付。我晚年所写的书稿，都是她在电脑上打印出来的。"祁先生可以说是周先生晚年事业上最得力的助手。陶芸先生对千帆先生也具有这样的意义。陶先生的特点是她认真记录程先生每一天的活动，事无巨细，都清清爽爽有案可稽。信件啊，照片呀都井然有序地整理保存很好。她那种鲜明的档案意识和耐心细致的作风，不仅对程先生的工作帮助很大，对后来人研究程先生也提供了诸多便利。陶先生又写得一手好字，程先生在南大上课的讲义，竟是陶先生用蜡纸钢板刻写出来的。两位师母帮助丈夫的方式不同，但都具有奉献精神，她们都无愧于贤内助的称号。

周先生九十华诞庆祝活动，前前后后拍了很多照片。会后不久，祁先生即整理出来，配上说明文字和音乐，以电子相册形式在微信群里发了出来。重喜转发时说："祁先生不仅会滴滴打车，还会图文美篇。"说的没错，祁先生就是一个不断学习、与时俱进的人，电子时代的林林总总，后生晚辈都不及她熟悉。一次说起某个邻居熟人，手机不会用，怎么教还教不会，祁先生都想不通，怎么就学不会的呢？可是就有这样的人啊，而且还不少呢，周先生也是啊。

祁先生的文章也写得挺好。我尤其佩服她惊人的记忆力，半个多世纪以前的事情，连细节都记得清清楚楚，写来井井有条，九十岁的人了，脑子清晰得很。晚年回忆文章，祁先生写了不少。我想起有一套丛书，都是夫妇合著的随笔，像黄宗英和冯亦代，黄苗子和郁风等，都参加了。所以建议祁先生也做一本这样的书。但是祁先生不愿意打乱周先生的写作计划，终究没有做。

祁先生以前身体很差，她经历的新旧社会给了她很多磨难，那些经历听起来都惊心动魄。退休以后，除了照顾周先生生活，帮助周先生工作，祁先生自己的退休生活也安排得丰富多彩。尤其是坚持不懈的体育锻炼，像太极剑、太极拳、大雁功，每天练习不辍。除此之外，祁先生还参加了南京高校退休教师组成的"大乐天健身队"，和南大一些志同道合的朋友组成了"小乐天健身队"，学习舞蹈，组织参观、聚会，不光愉悦了身心，还强健了身体。晚年，祁先生陪着周先生出去讲学，参加各种学术活动，旅游参观，走了很多地方，在传播中华文化的同时，也饱览了世界各地的美丽风光。祁先生把这些记录在随笔《风雨过后见彩虹》里。祁先生把这篇文章发给我看，我看后给师母写了邮件，由衷地说："先生和师母晚年生活，真如这篇文章题目：风雨过后见彩虹！很为先生师母高兴。先生师母这一代人，经历风雨太多，很多人没能熬到见彩虹的时候，更多人风雨过后，没有彩虹可见。因为快乐和幸福很多时候是艰辛和努力换来的。先生和师母的'彩虹'尽管得之不易，却是受之无愧。"这是我对两位先生的生活经历、生活态度的真实感受。真心希望两位先生健康长寿，希望他们的彩虹更加绚烂多彩。

2020 年小暑

"我坚持认为，周先生遇到祁先生很重要"，周先生和周师母在台湾日月潭

2003年9月，周先生
夫妇游毕荷兰鹿特丹
港后自游艇上下来

读书人的事儿

周先生晚年的学术著作是这样"写"出来的

2018 年,"周勋初先生学术思想研讨会暨先生九秩华诞庆祝活动"现场

"非典"教授——许志英老师印象

许志英老师和一般的教授不太一样，有这样看法的人，肯定不止我一个。我称之为非典型教授。

许老师相貌俨然，不苟言笑，初识者多会敬而远之。即便是认识已久，如果不很熟悉，怕也还如此。许老师有一种不怒自威的气场。但就像一句老话说的："望之俨然，即之也温。"熟悉之后会发现，有时白白被他的外表吓唬住了。

我有一段时间住在北京西路二号新村，和许老师一个院子，上下班有时会在路上碰见。一次是上班时遇见了，说了几句话后便匆匆赶路，随口说："要迟到了。"他说："还这样认真？"我很诧异："不是您订的规矩吗？"他就笑了。其时许老师执掌南大中文系 4 年，刚刚离任。他在执政期间，要求行政人员上下班要控制在正负 15 分钟内，即上班可比学校规定时间迟到 15 分钟，下班则可早 15 分钟，但以此为限。二十多年来，这个规矩还因循着。许老师是注重立规矩的，他在系主任任上，制定了很多条例，诸如"工作量分配条例""青年教师培养的业务要求"等，使得很多事情做起来有章可循，有法可依。但他又不是胶柱鼓瑟、不知变通的人。他对大家的要求是以做好工作为原则，而不是斤斤计较于几分钟。他务实，不讲形式。他规定正、副主任每人每周只值班一个上午即可，不是必需根本不开会。中文系会议少在圈子里是出了名的，一年难得开一次全系大会，到现在也基本如此。不扰民，也是他的原则吧！都知道知识分子对时间是很吝啬的。

许老师是典型的金刚脸菩萨心，他以农民式的务实关心每一个人的实际利益。每次系里申报奖项，评定职称，在他都像排兵布阵、指挥作战一样，力争系里利益最大化。曾多次听他说，某次如何如何，谁谁上了；某次排序失当，该上的没上。谁拿了荣誉，进了职称，比他自己得了还高兴。谁没有得到，他会觉得是自己工作的失误，很对不起人家似的。而他自己，上任伊始便宣布，任期之内，自己不参加任何级别的评奖。涨工资时，他关照人事秘书，尽量给每个人都把优势算足，尽量往上靠，他说的话也是农民一样的朴实，他说，钱是国家的，又不要个人掏腰包！对于钱，许老师没有一般知识分子的羞羞答答，他会很实在地表达出来。实行岗位津贴时，我遇到点小麻烦，他很迅速、明了地说，你一年损失多少人民币。对人民币许老师还有个独特的计算方法。有一段时间，老母鸡卖15元左右一只，涨工资时，许老师会说，涨了几只老母鸡。"民以食为天"，国计也好，民生也罢，其实都离不开钱，知识分子当然也需要钱，只是谈到钱时就免不了"犹抱琵琶半遮面"，许老师没有这样的毛病。

许老师很多时候确是像农民一样的务实，没有知识分子的虚荣。许老师孩子比较多，许师母又没有工作，因此家累比别人重。有相当一段时间，许师母在二号新村负责分发牛奶，以补贴家用。逢到月底需要订奶时，许老师就会帮助收钱记账，平时许师母忙的时候，许老师还会代替许师母分发牛奶。院子里都是本校老师或家属，都是熟人，许老师做起来很坦然，没有一丝勉强。以许老师的教授、博导、系主任的身份，能够放下身段做这样平凡小事的，在南大，好像找不到第二个人。

20世纪90年代，我们系和山东师范大学合办研究生班，他们负责招生管理，我们负责教学。1996年暑假的课程，由叶子铭老师、胡若定老师和许志英老师承担，因为学生都是济南威海地区的，授课地点安排在威海。这期间有一次英语考试，我负责监考。考试正在进行时，山师大的一位老师喊我出去，商讨办学中的一些事，再三推托不得，碍于情面，我出去了，考场有一段时间处于无人监考状态。我心里很忐忑。回来后，叶老师问考试情形，我支支吾吾没敢说。许老师回来后，也问同样的问题，我如实告知，许老师沉吟一会，说："眼不见为净！"我当时对许老师的说法是很吃惊的。多年后我想，其实，不如此，能怎样呢？我觉得这件事很能看出许老师的睿智和删繁就简的果断风格。

许老师退休以后，家搬到了港龙，我们家也点了港龙的房子，距离比较近，算是做了邻居。此前他遭遇了一次脑梗，病愈后，行动不很方便。他本来是喜欢出游的，现在不免受到些限制。活动范围受限之后，他比较经常地光顾我们家。来时泡上一壶茶，而后开聊。说是聊天，其实也不能算，一般他说的多，我们听的多。许老师虽然在天子脚下浸润了十好几年，可是一口乡音丝毫不受干扰，我听起来就有些费劲。外子比我耐心，领会得多一些，但他向来寡言，也不是好的谈伴。所以谈话一般是一边倒的格局。谈到时间差不多时，许老师就告辞了，然后下次再来。一次送他出来，我走上前开电梯，还没到跟前，他将手中拐杖伸出来，隔着老远，点向电梯按钮，竟然很准确。我转过脸来，看到许老师一脸恶作剧成功了的得意，不由得大笑，许老师也笑起来。

看到许老师有些无聊，我向他建议："您可以写一些东西。"我指的是散文一类的。许老师之前曾经编了一本中国现代作家的怀旧散文，给集子起的名字叫《撕碎了的旧梦》。这个书名许老师很得意，特意跟我们说过。而后又编了《学府随笔（南大卷）》，是本系老师自己的作品。这本书从打印通知到最后成书，我都参与了，其间复印、剪贴、编目，差不多就是剪刀加糨糊地搞了一大厚本。说到构思时，许老师觉得是个很好的创意，可以几个高校各出一本。而这种随笔自有风格，不会同于流俗的。有了这样的实践，我想许老师对自己写一写，肯定会有兴趣的。果然，许老师立刻兴趣盎然起来，隔不了几天，就拿来一篇稿子给我，而且是绵绵不断了。许老师记忆力极好，多年前的事情记起来连日期都不会忘，做了什么事，什么人参加的，毫发不爽。作为资料，这都是极有价值的。可是许老师真把散文当资料记了，词句的推敲、篇章的布局，都不考究了。而他把这个任务交给我了。许老师受脑梗影响，他的字和他的句容口音一样难辨认。因为要表达的意思很多，句子的修饰限制也就很多，又因为思绪的汹涌，来不及推敲，所以语言就有些诘屈聱牙。我是急性子，读起来很着急。开始改的时候我是战战兢兢：他是著名学者，又是长辈，不好意思删削。后来看他毫不客气，所有稿子只管送来，我也就不客气了。都说"老婆是人家的好，文章是自己的好"，许老师可没有这样的成见，能够像他这样不耻下问、从善如流的，我也只见过他一个。散文结集后，许老师在后记中这样说："我还要特别感谢王一涓女士。我请她为我的随笔把把文字关。因为她有 10 年教中学语文的经验，善于'咬文嚼字'，又写过不少优美的随笔，所以请她帮助做这件事。现在看来这样做是很对头的。她连我以前写的几篇随笔，也全看了。她的修改很慎重，尽管一般不是很多，却都是改之所当改，往往有画龙点睛之妙。"想着自己时不时的牢骚，不由得惭愧非常。

在接触许老师随笔的过程中，我自己其实是很有收获的，他的关于"文革"的一组文章，补充了我对"文化大革命"的了解。许老师的《同室操戈窝里斗》《东岳五七干校》《清谈组》，详细地讲述了科学院、文学所"文化大革命"的情况，我第一次这样近地跟随一个亲历者的眼睛看"文化大革命"。我发现当斗争比较理智的时候，还是会有人性的火花闪现的。"文革"初期，文学所现代室写了关于唐弢先生的大字报，唐先生有冠心病，不能到所里看大字报，他们就到家里把大字报念给唐先生听，选了一个普通话比较好的人朗读。怕唐先生受到刺激，又特地带了速效救心丸。这些，当是与人为善的态度。我还发现，批斗"走资派""反动学术权威"，除因响应号召外，使得批斗越来越升级的，其实很多情况下是因为"造反派"之间在比较谁更革命。革命的证明便是谁的革命行动更多、更激烈，因而也造成对被批斗者更加惨烈的伤害。文学所的这种伤害，我从宗璞先生的散文中见到了。从许老师的文章中，我又从另一个角度了解了现当代一些著名学者作为"反动学术权威"在"文革"中的遭遇。"文革"中每个人因角色不同，角度不同，对"文革"的感受也会截然不同。多方面参照来看，结果会更加立体。比如，因为军宣队的"掺沙子"计划，文学所的单身汉被分住到各个学术权威家中，这在进驻的人，是执行任务，是革命行为；在被进驻的家庭，其实就是一种迫害。许老师当时是和樊骏分到蔡仪先生家中的，据说相处还算客气。但我曾看过杨绛先生的回忆文章，讲到这次行动，因为掺的"沙子"的种种不能忍受的行为,钱先生与之动手了。这成为钱先生不能回忆的痛。还有,运动到后期就乱成一锅粥了,"造反派"彼此倾轧、互相斗争,用许老师的话说,就是"同室操戈、窝里斗"了。

在"文革"特殊的年代里,许老师在认真参加"革命"的同时,也在锻炼着独立思考的能力,他和他的一些志同道合的朋友,透过乱纷纷荒唐的现象,判断、思考关于中央"文革"小组,关于批当代大儒,关于"四人帮"……这在回忆录《清谈组》里都有所体现。我想,正是由于这些锻炼,才有了《"五四"文学革命指导思想的再探讨》这样闪烁思想光芒的文章的产生。

随笔写得差不多时,许老师说他想写小说,写他的家族。他说他的家族是个大家族,有很多故事,他已经在构思结构了。听了这些,当然是令人高兴的。因为写小说诚然不易,但愿意去尝试,这不光需要勇气,更重要的是要有一种精气神,有对生活的热爱和信心。自从许师母去世以后,家中许多烦琐细事上,许老师便失去了依恃,虽有儿女照顾,但落寞是免不掉的。他愿意做这样宏伟的事情,自然是极好的。但是,这事终于没有做成。

2007年9月13日,我下班回来,外子告诉我,许老师下午来过,跟他聊了一会天,还留了两件事让我帮着做。外子说,许老师问他孔子和孟子的"73""84"是虚岁还是周岁。

他回答说古人是算农历的，自然是指虚岁。许老师说："那我已经过了孔子的年龄了。"许老师一向是达观的，仿佛参透了生死一般，他说过，70岁以后，多活一天是赚一天。而且，遇到古代文学方面的东西，许老师也常向外子询问。我说过，他是不耻下问的。所以我们没有太在意。许老师还说了我们系以前一位老教授自杀的事情。他说老先生在遗书里写道，"生意已尽"。这件事我也多次听许老师说过，他每次说时，只是叙述，并不评论，我们都是当作系里掌故听的。所以也未多想。许老师让我做的其中一件事，是让我帮他分稿费，还把他的身份证也拿来了。《学府随笔（南大卷）》要出来了，需要把稿费分给大家。这事暑假里我已经替他做了，但没做好。我天生不会"理财"，尝试用很多种方法分钱，可越分越糊涂。这他知道。怎么又交给我了？晚饭后，我和外子出去散步，到了许老师家，告诉他换个人做吧。他问换谁，我说"翟业军吧"。翟业军是许老师留校的学生。许老师说，"你等一下"。说着便进了里屋，一会儿拿出一张写了字的便笺来，让我明天带给翟业军。我们来时许老师已用过晚饭，在小女婿的帮助下洗过澡了，换了一身洁净的睡衣，坐在沙发上看电视。我们走时，许老师和往常一样把我们送进电梯，没有一丝异样。岂料，次日我刚到系里，就听到了噩耗。

我听说，许老师把所有事情都交代得清清楚楚，安排得妥妥帖帖，可见是很平静地走的。连自己的生死都要由自己掌握，这是符合许老师性格的。能如此潇洒地对待生死，许老师是不同于一般人的。按照自己选择的路走，应当也是欣慰的事情吧？

今年四五月间，我和许老师的女儿许爱军一起吃饭，她告诉我，许老师走的那天夜里，烟灰缸里积满了烟蒂。我不由得心颤了：死生亦大，死生亦大矣……

2014 年立秋日

又记：

许老师生于 1934 年，今年是他 80 岁诞辰，谨以此文，纪念先生。

抽烟是许志英老师的标志性动作

一蓑烟雨任平生——莫砺锋老师散记

一

《论语》有云："君子有三变：望之俨然，即之也温，听其言也厉。"这句话用来形容莫砺锋老师，再贴切不过了。但细究起来，又觉似乎还有些可以说的，主要是"即之也温"这句判语，其实"即之也温"也没问题，只是"即"这个动词在莫老师那儿做起来有点难度，说白了，就是接近莫老师好像有点困难。

莫老师的难以接近，应该是绝大多数人的印象，熟悉的、不熟悉的，都如此。以前赵益老师有一套丛书想找人撰稿，找到我们家，外子说没有时间，建议他找莫老师，说莫老师对唐代很熟。赵益说："我不敢。"莫老师倒不是凶，但是冷，一副拒人千里的模样，即便是熟人，见面说话好像也超不过两句就没话可谈了，莫老师是话题终结高手。如果说开会时，以莫老师现在的地位，自是菩萨一样高高地被供着，很高冷也就罢了，集体活动时，莫老师也是独往独来，独行侠似的。比如乘车出行，一车人，他自己独自一座，周围热火朝天地聊天、争论，甚至打嘴仗，都与他无关，莫老师自觉地就把周围屏蔽了，或者说把自己隐身了。那种在人海中把自己搞得跟孤岛似的寂寞，我推己及人，知道其实滋味并不好受。我自己是有社交恐惧症的，但莫老师倒未必如此，不过，不知如何打开自己，或者也并不愿意打开自己，大约逃不出这两种情形吧。

一个人性格的形成，如果不是天生遗传，那一定与环境有关，而性格如果发生改变，那更是外力所致无疑。莫老师小时候其实是个乖宝宝，我看莫老师的《浮生琐忆》，很有这感觉。五六岁了，因为羡慕别的小朋友有亲戚可以走动，跟妈妈的一个同事回家过周末，下午出发，没坚持到晚上，就已经想家了，到底被送回来了才算了结，且说以后再不羡慕小朋友走亲戚了。考上苏高中，爸妈尽可能收拾了被褥送他住校，却无力置办蚊帐。校长在生活老师陪同下看望新生，看到莫老师没有蚊帐，关切地询问原因，莫老师很乖地回答："妈妈说明年再给我买蚊帐。"校长及其随同的老师都笑了，由此莫老师也得到一顶照顾的蚊帐。乖巧听话是一回事，莫老师性格也很开朗，他自己也说，小时候在中小学里，文体活动是常参加的，唱歌、朗诵之类的常在人前表演，打乒乓球，因为技不如人，抢不到球台，等着人家放学回去，在暮色苍茫中也要打上几盘，直到对面人脸也看不清楚才作罢。那个时候的莫老师一点也不高冷，甚至有些热情。然而这一切，是什么时候改变了呢？

莫老师有一张照片，是恢复高考后，历尽艰辛上了大学时的照片。站在安徽大学校园一幢楼前，莫老师身穿中式棉衣，两手抄在袖子里，神情落寞，尤其是，暮气沉沉。20世纪70年代末，刚刚过去一个漫长疯狂的历史阶段，重新踏入校园的大学生，是那个时期的天之骄子，人人都是意气风发、意欲有所作为的模样，像莫老师那种情形，委实不多见。但是，把时光的大钟向前拨，我们会发现一个迥然不同的莫老师。

把时间定格在十一年前，一个十七岁的少年，刚刚结束高中阶段的文化课学习，悄悄溜到摆放招生宣传的饭堂里，目光在清华大学招生简章上流连，然后毫不犹豫地为自己选择了电机工程、数学、力学、自动化控制等专业，工工整整地填写在高考志愿表上，摩拳擦掌，只待考场一搏。"少年心事当拿云"，那个时候的莫老师真是豪气干云啊！

时光再向前倒流三年，琼溪镇中学初三的孩子们毕业了，面临填报中考志愿，学校的教导主任亲自把一个普通职工请到学校，动员这家的孩子报考赫赫有名的苏高中，并说这个孩子是这个学校唯一有望录取苏高中的。确实，这个孩子也没有辜负学校的厚望，真的很顺利地被苏高中录取了，这成了琼溪镇中学最大的喜讯，也是当年琼溪镇上最轰动的消息。这个孩子，是莫老师。

再把时光往前推移一年，一个初中二年级的小男孩，代表学校参加县里数学竞赛，轻轻松松以满分第一名的成绩，给学校挣来荣誉，然后在全校师生的注目礼中，接受校长隆重地授奖，这个小小少年，也是莫老师。

……

这样一个在求学路上一路顺风顺水、高歌猛进的好学生，十几年之后，站在公社办公室里，面对恢复高考的志愿表，却战战兢兢、犹豫彷徨，不知、不敢填写什么专业、报考什么学校，最后连宿州师专也写上了，唯恐失去这好不容易得来的可以离开农村的机会。当日的万丈豪情，已经被十几年的难堪岁月无情地消磨殆尽了。

二

往事不堪回首。莫老师在说自己妈妈的一生时，说妈妈的好日子在跟爸爸结婚的那一天就过完了。可能不唯妈妈如此。"爸爸"这两个字，对于莫老师来说，委实太沉重了。童年的欢乐，少年的精神滋养，青年的厄运，似乎全都来自爸爸。

朦胧月色下，载着简单行李的小船行驶在雾霭笼罩的河面上，莫家自陆渡桥搬迁去鹿河，爸爸妈妈坐在小凳子上小声说话，两个孩子趴在船边数河上的桥；晚饭过后，妈妈忙着收拾碗筷，爸爸把孩子们带出门散步，怀里抱着一个，手里牵着一个，还有一个自觉是小男子汉了，忽前忽后地跑着；睡觉之前，是爸爸固定的讲故事时间，讲了几百遍的"大马虎"是给最小妹妹的"特供"，其余兄妹，已经从小白兔、大灰狼听到了孙悟空、《聊斋》，每天都在意犹未尽中走向甜美的梦乡……有爸爸的家，虽清贫，但安好。

繁星满天的夏夜，小河岸边铺排满了乘凉的人家，劣质的蚊香乃至用来驱蚊的木屑，弥漫出呛人的烟雾。莫家逐渐长大的孩子，可以跟爸爸比赛背诗了，一本《唐诗三百首》是全家人的挚爱，从"床前明月光"到"汉皇重色思倾国"……父子兄妹，你追我赶，像"抢三十"似的，"赌书消得泼茶香"的乐趣，不让易安夫妇。诗，后来成了莫老师十年知青生活的精神食粮，陪伴他度过无数连煤油灯也点不起的暗夜，使他在孤寂无聊的日子里还可以打起精神往前走，在长长的绝望中坚持下去。诗，更成了莫老师后来一生的事业，研究诗，教授诗，一辈子再也没有离开过。凡此种种，焉知不是父亲的赐予？

然而，父亲，又是莫老师成长史中最灰暗的那一部分。十六岁考入军校，从没上过战场当了十年文职军人的父亲，很遗憾，当的是国民党的兵，人生最初不知结局的这一步，给自己，给家人，带来了无穷无尽的磨难。那些难堪的往事，莫老师真的是没齿难忘了。

高中三年级时，一天，正在教室看书的莫老师，意外见到出现在教室门口的爸爸。爸爸从不到学校来的，莫老师不知是喜是忧。带着父亲来到离学校不远的拙政园，爸爸告诉了他一个惊天的消息：爸爸所谓的历史问题在"四清"运动中被揭发出来了，作为阶级异己分子，要被清除出革命队伍。那天的拙政园，虽然冷清，但风景美丽依旧，可父子俩的心却彻骨的凉。在讲阶级斗争、讲家庭出身的年代，这意味着，从此时起，莫老师一家人就被归入异类了，政治生命已经结束。花季少年，还不谙世事，人生的第一个打击来得何其迅速，何其致命！但，这只是厄运的开始。在不久后到来的那场更大规模的运动中，父亲更是作为"历史、现行反革命分子"而被抓捕。对他的处罚，要在万人大会上宣判，意即不光肉体惩罚，更在精神上践踏，所谓"打翻在地，再踏上一只脚"。这是"文革"中的创举。"文革"中的人性恶，真的是登峰造极、无出其右。父亲的遭遇，一家人不只是心疼，更忐忑。群众运动是没有王法的，谁知道会处以什么样的刑罚？妈妈已经身心全垮了，弟妹年幼，作为父亲的长子，莫老师要用稚嫩的肩膀，代替父亲撑起这个风雨飘摇之中的家。那天，莫老师步行二十里路，赶到宣判会场，亲历了宣判的全过程。我以前看小说《红岩》，知道国民党特务有一种很残忍的手段，就是让正常人与死刑犯一起上刑场，经历执行过程。这个手段万人大会也用了，从宣判死刑犯开始，然后一个、一个……作为儿子，目睹父亲在众人面前受辱，还要在惶惶之中等待不可预知的结果，这是何等残忍的极刑！莫老师那时二十岁刚出头。人生经历了这种种侮辱和损害，那个曾经活泼阳光的男孩，还可能轻松地笑对人生吗？

从高中毕业离开中学校门，到参加高考进入大学校门，正常的时间跨度是一个暑假，莫老师的那一批"老三届"，经历了十一年。十一年，正好是抗日战争加上解放战争的完成时间，是建立一个新中国的时间。莫老师当了十年农民。其间，入伍的、招工的、被推荐上大学的，走了一批又一批，莫老师从"小莫"做到"老莫"，终于成了"扎根农村积极分子"。少年"老成"了。说到这里，我想到一件事，莫老师五十岁那年，给新入学的研究生讲话，开口就说，"我已年过半百"。高校里，年过半百的教授，真不算老，不知莫老师为何就认为自己老了。还有，莫老师称呼自己的妻子为"老伴"，这在同龄人中，似乎也是仅见。现代人，心态都很年轻，很少有年龄感这样强烈的。所以我觉得从小知青熬到"老"知青，让莫老师落下"病根"了，就是心态老。当然不止如此，那种时光飞逝却老大无成的恐慌，更折磨人。在写给苏高中老同学顾树柏的诗里，莫老师这样感慨："十年陇亩送年华，落尽旧时桃李花。书剑无成农圃熟，相逢但解话桑麻。"但如果只是蹉跎岁月，也还罢了，背负着家庭问题的莫老师，寻常岁月等闲度过也非易事。一次县里发现一条反动标语，排查作案对象，大队书记很反常地登门，谎称需要上报知青接受再教育事迹，让莫老师作为典型写一份思想汇报。先进当然是没有的，其实人家是把他作为怀疑对象骗取他的笔迹呢。还有一次，在学习会上，因为太无聊，莫老师悄悄拿出一本书看，大队副书记发现了，并不制止，却偷偷告诉了主持学习的大队书记，于是书记在会上旁敲侧击："有个别出身不好的知青，偷偷在后排看封资修的书。"待成功地把大家目光吸引到莫老师身上之后，便提高嗓门，"莫砺锋，让大家看看你在看什么书！"幸好，莫老师那天看的是《马克思青年时代》。莫老师说："那次经历使我明白了，我的一举一动都有人向大队里打小报告的。"那十年，莫老师就是这样生活在被信任与被尊重之外。莫老师在结婚三十周年写给妻子陶友红的《结婚三十周年赠内十首》之二中这样写道，"久惯人间多白眼，逢君始见两眸青"，算是道尽了青年时期的难堪境遇。有了这样十年的生活馈赠，谁还能轻易对别人打开心扉呢？当然，莫老师三十岁以后是柳暗花明了。记得著名演员黄渤在接受采访时说，落魄时所遇皆冷眼，红了以后，似乎只有好人没有坏人了。莫老师现在所遇，自然都是好人，但长时间形成的习惯，即便是愿意打开自己，只怕也不知如何打开了。

三

十年知青生涯，带给莫老师的改变，不独性格，其实还有一个意想不到的根本性的命运改变，就是把一个本该成为工程师的人，变成了一个人文学者。这种结局，在那十年中绝望的每一天都不敢奢望却又真真是那十年种下的因果。二十世纪六七十年代的农村的贫穷，现代人恐怕无法想象。莫老师说他在农村的房间里没有家具，队里借给他一条长凳，既当桌子又当凳子，一头摆放煤油灯、书、碗筷，剩余部分才是凳子本来的功能。一物两用，莫老师说他"被迫设计了两种坐法：如果是白天坐着看书，或吃饭时只在饭碗上放着一块咸菜，就采取正常的坐法，两腿朝着同一方向。如果是晚上凑着灯光看书写字，或是吃饭时有一碗菜看放在凳上，我就骑在凳子上面"。但是"骑马式的坐法不是常态，我日常的下饭菜只有一味腌制的大头菜，撕一块放在饭碗上就行，根本不用菜碗。至于点灯看书，更是很稀罕的事。那年头我每月能凭证购买一斤煤油，只够每天点半个钟头，不能经常点灯看书"。不能点灯看书的莫老师，其实也没有多少书好读，但手边恰好有几本古代文学的书，于是就反复读，没有照明的黑夜里就把读过的书在心里默诵，像《宋词选》《古文观止》等，久而久之，整本书都可以背出来了。莫老师说他没有打算到中文系教书，确实，那个时候怎么可能有这样的念头，但是无心插柳柳成荫了。

当时同样的无聊岁月，别人是用另外的方式打发的，莫老师只跟书"较劲"，当然还是因为热爱。而这热爱的种子，是爸爸播下的。莫老师说过这样一件事，小时候，夏天家里祛暑的设备，是人手一把芭蕉扇，而爸爸的那一把，扇面上有爸爸手抄的烙上去的一首唐诗，羡煞了他和小妹。爸爸还有一个笔记本，是爸爸的宝贝，爸爸精心写的诗都在上头。爸爸平生最热爱的事就是写诗，尽管他自学写诗的路并不顺，但就是热爱，以至于后来连命都搭上了。耳濡目染，作为爸爸的孩子，莫老师喜欢读书，喜欢诗歌。父亲还特别看重孩子们学文化，孩子们的学习成绩，就是父母亲希望和快乐的源泉，而让爸爸妈妈开心，也成了孩子们学习的动力。努力学习的好习惯，使得莫老师在孤寂无聊的岁月里没有随波逐流，没有虚掷时光，而且，学习本身也是莫老师在毫无前途的十年中还能坚持下去的支撑。

在没有任何动力、任何功利心的十年学习中，莫老师的坚持是惊人的，除了读、背古典文学作品，莫老师还自学英语。他曾经用印刷体工工整整地把许国璋的英语教材从头到尾抄写过一遍，没有老师请教，就把英语作业寄给同学顾树柏的舅舅批改，在信件往返中完成教学。这样的学习，坚持了好几年。在"知识越多越反动"的那个年代，中文都没人学，何况外文，莫老师的行为在周围人的眼里就是异端，没人能够理解。套用李白的一句话，他是"独学无相亲"。但是，这又一次的无心插柳，阴差阳错，倒成了莫老师叩开命运之门的敲门砖。1978年的高考，莫老师因为超过了普通志愿的报考年龄，最终凭借英语特长，考进了大学。

四

这种铁杵磨成针的精神，到底成就了莫老师。我想说的是，这种坚持，也使得莫老师在自己的学术生涯中，能够不人云亦云，坚守初心。如今的学术界，早已不是静心做学问的环境了，好大喜功成为潮流，什么都搞"工程"，成果好像块头大更重要。报项目、申请经费，都是如此标准。但莫老师好像不为所动。像莫老师这样的身份，大都会是很多大型项目的负责人以及丛书的主编之类，莫老师不是。莫老师对报奖也没有兴趣。如今的奖项很多是看名头分配的，以莫老师的名气，得奖不难，但好像没听说莫老师得过什么国家、省社科奖项。莫老师认为学术研究，主要是文科的学术研究，是很个人的事情，不是"大跃进"式的群众行为，他对学术界的浮夸风很反感。莫老师对做领导也没有兴趣。在官本位的社会里，有职才有权，有权才有利，但是莫老师对权利不热衷。他所谓"视富贵如浮尘"，说的是妻子，也是自况。曾经在校领导再三要求敦促下，莫老师做了一年的中文系主任，但就一年，死活不肯继续了。现在普遍的情形是，很多领导即使退了，也会为自己留条后路，像设立个什么会什么所之类的，莫老师退了就是退了，退得很彻底，搞得自己连间办公室落脚都没有了。记得当时中文系的信箱都在走廊里，恰巧对着我的办公室，莫老师每次拿信件，太多的杂志之类需要分拣一下，莫老师就站在我们门口的桌子边处理，不要的扔垃圾，留下的带走。我那时因此得了不少莫老师的馈赠，杂志有复本的都留给我了，尤其是有他自己文章的，我倒得以先睹为快了。

也是因为沦落到社会底层，饱尝过生活的艰辛，莫老师的生活态度是极其平民化的。他曾经把自己的生活态度总结为三句话，"读常见书，乘公交车，吃家常饭"。而对学术研究，他的态度、视角也是平民化的。知识分子，尤其是有才华的知识分子，特别容易恃才傲物，精英意识特强，莫老师没有这些毛病。甚至，他对杜甫情有独钟，除了受老师千帆先生影响外，我觉得与他多年底层生活不无关系。老杜的那种接地气，那样关心民间疾苦，对莫老师影响很大。或者也可以说，因为声气相通，莫老师选择了杜甫。莫老师热爱杜甫，杜甫的1458首诗他会背其中800首；他长期研究杜甫，写了《杜甫》《杜甫评传》《杜甫诗选》等很多关于杜甫的著作；多次给学生开杜诗研究课，上课成果结集为《杜甫诗歌讲演录》出版。莫老师的平民意识也体现在他的做学问上。看莫老师近年精力多花在文化普及教育上，无论是被动地上百家讲坛，还是主动地写作普及读物，并没有离开自己的研究，但选择的受众变了，因而形式上活泼多样，内容上深入浅出，把高深的学问从象牙塔中请出来，变成知识惠及大众。这方面莫老师做了大量的工作，汇聚成书的有《莫砺锋诗话》《漫话东坡》《莫砺锋说唐诗》《莫砺锋讲唐诗课》等。莫老师自己述说自己有一个觉悟过程：《百家讲坛》讲稿结集为《莫砺锋说唐诗》出版，第一次印数就高达十万册；讲了白居易，也出了一本书，同样印了十万册。这是学术著作无法与之比拟的。这使得莫老师意识到："古典文学的作品如果没有让现代的普通读者感到有意义，没有让大家都来接受，我们的研究工作从根本上说价值不大……我觉得应该做好普及工作，让大家都知道唐诗好在什么地方，让大家相信唐诗的价值。"

莫老师的平民意识，还体现在他为人处世的原则。莫老师做系主任时，外派教师出国，派出去的都是即将退休的老师。这和以往的做法很不一样，以往的"战略思想"，好像出去是为了开疆拓土占领市场，莫老师显然不是这样考虑的。我开玩笑地说："你好像是分蛋糕啊。"莫老师很认真地反问，不应该是分蛋糕吗？我后来想一想，我一向不从利益方面看问题，其实怎么会与利益无关呢？在利益面前，做到公平，是莫老师的悲悯情怀，而怜贫惜老，则可能跟他深受杜甫影响有关。我做研究生秘书时，有一年招生，莫老师特意过来打听一个学生的考试情况，很关心。这在莫老师非常罕见，即使他做了系主任，找他的人肯定很多，也没见他这样做过。多年以后，我在看莫老师的书时，偶然引发联想，猜测当年被关心的那个孩子可能是某人的子侄辈，而那个人，还在社会底层生活，但他是莫老师的患难之交。莫老师在回忆文章里多次提到苏高中的一个同学陈本业，特别为他的聪明才智被埋没而惋惜。他说，如果当年高考没有取消，他和陈本业都能考进清华大学电机系，但他又说，那样"将来真能成为杰出的工程师的一定是他而不是我"。多年后莫老师到哈佛大学做访问学者，常常沿着查尔斯河散步，每每走到毗邻的麻省理工学院的校园处，他便想起陈本业，"我坚信陈本业本是最应该到这儿来深造的人，我也坚信这儿本是最适合陈本业发展的地方。可是事实上两者之间却风马牛不相及。我怀着失落的心情望着那些神秘莫测的实验大楼，不由得对命运之神的威严和残酷感到深深地畏惧"。关切惋惜之情，跃然纸上。并非"同学少年多不贱"，"富贵"而不相忘于江湖，难能可贵。莫老师的学术地位，使他经常担任职称评聘工作。关涉到人生计的事，莫老师从不敢掉以轻心。系里有一位老师，退休多年后有一次跟外系同事闲聊，对方说不如她工资高，且说你运气好啊，评职称时莫老师替你力争，我们系没人给我们说话。该老师方知当年评职称时还有这样的事儿。许结老师上职称也有一段故事。许结不光是家学渊源深厚，自己更是聪慧勤勉，但因为学历不够评聘标准，尽管专业成果斐然，上职称仍很困难。他申报教授的时候，蒋树声校长忧虑重重，在高评会上特地把莫老师叫到外面，说出自己的担心，他说如果许结上了，社会上会不会说，南大对教授要求这么低。莫老师事先料到许结的事儿不会太顺利，早早做好功课，他不光说服了蒋校长，更在高评会上让其他理工科评委投了赞成票。以莫老师沉默寡言的性格，以理工科老师异于文科老师的思维和坚持，那次高评会上堪比诸葛亮舌战群儒了。而这件"惊心动魄"的事，许结老师二十多年以后才知道。在其位谋其政，许多在莫老师那样位置的人都做过认真帮助人的事。莫老师不同的是，他自己做就做了，却从不告诉当事人。莫老师这是学雷锋做好事不留名啊，或者也可以说，他终究是孔圣人的弟子，"无伐善，无施劳"，如此而已。

五

莫老师从昙花一现的初恋，到真正获得爱情，相隔了太久太久的时间，就像《蒹葭》里说的"道阻且长"。莫老师最好的青春岁月恰在下乡插队期间，当然，插队的村里并非没有"小芳"，但似乎都不属于莫老师。莫老师的家庭出身，实在让人望而生畏，那是一道深堑，彼时是难以逾越的。而在莫老师，即便没有什么鸿鹄之志，一辈子终老乡间，也还是不情愿的。所以莫老师在"恋爱季节"里没有收获。但是，塞翁失马焉知非福，迟到的属于莫老师的花季终于还是来了，莫老师的"真命天子"在若干年后的南京等着他呢。"前缘休说三生石，不是冤家不聚头。淮北江南行欲遍，却来白下结绸缪。"月下老人比命运之神，待莫老师要仁慈得多。

说到莫老师和妻子陶友红的伉俪情深，想起前不久一件事。那天，我儿子笑着跟我说，今天吃了莫老师一嘴狗粮！他指的是莫老师发在《中华读书报》上的文章《我与手机》。莫老师从不用手机，即使做系主任时，很多人很多事要找他，也不用，唯一即时通讯方式是座机，不太急的可以通过电子邮箱。这在现代人，有点不可思议。莫老师终于买手机了，但是号码不公开，只是为了方便与妻子的联系。原因是一次妻子独自上医院晕倒在路旁联系不上。莫老师把这件事记在了文章里。我儿子笑：这一波狗粮撒的！

莫老师的《结婚三十周年赠内十首》写得非常感人，我最感动的是"平日龃龉夺门去，此时翻愿梦中来"两句。莫老师婚后有两次比较长时间与妻子分离，一次去美国哈佛，一次到韩国光州，时长分别都是一年。第一次离开时，女儿莫杞还小，刚上幼儿园，妻子工作很忙，还要照顾孩子。思念伴着担忧，不消说是很磨人的。"今夜鄜州月，闺中只独看，遥怜小儿女，未解忆长安。"相思之情，古今相同，莫老师此时与一千多年前的杜甫心意是相通的。思念到极致时，平日琐琐碎碎都涌上心头，就连拌嘴吵架都那么令人留恋，即便不可能真实再现，哪怕在梦中也是好的呀！这样的相思，真深入骨髓了。第二次在韩国时，莫老师写信安慰思念的妻子，说："现在毕竟好多了，每月可通话两次，信也是来往不断。我们只要再通上十五次电话，大概就可以见面了！"精确地计算通话的次数，可谓是掰着指头数日子，还说不相思吗？莫老师的信里接着说："近日读诗，觉得古人的分别才真是令人断肠。薛道衡《昔昔盐》：'前年过代北，今岁往辽西。一去无消息，那能惜马蹄。'设身处地替他们想想，真是难以忍受。相形之下，我们要幸运多了。"说是幸运，流露出的还是对分别的"令人断肠""难以忍受"啊！

其实，这也还不算什么，莫老师对妻子的那个关心，那才是无微不至呢。看莫老师和陶友红的《嘈嘈切切错杂弹》，有一件事，我看了既感动又好笑。那是莫老师在韩国客座的时候。一次，妻子说到买菜，莫老师在回信中指导："到市场买肉，先要巡视一周，挑选一处质量最好的，凡有白筋或颗粒的千万别买，看准了先问价，再按你所需量的 70% 叫他砍，砍下来就差不多了。每个肉贩都要多给你的，除非你硬不要，他一般不肯再切掉。""也应买点鱼，挑身条较瘦长的活青鱼买，让他杀好，回家切开即可腌制，不要大肚子的。"从质到量，从购买攻略到注意事项，详详细细清清楚楚。陶友红便按图索骥去做了，可是效果不佳，且说巡视一周回来，看好的肉已被人买走了。我看到此处是忍不住捧腹的，真真一对迂夫子！

2021 年 3 月 24 日

1986 年，莫砺锋教授在哈佛大学访学

读书人的事儿

2008 年，莫砺锋教授与夫人陶友红在新疆昭怙厘大寺旧址

使命——记丁帆

　　我准备写丁帆，便向他讨要一些随笔类文章，希图从中发现一些要用的东西，他把比较新近的文章微信发给我，已经成书的说要送来给我。于是我的手机那一刻便不停地响，文件铺天盖地而来，我被"暴风骤雨"砸蒙了——怎么那么多！至于书，我说我去拿，哪好意思让他送。于是约好在他家附近见面。那天下着雨，一直不停，而次日丁帆要出差，所以我拿把伞就出门了。见到丁帆，他提了一袋书，我急忙接过来。虽然我们都住在和园，却很少碰面，邮件里听他说是"死过一回的了"，见面看到时，果然清减不少，便问怎么回事儿。丁帆有些赧然，这不太多见，但还是说："没有常识呗。"原来，丁帆近年血糖高，听说不吃饭可以降血糖，体育锻炼也是好方法。去年一月的一天，他凌晨四点多起来写东西，然后不吃早饭便出门暴走，绕羊山公园一周返回，离家还有一二里地时大汗淋漓，好容易坚持到家，放了大半池子热水泡澡，然后就什么也不知道了。待到恢复知觉时，盆中热水早已冰凉。再然后，住了五天医院。医生说，如果没醒过来，就……

这也是不作不死！我像听天方夜谭一样。虽然听得投入，但越来越觉得手被书袋坠得很累，另一手已被派上撑伞重任，自是分身乏术，只好任由书袋越来越沉，手越来越累。于是我便忍不住说，你不能少写些吗？丁帆说，闲着也是闲着。可是，经常熬通宵写作，每次出差，飞机、高铁旅途中也不停，这是闲的吗？还记得好多年前的某天，在系里碰到丁帆，说自己前些日子面瘫了。一瞧，果然嘴也有些歪！再一问，说是连着几天没日没夜赶稿子，那日下楼，一阵风吹过，面神经就麻痹了。且说在高压氧舱里治疗，大约有些失误，导致一个耳朵听力严重受损。这样拼命三郎似的写作，怎么就不接受教训呢！可是丁帆说自己"也就这点能耐，做别的也不会啊"。这就没有办法了。写作，是丁帆的宿命！

一

大抵喜欢文学的人，都是喜欢阅读的，从小就喜欢。而最初喜欢的都是故事性强、情节有吸引力的小说之类。丁帆说他小学三年级时就开始读长篇。他在《我的少年时代》中写道："小学三年级暑假时，父亲为了防止我们出去闯祸，从图书馆借来了许多小说。这是我第一次告别小人书，与长篇文字亲密接触。""我的床下面铺了一层书籍。可以尽情享受那个精神匮乏时代的精神食粮，是我少年时期最大的快乐。"少年丁帆很顽皮，曾获得大院里"四大名蛋"之"榜眼"，只是此蛋非彼蛋，他是调皮捣蛋的蛋。为此没少挨揍，以致在心理上、行动上都与父亲很对立。知识分子的父亲是经过运动洗礼的，尤怕儿子惹是生非，除了武力管制外，便想用小说拴住儿子，这一招很管用。但让父亲始料不及的是，儿子读"闲书"迅速上瘾，于是伴随着急剧下降的视力的，还有学习成绩。初中二年级期中考试，丁帆数学挂了红灯，外语也很糟糕。不过大自然是有平衡法则的，失之东隅收之桑榆，丁帆作文得了第一名。这一点很重要，对他一生都很重要，只是那时的丁帆还没有意识到，以至于小小年纪的他深切体验一把林道静在北戴河水边徘徊时的心境。然后亡羊补牢，父亲开始想方设法阻止儿子读小说。但"书瘾"上来不分时间，而手边正好有一本想读的书，那诱惑当然也抵挡不住。"于是，我就想出各种各样的偷读方式，寒冬腊月我钻进被窝里用手电筒照着看，酷热的夏季借乘凉之际拿着一个小板凳坐在路灯下面读，最记得一个风清月白的夜晚，我就着十五的月亮读完了一本《苦菜花》。"（丁帆《少年不知读书味》）

十六岁那年，从南京中山码头出发的小火轮，经过两天一夜的航行，把丁帆和他的小伙伴们送到了《柳堡的故事》的故乡——宝应县，就是那个"东风吹得风车转，蚕豆花儿开麦苗儿鲜"的地方。那是个广阔天地，也是父亲鞭长莫及的地方，在那里，脱离了父亲"管制"的丁帆阅读继续。"那时，最快乐的日子就是冬闲时节和阴雨天气，因为这样的日子可以不去上工，在家痛痛快快地读书。清晨烧上一锅米饭，可以吃上一天。饿了吃饭，吃完看书，物质与精神都得到了巨大满足。""夜读，也是最快乐的事情，当你被小说的情节和人物的命运深深吸引的时候，你会忘却时空的存在，直到雄鸡一唱天下白。你从书中的梦里醒来，发现油灯把两个鼻孔熏得漆黑时，才回到现实生活中。"（丁帆《我的少年时代》）

如果说少年时读书更多是满足了兴趣和好奇心，那么，六年广阔天地里的阅读倒真与"为稻粱谋"这件事有点关系了。"二妹子"（《柳堡的故事》中的角色）生长的地方本应该是个鱼米之乡，但丁帆他们去的不是时候，饥饿的人们还没有从"三年自然灾害"的阴影里走出来，割"资本主义尾巴"割得农村一穷二白。为了节省一条千补百衲的短裤，人们赤身裸体进水荡割芦苇，他们说："肉划破了还可以长，衣服划破了可没有钱买。"（丁帆《水田风俗画》）"一个强劳力每天挣十分工（一个工）最高也只不过三四角钱。而水荡工分值最低的生产队十分工只有三分钱"。（丁帆《湖荡风景》）茭菰插秧时是"九九艳阳天"的早春三月，脱去棉裤站到结着薄冰的水田里耕田，丁帆无师自通地理解了贺知章的《咏柳》：果然"二月春风似剪刀"，风吹肌肤，像钝刀割肉一般。真是"缺肉少油的生活环境限制了想象力"（丁帆《水乡记食》），我的一位同事说起她年轻时找对象，看中的是对方力气，所谓"力大无穷"，她以为古人说的是有力气就不会受穷，这与丁帆理解的"二月春风似剪刀"都是在艰苦的劳动生活中的"妙悟"。彻夜"踩大洋（水车）"踩得脚肿，三伏天运肥料熏得中毒。而那次中粪毒险些要了命。在床上昏睡了七天，瘦了二十斤，当他形销骨立地回到南京，站到自己家门前时，连妈妈都认不出来，问："你找谁？"所以，当后来丁帆为去不成合适的学校踌躇时，父亲斩钉截铁地说："三十六计走为上！"

确实，想离开农村，谈何容易。听丁帆说过一件事，1966年风暴前夕，他见父亲情绪低落，偷偷翻了父亲藏书地方，发现父亲写的交代材料，纸上标题赫然是"向无产阶级投降书"。那几个字闯入眼底的刹那间，丁帆说他如五雷轰顶，父亲那"大资本家兼大地主"的家庭成分，更是让他背上了沉重的精神十字架，以至于当学校选红卫兵代表去北京接受接见，他被提名时，心里竟惶恐不安，生怕被选上，因为去北京要政审。我听这件事的时候是真真切切的感同身受，几十年前的感觉瞬间就回到眼前。那年我不满十岁，一个很平常的晚上，邻家小哥哥神神秘秘地把我和姐姐喊出去，压低声音告诉我们，他听见爸爸妈妈在房间里密谈我们家的事，说我外公如何如何。我从没见过外公，在那之前我也没听家人提起过外公，但是那一天晚上，这个陌生的称谓让我非常不安，突然间就莫名恐惧，觉得耻辱。之后我爸我妈挨整了，而于我，一辈子落下的病根就是政治上的自卑，害怕填政审表，乃至痛恨所有有关个人信息的表格。一个人的家庭出身，在相当长的一段历史时期，决定你能否正常参加进社会生活中去，决定你是否享有平等的公民权利。丁帆的"原罪"注定他穿不上那身荣耀的"国防绿"，也与那"蓝色细帆布工作服"绝缘。唯一可以从众人中脱颖而出的，全赖一支笔。在乡下那几年，只要有空，他就写，诗歌、小说、散文，什么都写，几年下来竟积聚了十几万字。靠着那支笔，他当上了县文化馆的通讯员，当手写的文字变成公社、县文化馆油印刊物上的文字时，淳朴的村民认为他这样人应该进大学。于是，1974年，带着印满全村父老乡亲手印的推荐，丁帆参加了那一年的招生考试，而且成了全公社的状元，然后终于走进梦寐以求的大学校园。那以后，在大学里读书，在大学里教书、写书，构成了丁帆的全部人生。

二

丁帆说他"上大学的第一天就急着去参观了校图书馆和系资料室"，平时上课时，遇到不喜欢的课还会逃课泡图书馆。他描绘当时情形，"大家都去上课了，死寂的图书馆里空无一人，那是我进入自由王国的思想通道……在那个思想禁锢的时代，我能充分地享受别人得不到的读书和思考的特权就为万幸之事了"。图书馆闭馆后，就到教室夜读，教室"虽然九点前还有些嘈杂，但是十点以后是绝对安静，那可是读书的佳境。

四个班的小教室里每天坚持到十二点以后的同学就是数得过来的固定的那几个人"。(丁帆《为了忘却的纪念》)

除了读书，写作和创作也开始走上正轨。教学中有一个环节叫"开门办学"，历时半个多月，要求交的作业是几千字的通讯报道或报告文学，丁帆说他"仗着年轻力壮精力充沛，连夜写下了一万五千字的通讯报道初稿，早饭时就交给了老师"，被大大称赞了一番。剩下的时间还创作了一个五万字的中篇小说《水儿女》。在整个创作过程中，丁帆"如醉如痴，深陷其中，几天几夜没睡什么觉""用复写纸工工整整誊清了三份，寄往《人民文学》杂志社"。虽然小说没被刊出，但丁帆的实践，为他后来的创作做好了铺垫，开了好头。

三年的大学生活很快就结束了，在毕业离校的时候，丁帆哭了，这在丁帆是罕见的。小时每每淘气被父亲施以暴力时，他没哭；下放六年，再苦再累、再冷再饿，也没哭，但离别学校让他潸然泪下："我哭我留下青春脚步的地方；我哭我积累知识的时空不再；我哭我在学海中尚未留下一抹印痕就匆匆而去！"(丁帆《为了忘却的纪念》)而且，造化弄人，时隔不久，被按下十年暂停键的高考恢复了。在这新旧历史交替的当口，刚刚过去的那个特殊时期的大学生被叫作工农兵学员，以示和之前之后的有所区别。被称作"工农兵学员"的这批大学生，心里多多少少是有些委屈的。我亲历过那个时期。记得很清楚的一件事是，77级进校以后，学校在师资等方面的安排上有倾斜，这让 75 级、76 级的同学很不满，终于有一天在食堂买饭时起了争执，其实只是排队时有点不愉快，76 级的同学说："你 77 级了不起啊！我要是赶上考试，我还不上这个学校呢！"大时代里，谁都没有选择的自由，不管你愿意，还是不愿意。

对自己的学习经历，丁帆其实是有遗憾的。这个遗憾，不是丁帆个人的，从那十年中经过，接受的学校教育，或多或少都存在不系统、不完整、不规范的缺陷，这种先天缺失，靠自学弥补要花上数倍的努力。二十世纪九十年代，丁帆已经是教授了，我亲眼见他口袋里揣着英语单词本，有空时就掏出来看看。最近看他的《父亲最后的眼泪》，文中提到自己有一个上辅仁大学的父亲，还曾有两年时间朝夕相处，却没有让他给自己补补外语，话里话外尽是遗憾。是的，该上学的年龄下乡了，好不容易上了大学，又是学工，又是军训，又是开门办学，学制还缩短了。成长于这一年代的青年人，无论谁，提起来都是泪啊。

于是，毕业时他们申请延长学制，恢复高考时要求重新参加考试，但都没有成功。对于这一段遭遇，丁帆这样解释："这不能说是历史的不公平，因为要结束一个时代，总要有一个象征物去做牺牲品，历史同样是无情的。"在求学路上处于逆境的丁帆，终于，在工作一段时间之后，争取到以高校教师身份到南京大学中文系进修一年。那是 1978 年到 1979 年。我在调入中文系后，常听人们说起丁帆当年的进修，说在当时的西南楼上，他与董健老师天天泡在教研室里，大夏天时，两人甚至赤着大膊。丁帆在回忆自己这段经历时说："在那一年之中，我以每一天工作 14 个小时的计划，吃住在教研室里，365 天，一天不落，读书读得天昏地暗！"正是在这一年，1979 年，丁帆的科研成果在国内最著名的文学研究和理论批评刊物《文学评论》上发表了，多年的读书，终于开花结果！而这，只是丁帆文字生涯的滥觞，之后的几十年，丁帆无论是研究还是创作，其成果源源不断，一直保持井喷的势头，直到现在。

不同于绝大多数高校学者的是，丁帆酷爱创作；而与一般作家有别的，是丁帆学术研究上的硕果累累。因为有亲身写作的经验，丁帆在评论别人的作品时可以体贴入微、感同身受；而研究别的作家、作品带给自己的是可资借鉴、可资启发的创作收获。两者相辅相成、相得益彰。笔耕几十年，丁帆这两方面的成果累积起来是惊人的，不光有学术论文六百多篇，论著二十余部，还有散文随笔十多部。加上编著的文字，总数达到三千万字。越剧《红楼梦》中林黛玉有一段唱词："我一生与诗书做了闺中伴，与笔墨结成骨肉亲。"稍微改两个字，送给丁帆也是合适的。

三

生活里的丁帆，有两大爱好，一是喜欢书，一是喜欢酒。

二十世纪九十年代初，丁帆请办公室同事吃饭。一直听丁帆关于烹饪的理论和对别人烹饪技术的臧否，大家是奔着美食去的。但那一次给我印象更深刻也是大家更惊讶的是丁帆的房子。彼时大家基本上是住筒子楼或合住套房（此举是为了解决更多的无房户，却也是最不人道的，两家合用一个卫生间和厨房，很多鸡毛蒜皮的事），有一间屋容身而已，丁帆竟然拥有一间独立书房。还有一个印象是他用餐桌做写字台，摆着文房四宝的餐桌比写字台的面积辽阔许多，这也是让我羡慕嫉妒恨的。后来，学校开始建房子了，大家居住条件逐步都有所改善。但对文科老师而言，永远缺一间房子，和女人永远缺一件衣服一样。在港龙决定盖房子时，我看丁帆那段时间很兴奋，每次到系里都会谈到这个话题，别人只是向往等待而已，丁帆比较过分的是，他竟然动起设计的念头，大有"取而代之"的冲动。他说现在设计的小高层太低，应该尽可能地向高处伸展，增加出房率。甚至拿出自己画的图纸，说请教过专业人士，可以盖到15层，而不是设计的11层。但到了点房的时候，真把丁帆气坏了。原来当初他请我们参观的那个房子，是跟外语学院的一个女教师交换的，女教师丈夫单位分房，在锁金村，距离鼓楼学校比较远，在当时的交通条件下，上下班很不方便，宁愿以大换小，想换一套离学校近一些的。丁帆正想要间书房呢，正中下怀，就舍近求远把自己在大钟亭的房子置换了。当时说好，如果以后学校分房，点房资格还是丁帆的。岂料到了点房时，房产科认定丁帆是校外户，没有资格。怎么说都没用，丁帆算是白操了这么长时间的心。又几年过去了，丁帆再一次请我们到他家做客，这次房子换了，他买了月牙湖的商品房，是跃层的。他把上面阁楼全部打通，随高就低打满了书橱，那叫一个壮观！看到那么一片装满书的书橱，"我和我的小伙伴都惊呆了"！我说，你这儿直接叫中文系资料室二部吧。这件事后来在丁帆《我在"下书房"行走》的文章里得到印证："我之所以较早地介入商品房交易，就是野心勃勃地想再换一个大书房。2003年我卖掉了锁金村的房子，第一次去购商品房……便毫不犹豫地选择了城乡结合部月牙湖的一个跃层……楼上六十多平的大部分空间都被我打成了顶天立地的书柜，走廊拐角处大大小小不规则的书橱。"这种坐拥书城的感觉，真好！彼时的丁帆是幸福的，满足的。但是，书这东西对于读书人是多多益善，就像阔人娶姨太太一样。很快，书房又不够用了。搬到和园以后，丁帆索性把半地下室向院子里扩张，直接搞出了个150平方米的"下书房"。除此之外，还把储藏室变成了"储书室"，为了解决潮湿问题，又特意买了一个大功率的抽湿机，据说测试效果极好。

所以一次次换房，家里人说丁帆不是为人着想，而是为书购房。丁帆承认说得对。丁帆现在藏书已经有两万册，相当于一个小型图书馆了。关于书的来源，分两个阶段。成名以后送的多，成名之前买的多。丁帆说，"真的把书籍当成饭碗的时候，买书就成了家常便饭"。而且"买书是可以成瘾的，当你踏进书店的门槛，驻足、流连和穿梭于书架之间时，你的钱包就不由你的理性支配了。"在没成家时，因买书影响过日子，只是对不起自己；成家之后，对不起的就是家庭支出了。尤其是，还把家变成了书库，"于是家庭矛盾便围绕着书籍展开"。但是，"读书人兹事为大，哪有退让的余地呢?"（丁帆《买书小史》）

四

丁帆另一个爱好，我是真没有资格写，我一个滴酒不沾的人，对酒的好处丝毫体会不出，对酒为什么那么吸引人，也理解不了，可是没有酒，就不是丁帆啊！曾经有一次饭桌上，吕效平说："我们全都喝酒，只她一人不喝，等会儿我们都醉了，就她一人清醒，这太可怕了！"我也觉得对不起大家。饶是如此，也只能是硬着头皮写了。

丁帆自述，少年时第一次喝酒，是因为一次逞能，为了壮胆，打开父亲四两一瓶的金奖白兰地当白开水喝了，于是，"酒酣胸胆开张"，表演了一番惊险动作，在一群少年中做了一回英雄。再于是，回家挨了老爹一顿胖揍！

在广阔天地里，抽烟喝酒大约是知青认为的成人标志，而且，酒的好处那么多，解馋靠它，解乏靠它，解忧靠它，解颐靠它，和谐人际关系也靠它。在接受贫下中农再教育过程中，丁帆酒量也进步了。

我在《诗酒风流》中曾写过中文系现当代和古代两个专业

斗酒，现当代专业的代表就是丁帆。但当时丁帆因为甲肝不久，其实是在禁酒期，所以浅尝辄止。后来又开戒了，所以如是，丁帆总结出的经验教训是，得病是因为吃了毛蚶，而吃了毛蚶没有喝酒，缺少酒精消毒这一环节，所以生病了。病好了，心结打开了，后来喝得更嗨了。这有点像许志英老师的戒烟理论。因为邹恬老师由老烟枪到不抽烟是一个自然而然过程，而不抽烟以后生病了，所以许老师得出的结论是烟不能随便戒。所以即便是现在，丁帆血糖高，采用降血糖的办法仍是喝酒，且说见效快，立竿见影。一个人好酒，大约什么都可以成为理由。

但丁帆喝酒决不是任侠使气，他是崇尚汉唐气象，喜欢魏晋风度。他在《汉唐气象魏晋风，回眸千年长歌行》中记述了一个让他钦佩的饮者："第一次见到传说中徐州师院那位 Q 姓院长（我猜是邱鸣皋院长）豪饮，那是我平生罕见的饮者，他一口一大杯地敬客人，眼见着满桌的酒徒一个个倒将下去，他却岿然不动。此君真的只是天上有，且把酒来当水喝的大汉猛士也！我并不是宣扬他的酒量之大……而我是被他那种汉唐大格局、大气象气质所震撼，被他那种看取人生的潇洒态度所感动……"也是喝酒，中文系的学生樊国宾记过一件事：为了一瓶据说是难得的古酒，几个同学分别"自闽南、浙东、燕都同时出发，如林中响箭，疾赴金陵"。到了南京，便直奔酒店，"老师已候在满桌佳肴旁多时"！尽兴散场后，大家又"分赴车站机场，各归南北东西"。归途中，"收到老师发来的短信一则，赫赫然七个字：'从此天下貌名酒！'"千里奔赴只为酒！那个老师，是丁帆；学生，是丁帆的学生。其实丁帆欣赏的不只是这种洒脱不羁的魏晋风度表象，他更多继承了建安人慷慨悲凉、梗慨多气的精神内涵。同样是这次聚会，樊国宾说："席间老师聊及世相时局，古酒中立即有了几分霜重鼓寒之意。"（樊国宾《金陵酒事》）丁帆从来就不是一个"忍把浮名，换了浅斟低唱"的无聊文人，也不是"今朝有酒今朝醉，明日愁来明日愁"的高阳酒徒，这看丁帆平时行事便知。

有人评价丁帆，说他是"有作家气质的学者，对于文事与人事，颇为敏感，文字是有棱角的"。又说丁帆有"傲骨，喜欢质疑与追问"，说"看他写乡土文学研究的文章，身上也带着民间原生态的苍茫，而那些触及启蒙的言论，背后是大的忧思的流转"。（孙郁《可以驻足的地方》）这大抵可以看出丁帆的书生底色。

而愤世嫉俗和古道热肠这两种特质又很和谐地统一在丁帆身上。丁帆是一个可以信赖的人。叶子铭、许志英等老师他们在的时候，现当代很多琐碎的事情是丁帆做的，包括潘志强上职称，申报材料都是丁帆代劳的。许志英老师最后的遗嘱，也是托付给丁帆的。

丁帆执掌文学院期满换届时，张异宾校长特地出席那次全院大会并专题讲话。他说了丁帆很多功劳我已经忘了，但有一点记得很清楚，就是他提到丁帆对学校的贡献。他说丁帆担任国务院学科组成员，以及别的什么专家组，无论项目评审也好，奖项评定也罢，每次出席会议之前，都忘不了了解本校参加申报的人员、项目，做足了功课，有备而去，常常是不辱使命。关涉到学校的利益，作为学校的代言人，不让损失、遗憾发生在自己手上，丁帆觉得这是责任，自己应该担当。

丁帆因为有众多头衔在身，前来托关系说项的自然不在少数。记得有一次路过丁帆办公室看他正发愁，是中原某学校悄悄送了礼，人却悄悄撤退了，丁帆不知如何是好。我当时恰好惦记着洛阳牡丹，便说，我给你带过去吧。丁帆算是求仁得仁了。可我把东西拿到手就后悔了，做这个事儿其实是得罪人的。好在我去的时候是周末，没有见到当事人，随便交代了便溜之大吉。

今年是丁帆的本命年，是他经历的第六个龙年，他谑称自己是条老龙了！但他在龙年里的愿望，也是对今后岁月的期许，仍是"只要活着，就像插队年代那样，在'我们的田野'里，用笔去耕耘"。他说："除此而外，我还能做些什么呢？"所以我说，写作，是丁帆的宿命，但他是当作了使命，为了使命，他一直在这条路上走着，走着……套用一句网络上的时髦用语，作为祝福，送给丁帆："愿你无论出行多远，归来仍是少年！"

2024 年 4 月 25 日 16 点 25 分改定

（再过几个小时，"神十八"将发射）

丁帆。1998 年摄于中山陵龙脖子城墙下

书　呆

　　丈夫是研究古代文学的，老跟故纸堆打交道，终日徜徉在历史的天空里，心游万仞，思接千载，老得揣摩古人的心思。时间长了，想的、做的，跟平常人就有点不一样了。人们把他这种人称为"书呆"，言下之意，是由读书而招致的呆症。

　　我们家人提起我老公的"呆"，谁都可以讲出一串一串的故事，光是自家人受其害者，就不计其数。有一年在婆婆家过暑假，一天刚吃完早饭不久，小姑子气急败坏地来了，进门连说："哪有这样的事！"我们问，怎么了？她说，一早去买菜，看见一盆月季花，长得挺好，卖花人要9毛钱，她还价8毛5，正僵持着呢，忽一人半路插入，说道："9毛5，我买了。"她觉得这人不懂规矩，刚想找他理论，忽然觉得声音挺熟的。抬头一看，原来是自己老兄！确实，丈夫早上从外面端一盆花回来，大家还赏鉴一番，只是他并没有讲到掠人之美一事。我再抬头看看，丈夫的战利品，正在院子里迎风摇曳、顾盼生姿呢。我对小姑子说："这你就气了？你要是我，不得天天气死！"只要跟丈夫一起上街买菜，没有不气着回来的。买白菜，菜冻得厉害，我说一句："这菜不能买，冻坏了。"卖菜人还没说话呢，他说上了："这么冷的天，菜能不冻吗？"卖菜人感激地说："这位大哥心好！"我成那心坏的了！稍微讲一下价钱，他就说："人家农民种菜容易吗？"好像我是款儿似的。

我对丈夫说，知道抗战为什么用了八年？都是汉奸闹的！我先生做"汉奸"是出了名的。我们家装修房子，先找了个施工队，很不地道，准备炒了他。跟包工头谈判时，我一同学自告奋勇帮我，还找了位身强力壮的男同学参加，然后说："这事你老公不能参加，要不准黄。"谈判时包工头说："让你家老板来。"我坚持没让。心想，让他来，几句话一说，他就成你们的人了，我傻啊！我买了套布艺沙发，想再做套沙发套，卖布的人推荐个老太给我们家缝制，结果老太要的工钱比推荐人说的高出一倍，还多要了几米布。我凭直觉觉得不对，可丈夫说："你看她戴着眼镜，慈眉善目的，一定是退休了的知识分子，为补贴家用，才做这事的，也不容易。"我被他触动了恻隐之心，也就信了。几年后我看我妈行走、做事都离不开眼镜了，觉得面善得很，忽然想起那个"老知识分子"，于是大笑，丈夫这才觉悟。

丈夫读博士时是我们家最困难的时期，那时我儿子已经可以看电视了。我们家当时没有彩电，只有一台从我妈家拿来的黑白电视，且是手动开关。我儿子不懂，拿着计算器对着电视拼命揿，开始我不明白，后来才悟出来他把计算器当成遥控开关了。我写信请示老公，买台彩电吧。结果被好一顿批！说我这么个人竟也不能免俗，跟人比物质生活，并上纲说这是资产阶级思想！同阶段还有一封信教育我说，鸡蛋黄里胆固醇太高，不能吃，吃时要把蛋黄扔掉；又说，有本领的人是能花钱的人，钱花掉了才能刺激你再去挣！当时我只能保证儿子每天吃上鸡蛋，我自己还没在考虑之列，所以胆固醇增高是不用担心的。说到花钱，我每月都可以把工资花完，也算是有能耐之人了。只是那个时候他这样教育我，就算不是杞人忧天，起码有些超前了。丈夫那时同学中有个要好的朋友是西安人，非常热爱自己的家乡，经常宣传自己的家乡，其中也包括家乡的产品，也包括了家乡生产的黄河牌彩电。经他渲染，我丈夫忽然能接受我的资产阶级思想了，来信指示说可以买彩电，但要买黄河牌彩电。我遍访亲友、同事、熟人，可怜大家是一致的孤陋寡闻，竟无一人识得黄河牌彩电，只好买了上海金星的。顺便说一下，丈夫的这一政策放宽，正与国家对彩电政策放宽同步，彩电这时不要票了，只是21英寸的金星从一千多元上涨到了三千七百多元。

因为在外读书，同儿子在一起的时间很少，丈夫便非常珍惜寒暑假。假期回来，想方设法让儿子吃得好些，玩得好些。儿子小时吃饭相当可恶，经常拒绝吃饭，好像不饿似的。喂饭时要讲故事，要说"替老虎吃一口、替火车吃一口"，好不容易饭喂好了，故事停下来了，他聚在嘴巴里的饭一股脑儿全吐出来了，整个前功尽弃！为了让他能吃下去，丈夫在买菜上就动心思，经常兴冲冲地买回来，做好喂好，大家松了一口气。这时才想起：我们吃什么？丈夫压根就没买我们自己吃的东西。有一次儿子把面前几个桔子笑嘻嘻地分给大家，轮到丈夫伸手时，他手上只剩一枚，小家伙把手藏到背后，摇摇头，不给了。丈夫的脸色一下很黯然。我说："孩子就这样，他只有一个了，就不愿再给人了，这也是小孩子的天性，并非是对你。"丈夫仍不能释然，他说还是感情问题。那时有一篇报告文学，题目叫《中国的"小皇帝"》，讲述独生子女的。其中一个故事说，某小学三年级搞夏令营，规定孩子在学校集体住宿，家长不得陪同。就寝前门卫加强把守，老师加强巡逻，不放家长进校门。本以为措施很严密，万无一失了。结果半夜老师查铺时，一不小心碰到一个软绵绵的东西，吓了一跳。开灯看时，是一位学生的父亲，躺在自己儿子的床下边。老师问是什么意思，家长说，别的忙帮不上，只希望儿子掉下床时，自己用身体接一下，儿子可以摔得轻一些。我看了以后大笑，说给丈夫听，岂料丈夫说出一句话，虽不能石破天惊，起码我是惊得合不拢嘴。那句话是："比起人家，我们做得差远了！"

近几年来，上门推销的人很多，丈夫屡屡受骗。家里"猫抓不破"的袜子，"摔不断"的铅笔，成打的劣质洗面奶，比比皆是。我对丈夫说:"你要坚强,能抵得住诱惑。"他说:"人家的态度那么好,你怎么拒人千里之外?"上当次数太多了,丈夫也决心什么时候抵制一把。后来,机会还真来了。那是寒假回家,正是新年,听得外面有人敲门,丈夫前去开门,来的人喜气洋洋地说,送财神来了!只听丈夫快速而决绝地说:"我们不要财神!"一家人莫名其妙之后,是不可遏止的大笑。

丈夫很忙,上课多,带学生多,时间和精力都用在备课、批作业和指导学生上面了。自己的硕士论文、博士论文到现在还没有成书;承担的项目,手中的课题,一样样都搞得半半拉拉放在那儿,我看得真着急,每每因此口角,但没有任何效果。曾记得某次电视台采访他,说起崇拜的古人,一脸崇敬,说:"虽不能至,心向往之!"我还有什么话说。

2006 年 7 月 17 日

2024 年 4 月，和"书呆"在阜阳市颍州西湖旁留影

何日彩云归

　　我第一次见王彩云，印象很深刻。那天是邹恬老师领着来的。当时戴子高在物理系做博后，按政策可以解决配偶工作，王彩云被安排在我们系现当代所，邹老师带她来报到。戴子高走在前面，她紧跟着，神色怯怯的、憨憨的，一句话也不说。那时她正怀着戴璐，将要临盆的样子，我于是觉得情形很怪。大约不久她就生孩子了，产假过后在现当代所上班。现当代所在我们楼上，她又不爱动，基本上见不到她。直到研究生教务员小林辞职走了，她来接替，那以后我们便一直在一起了，直到她生病。我常说我和王彩云在一起的时间，超过和家人在一起，每天十来个小时，几乎形影不离。

　　和我初次见她时一样，她的话很少，总是笑笑的，是那种不出声的笑。闲的时候聊天，总是我一个人在说，她就静静地听，有时我都没话说了，很想她也说几句，她还是静静的，不出声地笑笑。我们办公室电话很多，偶尔出去一下，就有电话找来。是她的电话，我就站在走廊大喊："王彩云——"她不回答我，只急急地走回来；要是我的电话，她总是找到我跟前，轻轻地说，王老师，电话。她其实很聪明，是内秀。她没怎么学过电脑，和我们大家一样，但别人说时听听、自己看看，就各种操作都会了，我们一层楼的人，遇到不会不懂的，都找她。心又细，什么事交给她，决不会有误的。只有一次，我们几个人一起出差，我把管账的事一股脑儿都交给她，去火车站时她催我们提前走，及到车站，火车就要发车了，虽然没晚，但也有些小惊险。原来她看成返程票的时间了。一边往车厢赶，我一边说："王彩云呀王彩云，我相信你胜过相信我自己！你怎么也能错呢！"虽是开玩笑，可我确实太相信她了。我一向大大咧咧地惯了，经常要放什么重要的东西，怕自己找不到，就说："王彩云，看好，我的这个放到这儿了！"或是什么时候要做什么事，我怕自己忘了，就说："王彩云，哪天我要做那件事，你别忘了。"到时候，她就悄悄地说，王老师，你不是要做什么了吗？她生病以后，每遇到这样的事，我总是想起她，只是再不能这样做了。

我看重一个人，常用善良作标准，我觉得善良的人基本上是不会做恶事的，做善事不做恶事，这样的人还能坏到哪里去呢？王彩云是个善良人。中文系九十年系庆时，我们给研究生做了文化衫，除去发掉的还有剩余，于是成本价卖给师生，王彩云负责收钱。一个学生过来说找给他的 20 元钱是假钞，因为是事后找来的，无法验证假钞是否是我们给的，但王彩云一句也没问，就另拿了20元钱给了学生。她说，学生哪有钱！我心里立刻就觉得这样的人是可以交朋友的。她其实是很能为别人着想的。她做科研秘书，不论是报项目、报奖，她总是不厌其烦，不肯让任何一个人失掉任何一个哪怕是小小的机会。徐大明老师刚来时不了解情况，王彩云不光主动提供信息，还帮徐老师具体操作，以致徐老师成果出来时，特地在著作后记里表示感谢。她做研究生教务，学生每天都来查成绩，疲于应付，我有时说，要么我们也规定个查询时间？她想想："算了，来了就查吧！"不肯拒绝一个人。她的工作很繁重，尤其到了论文答辩时，硕士、博士再加上新加坡、马来西亚班的，人多，时间又紧，收材料都来不及，她又不愿找学生帮忙，生怕出错，就一个人默默地干。有一次累得厉害了，哭了，也不说话。我实在看不过了，找了系领导，才把她的排课、登录成绩的事情减掉了。发病前那一段时间，有一次她跟我开玩笑说，什么时候戴子高有能耐了，能给她找找，到工会工作，就好了！我后来悟出来，她那时其实身体已经很弱了，实在是累得很了。

发病前有一个多月光景，她实际上是身体免疫系统出了问题，但表现出来的症状是感冒、咳嗽，只是老也不好。后来胃也不舒服，我说看中医吧。吃了中医五副汤药，实在难吃，就停了，但见脸色黄得厉害，我很奇怪，说这中药也太伤人了！都没有往别的方面想，她一向身体是好的，几乎从不生病，又是我们中最年轻的。临近寒假时，她跟我说，我得把身体养一养，要不寒假去不了昆明了。戴子高寒假里在昆明有个会，说好一家人趁机去旅游。可是刚放假就下大雪了，就是2008年那场惊动很大的雪。我想她这昆明还去成去不成呀！正想着，戴子高的电话打来了，说王彩云病了，白血病！我的脑子就晕了，下面的话再也听不进去了……

治疗是艰辛而又残酷的，我以为是非常人可以忍受的。但每次去看她，或是听电话那头传来的声音，都一如既往的平静。我常诧异，人怎么可以如此隐忍！

开学了，王彩云没有像往常那样来上班，全系人都关切地来询问，很多人到医院去探视，还有很多男教师不便前往，都托我把诚挚的祝福带给她，一些远在国外的老师知道了消息，有问候的，有要捐款的……我的心，在痛的同时，又为她感到安慰：桃李不言，下自成蹊啊！只是，望着身边空荡荡的办公桌，总在痴痴地盼：何日彩云归？而当我想到看到那么多人感念她、关心她，我又想，这么多颗心，一定能唤得彩云归！让我们都来为她祈福！

2009 年 8 月 26 日

王彩云走了，带着无尽的牵挂和眷念！我说不出话来！前几天写的一点文字，本是为她祈福的，终于也没留得住她。现在把它贴出来，权作心香一瓣，献于她的灵前。在通往天国的路上，愿她走好！

2009 年 9 月 9 日 11 点

读书人的事儿

与同事在南大鼓楼校区文科楼六楼中文系过厅留影，前排右一为王彩云

斯人斯疾

在校园里，遇到赵金熙老师，老远一脸笑容过来打招呼，我也很惊喜，"很久很久没见你了呀！"我说。"我也很久很久没见你了。"赵老师也这样说。我们都笑了。老熟人、老邻居，相见很高兴。过去之后，赵老师没有消失的笑脸旁边，忽然幻化出另一张笑脸，是王长富老师，我便凛然一惊，那么热情熟悉的笑容，已是故人了。接下来走往办公室的路上，脑子里浮现出的，都是关于长富老师的点点滴滴了。

我和赵金熙、王长富两位老师的相识是在同一天的同一个场合，那还是二十世纪九十年代。一天上班时间，时任系主任的赵宪章老师到办公室喊我，说数学系来人，想跟我们聊聊创收的事。到了小会议室，已经有两个中年男人坐在那儿，宪章老师给我介绍，其中一位是数学系主任赵金熙，另一位是书记王长富。我打量一眼，他们两个头都不太高，脸上不约而同都挂着笑容。这一集合形象的出现，让我以后好长时间没有分清他们俩谁是谁，但是也起了双倍的加强作用，我记得很清楚，他们是数学系的。一般我见过一面两面的人，都是记不得的，这次歪打正着了。数学系和中文系应当是没有交集的，专业差得太远，平时没有交道。但当时，有一件事，让数学系想到了我们，就是创收。其时全国各地各行各业都搞创收，创收是工资之外的收入，创收好，单位收益好，员工收入便好。不同的单位，创收不同，员工收入差别很大。没有创收的单位，往往人心浮动，工作热情很受影响。所以，创收一时成了单位头头的头等大事。高校创收，路子很窄，基本上就是办班、教学生。有热门专业的，也能如火如荼、轰轰烈烈，但冷门专业就没有市场。数学系是传统学科，培养数学科学家、数学老师，入学门槛高，文凭又不易拿，尤其是社会上有权有钱人即便要镀金，也不需要它，靠什么创收啊？比中文系还不如呢。但是创不了收，领导不好当啊，知道跟商学院、法学院、行政学院没法比，有经验也用不上，他们想到了难兄难弟的中文系，于是登门来"取经"。取经的结果不用说也知道，彼此吐吐槽、倒倒苦水，然后赵、王二位无功而返。但从此认识了两位朋友。

港龙房子建成后，我们三家不约而同都搬了过去，成了邻居了，每天一座电梯上上下下，经常碰面。尤其是和王长富老师。王老师此时已调到后勤的一个单位做领导，每天上下班时间一致，还常会在65路公交车上遇到。长富老师性格直爽，说话嗓门很大，人又特别热心，经常会在公交车上看到他在维持秩序。65路车路线很长，贯穿市东西两头，行车时间也长，到站的时间就不准，有时等了很久，一辆也没有，往往一来，好几辆扎堆，小火车一般，上下班高峰时，过一个路口往往要等好几个红灯。河西是个"睡城"，人口密度又大，早上上班、晚上下班，都拥挤不堪。车越挤，人的情绪越不好，上车时挤成一团。但人就是这么怪，在车下面，巴望上了车的人赶紧往里面走，腾出空位好让下面人上去，但自己上去以后，就不愿往里走了，站在车门口不动，把个车门堵得死死的，任凭下面人着急。长富老师这个时候就会出面，帮司机师傅吆喝，让大家往里面走走。这其实是吃力不讨好的事，没人会感激他，有时还会得罪人。有一次上车，也是挤得不像话，我进了车门就挤过人群到车厢后面去了，此时又听到长富老师的大嗓门吆喝："往里走！往里走！"一边身体力行，带头向车厢里面走去。人多，难免擦擦碰碰的，就听一个女人尖厉的声音："挤什么挤？挤什么挤？流氓！"我心里真替长富老师冤屈，想帮他，可是闹哄哄的，被人挡着，看也看不到，又不想吵架，只得忍了下来。长富老师真的好雅量，没有辩解，也没搭理那女人。我挺佩服长富老师的，在这个做好事会被怀疑、被误解的年代，在人与人之间信任度几乎消解为零的年代，长富老师还能保持一颗赤子之心不变，真是难能可贵。

南大仙林校区建成后，为了上班方便，我又搬到了和园，离老邻居远了，几乎见不着了。但是，有一天在和园散步时，不期又遇到了长富老师，他在跑步呢。我见他以前圆滚滚的身材苗条多了，便说："瘦了呀。"他便爽朗大笑："我天天暴走，早就瘦下来了。"并且认真地告诉我，每天走多长时间，多少路程。我问他是否也搬到和园了，他说还在港龙，女儿住和园，他和老伴常过来帮女儿看孩子。后来，果然又在和园见到长富老师几次，每次都是在散步时，他也一如既往地是在跑步。每次见面寒暄，他也总是又说又笑，依旧是大嗓门，和一个人说话也像给好多人作报告的声音，他就是那样乐观爽朗的脾气。

后来有一段时间没见长富老师了，其实时间也不算长，而且没见到也很正常，他原不是每天都住和园的。但突然听说长富老师轻生了，我无论如何不信，他是那样一个乐观纯朴、积极向上的人，对人、对生活、对这个世界，都那么友好。不久我到鼓楼校区，在布告栏里，看到了长富老师的讣告，我想，这是真的了……

听说长富老师是患了抑郁症，已经有一段时间了。我不知他是因为什么，只是觉得他那样的人、那样的性格，不应该得这样的病。他不像是那种有事埋在心里不说的人，按说不应该有什么负面情绪排遣不出。但我又觉得，他实在是一个希望一切都美好的人，奈何现实中丑恶太多，恐怕让他失望了。一个人对生活越热爱，对社会的纯度要求就越高，也越发不能容忍人世间的不美好。然而以一己之力，能拯救社会于万一吗？鲁迅的好朋友范爱农落水而死，鲁迅怀疑他是自沉。在《哀范君三章》中，鲁迅这样推测老友的死因，他说："世味秋荼苦，人间直道穷。"我想这也是长富老师得病的原因。长富老师把热情、把友好都释放给周围的人了，留在自己心底的，只怕是深深的寒意和荒凉，也未可知。

2018 年 5 月 22 日

一念之间

雨中黄昏最适合怀旧。

况且又是病中。

天气预报说，梅雨正在来的路上，两天后就到。可是，一清早，雨就淅淅沥沥地下了起来。

正在发烧，这病与雨也是契合得很，适合卧床。脑子一会儿清醒一会儿迷糊，思维却很固执，尽是些陈年旧事，悉数堆来，心头眼角都是。

许志英老师往生的那一晚，我和外子大约是他在人世间见到的除了家人以外最后的人了。

那天我下班回来，进门就见到沙发上放着一沓纸、一张身份证，纸上那刚硬带些霸气的笔迹，不用看内容，就知道是许老师的。果然，外子说，下午许老师来过，坐了一会，才走。我有些纳闷，许老师的写作应告一段落了，以前写的随笔，已经结集准备出版，计划中的小说还没付诸实施，哪里来的文稿呢？走近一看，原来是我自己的一篇文章。外子说，许老师交代我两件事，一是《学府随笔（南大卷）》稿费已寄来，让我拿他身份证替他领取分给大家；一是把我那篇文稿按他要求改好重打一份给他。这后面一件事，让我有点想法。许老师有个外孙，其时在本系上作家班，小家伙贪玩不肯学习，要毕业了还有许多"欠账"。我的这篇文章是许老师要去替他"抵账"的。因为打印稿上有我的署名和写作日期，许老师让我把这两点改掉。我觉得这点小事，应该让孩子自己做。晚饭过后，我和外子出来散步，顺便把稿子送回许老师家中。关于分稿费的事，暑假里我已经计算了好多遍，越算越糊涂，这事其实已经给许老师说过，他大约忘了。我说换个人做吧。他说谁合适呢？我就推荐了一个人。他说："你等等。"然后进里屋，过了一会儿出来，手上多了一张纸，是中文系的便笺，上面写了几句话，是写给我推荐的那个人的，交代分稿费的事。然后我和外子出来，许老师照例送到电梯，电梯门开了，他也跟了进来，在电梯里，他问了稿子的事，我直言不讳地说："许老师你不能这样惯孩子，他连自己抄一遍都不行吗？"许老师沉默了一下，说："好，让他自己抄。"

回来以后，心里觉得不太舒服，我从来没有违抗过许老师，他让我帮他做的事，我都认真地做了，干吗这次就拒绝了呢？

但这次不一样呀，我给自己找理由。自己写的文章给一个小孩子充当作业，如果这个孩子能因为这篇文章学到点什么，我也算没有白花力气，可是他连看一遍都不肯，许老师还由着他，我觉得许老师对孩子太溺爱了。

可话又说回来。我知道，许老师其实一直觉得愧对家庭。大学期间结的婚，毕业后一纸分配到了北京，一待就是十几年，"文革"结束后才调回南京。十几年聚少离多，许师母伺候老人、照顾孩子，自是诸多不易。缺少父亲关爱又处于"文革"之中，乡下的教学条件也不好，孩子的教育也耽误了。几个孩子没受到很好的高等教育，是许老师一直的遗憾。他多次谈过这事。还说本来小儿子还是有希望的，可是带来南京考学校时，因为在老家没学过英语，功亏一篑了。所以他把希望寄托在第三代身上。许老师写过自己小时候读书的故事，因为家中宠溺，不愿离家待在学校，爷爷去看他，他竟偷偷尾随爷爷逃学回家了。家里发现后，也没有责备他，也是哄着拢着又送回学校了。没有家人的耐心和坚持，只怕也就没有后来的学者许教授了。所以，许老师对待孙子的态度也是可以理解的。（我后来问过许老师孙子工作单位的人，说小孩子工作得挺好。也是亏了许老师当初的坚持，否则，一个孩子、一个家庭，可能就耽误了。）

唉，说什么也晚了，总是已经拒绝了许老师。想到让许老师难堪了，心里还是过意不去。外子就说我："你也是，也不是什么费事的事，较什么真呢。"说得我越发不安。

次日刚到班上，就听说许老师昨日夜里走了。

如同五雷轰顶，我一下子就慌了。其时丁帆老师已经从许老师家回到系里，我对他说了昨天晚上的事。丁帆恶作剧地说："就是被你气的。"看我吓得愣愣的，又忙说他是下了决心一切都安排好了才走的。

我还是不安。

我仔细追思许老师的一些往事。

清明刚过，我从外地回来，一路上见许多墓地焕然一新，白的花、红的花环绕坟头，各种纸幡迎风招展，竟成了路边最亮眼的风景。也看到许多讲究的墓葬，深墙大院、亭台楼阁的模样，觉得太奢侈了。我那时还没有经过离丧，对其中的人情世故、社会心理都一无所知，缺乏理解，只是无知鲁莽地感慨。许老师来的时候，我对他说了见闻和感慨，他听了，并不说什么，只是"哦、哦"应着。我能看出他其实不以为然，但欲语又止，终于什么也没说。

他越来越多地说到系里以前的一位老先生遗书中话：生死一念之间。便是事发那天下午，又同外子说了这话。如同别的事他也会重复一样，我觉得许老师真是老了，像别的老年人那样，爱说重话了。

他有时冷不丁地说一句两句家中烦难事，我不知怎么接，他便也不再继续说。

我后来听他女儿说过，许师母走了以后，他经常会让女儿陪着到秦淮河边散步，那是以前他和师母常去的地方。一次坐在一个石凳上小憩时，他对女儿说："你妈妈来了。"好像真有其事。此后，便经常去那儿，仿佛等着再见似的。

　　看过许老师写的《择偶记》，写自己少年时和许师母的相亲。许老师称师母那时的乳名——小三子。许老师说，到小三子家相亲，小三子害羞，躲在隔壁堂姐家门后，就是不出来，只"咯咯咯"地笑。后来许老师走了，小三子出门来，一边纳着鞋底，一边目送许老师远去。许老师说，隔着一百来米，两个人看着……写这篇文章时，许老师说他们已经结婚五十三年半了。半个多世纪以前的情景，许老师写得历历目前。

　　许师母人非常温良敦厚，江南女子，长得也美。待人热情又实在。我们以前带儿子去时，每次师母都会做一碗水潽蛋端出来。师母一生的事业就是许老师了。为他生儿育女，为他打理家务，一个家被她经营得非常温馨。在系里，许老师和叶子铭老师的两个家庭经常被拿出来比较，许老师虽然没有像叶老师那样，孩子学习成绩优异，都出国深造并留在国外有很好的工作，许师母也没有叶师母的学问好、社会地位高，但许老师享受的照顾和天伦之乐，却远胜过叶老师。许师母走了以后，许老师有时便失魂落魄一般。我有一次对许老师说："别看你是家中核心，都围着你转，可是师母才是顶梁柱。"许老师听了一愣，继而恍然，然后点头称是。

这样看来，许老师辞世的念头，大约也不是一天两天的了，可是他那样冷静，那样不动声色，让人几乎看不出他的情绪起伏……

但是，即便是这世界让他觉得失望难耐，让他觉得生之无趣、不堪留恋，让他感到人情淡薄、世态炎凉，让他执着于生死的那一念倒向了死神……我为什么要、为什么竟然成为那最后一根稻草呢！

王彩云也走了9年了。

王彩云发病的第一个阶段，在省人医住着。开始瞒着她，说是贫血。可是怎么瞒得住呢，周围住着的都是那样的病人，猜也猜得到，何况她是那样的冰雪聪明。但她不说。我想让她转移注意力，便带书给她看，又买了毛线和编织针，让她打发时间。也建议她无聊时写点东西。终于都没用处。戴子高说，她有话也不说，即便是对自己的丈夫。自己不声不响地查电脑，查了以后也不声不响。她就是这样，什么事都闷在心里，其实又明白得很。可是生病这事，装装糊涂不好吗，要知道那么清楚干什么！

骨髓移植是在苏州做的，苏州的血液病治疗是全国首选。给她提供骨髓的是她的妹妹。也真是幸运，刚刚好的骨髓匹配，妹妹又愿意提供。一切是那么顺利。

可是只几个月，又复发了。谁都知道，这一次是凶多吉少了。

我去她家中给她送行时，心情是非常沉重的。给我开门的正是她，还是一脸平静，对我说："我要去上海了。"以王彩云的心思缜密，以她的灵透，她会想到这是一条不归路吗？事实上，这次离开，她再也没有回到这个家了，这个倾注了她无数心血，她全力维护，她无比热爱、无比眷恋的家。

　　女儿戴璐很小的时候，王彩云带她到单位来，一见面就感觉到小女孩很任性，稍微接触一会儿，就知道是妈妈惯的。我说："你们家第一把手是戴璐啊。"王彩云笑着说是，并不以为有什么不妥，可那时戴璐多小啊。独生子女家庭，这种情况其实多见，只是王彩云的温情爱戴更细腻、更心甘情愿，连一句矫情的抱怨也没听到过。戴璐初中考上树人中学，那时我们两家都已搬到港龙，距离戴璐学校其实不远。上了中学的戴璐，要自己骑自行车上学，不让妈妈接送。戴璐是个要强又有主见的孩子，妈妈一向也不逆着她的。可是就这样放单飞，王彩云也不放心。每天便在女儿身后悄悄跟着。跟着还不能让女儿发现，其实也很辛苦的。过了一段时间，我问她，戴璐自己骑车如何，她说还不错。我说那就放单飞呗。王彩云笑着说，不行，戴子高不愿意。我说："你自己也不放心吧。"要说戴子高，也确实疼爱女儿，王彩云在的时候不说，王彩云离去的那几年，都是他一人照顾女儿，又当爹又当妈的，几年都没有续弦，一直等到女儿顺利高考后。为戴老师张罗的热心人很多，以戴子高的条件，当时也是男神级人物，但他选择的标准还是女儿觉得合适。我看到戴子高和王彩云，会想起《战国策》中一个小故事。太师触龙向赵太后请求给小儿子在宫中安排个卫兵的位置，他说自己年迈多病，孩子没个着落走了也不放心。太后奇怪地问："丈夫亦爱怜其少子乎？"触龙认真地回答："甚于妇人。"太后争辩说："妇人更甚！"说的就是他们俩吧。

在上海的治疗其实并不顺利，除了再次移植，也没有更好的办法。但是妹妹那边，妹夫拦着，没人提供骨髓了。医生建议让孩子做匹配检查。戴璐被带到医院做检查时，王彩云知道了，她居然挣扎着跑出病房，硬生生从医生手中抢回了戴璐。戴璐当时正长身体，刚刚抽条，越发显得单薄，做母亲的哪里舍得？王彩云又是那样的妈妈。这样，便没有了治疗手段，病情越加没法控制了。我给她打电话鼓励她，她从来不说泄气话，不管相不相信，她都不说。但后来有一次，她终于低声地说，撑不下去了。我一下子就挂断了电话，眼泪汹涌而出，再也说不下去了。

但是她不能走！她走了，这个家怎么办？孩子还那么小，怎么能没有妈妈呢？何况，她也舍不得离开她的丈夫呀。

她是那么爱她的丈夫。我曾经问她，你和戴子高又不同乡又不同学，怎么走到一起的？她含羞带笑地告诉我，自己有个姑妈，嫁在戴家那儿，姑妈给牵的线。姑妈这个月老做对了，我就从没见过王彩云戴子高这样甜蜜的夫妻。有一次王彩云在班上打电话，大约戴子高外地出差刚回来，王彩云上班前没见到，便在电话里交代一些事情。开始我没注意，忽然一句话飘进我的耳朵："你不是最喜欢吃粽子吗？我给你蒸在锅里了。"那声音温柔而甜蜜。我这样神经大条的人，一向以为这样柔情蜜意的语言只出现在文艺作品里，没想到从一向不爱说话、看上去有些木讷的王彩云口中说出，大吃一惊，转脸向她看过去时，她还沉浸在娇羞甜蜜中，丝毫没有觉察到我的反应。这样的恩爱，让她如何舍弃！

从打王彩云发病，戴子高便不离不弃地日夜照顾，在南京时还有岳父岳母帮着，到上海后，家和孩子便全扔给岳父母，教学、科研都放下，自己孤身一人租房子照看妻子。有一次我打电话询问情况，说完王彩云的情况后，他忽然说："我快要崩溃了！"我能理解，每天三点一线，买菜、做饭、去医院，医生那永远都是令人沮丧的消息，跟妻子只能隔着玻璃相望，看到的只是伤心和失望。回到租来的房中，除了自己没有一个活物，每天孑然一身、形影相吊，饶是铁人也会崩溃的。我说："你找个人，让你哥哥或是什么人来。"他说："他来了什么都不能做，找不到路出不了门，医院里什么也不懂。"我说："什么都不做也行，就是听你说说话。否则你会憋死的。"后来戴子高告诉我，亏了我提醒，他的哥哥去了，否则，他真撑不下去了。这样的丈夫，王彩云如何能舍弃呢！

但是，努力地撑着真辛苦！

不久上海宣告不治，便转回南京了，住在鼓楼医院，其实只是拖延时日而已。2009 年 9 月 9 号那天，听说她夜里又经过一次凶险的抢救，我一上班便去看她。人越发瘦了，手臂上挂着吊针，针眼里渗出血水，淡淡的粉红，那还是血吗？脸上罩着面罩，不知是吸氧的还是做雾化，有细细的水流喷出，在脸上聚成水珠。我觉得她肯定不舒服，用手指给她揩掉，也没有反应。床边是监测生命体征和随时准备抢救的仪器。医生说她夜里呼吸和心跳都停止了又抢救过来，又说还没见过这样能撑的。我见她实在痛苦，而强忍着这样的痛苦又能支撑多久呢，如果没有那该死的白血病，如果撑过去身体便健康了，再辛苦也要撑着。可是，这样忍受痛苦还有什么意义呢？多受点罪而已。临走时，我对站在门口的戴子高小声说，太受罪了！如果再像夜间那样，就别再抢救了，听医生的吧。

我离开鼓楼医院回到系里，还没坐稳，电话便追来了，说王彩云已经走了。鼓楼医院就在南大隔壁，我从边门出边门进，就几分钟时间。

我一直怀疑，我说的话她听见了？她已经没有知觉了呀！我说话的声音又是那么的低。

我后来看到一个资料，说人最后失去的，才是听觉。这条资料似乎就是为了坐实我的罪愆。

天哪！她是那么相信我，连我都说没有意义的事，让她心里坚持的那一念，断了！生死真是一念之间！

我不杀伯仁，伯仁因我而死。

我为什么要说出那句话?!

雨中的黄昏，天暗得早，四周的昏黄慢慢聚积起来，越堆越厚，屋子黑了……

2018 年 6 月梅雨初至

理科小白

　　女教授联谊会每年照例有一次迎新联谊晚会，晚会节目自己出。我们经常参加锻炼的一些人在体育部沈如玲老师的带领下，这几年都准备了节目，今年也不例外。因演出服装颜色暗，准备用亮色小丝巾提色，正好有去年用过的长围巾，废物利用，剪裁一下即可。一位老师说，一条大的裁五条。我在脑子里迅速盘算一下，想裁剪嘛自然是对折，对折的结果应该是偶数，不可能出现单数，就把我的想法说了出来，大家都很愕然，沈老师调侃我说，王老师是文科的。

　　我是文科生，但我选择文科是因为当初别无选择，而造成别无选择的原因不赖我，算是历史的误会。我在中学阶段文科固然不错，但理科更好。化学考试从来没丢过分，而我最感兴趣的是数学。之所以没考理科是因为恢复高考时我作为一个知青被限制没法复习功课，尤其是没有任何复习资料，也包括课本。除了数学蹭人家几个题目做做，别的就是裸考。我一向认为自己理科基因很强大的，因此不自觉地也会鄙视文科生。

很早的时候研究生考试阅卷，检查到王希杰老师批阅的试卷就比较头疼，100以内的加减法他横竖弄不太明白。王老师是闻名遐迩的语言学家，这智商在数字上怎么就不够用的呢！我向他指出这一点，王老师骄傲地说："我以前数学很好的。"我窃笑不已。

我自己对数字也越来越没有感觉了。尤其是买菜，几斤几两、几元几角，好像印到底片上不显影，大脑一片空白。我把这归结为面试时临场发挥不好，我一向这样没出息的。但别的时候似乎也不行，没什么概念似的。有一次周安华不知为什么交了一万块钱给我，让我数数。我辛辛苦苦数了半天，他问，多少？我说，一千。他惊讶到要崩溃。一次在电梯里跟同事议论学校购买电梯招标，我说，肯定得招标，电梯很贵的，一个恐怕得一万块钱。冷不丁莫砺锋老师在后面插了一句话："只一万块钱，你们家也会装一个的。"

我现在相信，什么功能再好，不用，就会退化，这和智商无关。

我的某些方面功能退化，与我们家两个太喜欢包办代替的男人有关。因为我的粗疏没有责任感，家中一切跟票据证件有关的事情都不归我管；因为我的怠懒不接受新事物，我所用的手机、电脑的常用功能，都设置在固定状态，只几个固定的步骤。如果要做复杂一点的事情，我儿子会直接操作好，把最后的结果呈现给我，就像做题目，他只给我现成的公式，不会告诉我公式推导过程。这样做的结果有点恶性循环了，就是我越来越没兴趣、越来越低能。

我以前是很排斥手机的。白天一天在办公室里不知接打多少个电话，回到家中就怕听电话。有一次倪婷婷告诉我一件事，大约是大学同学聚会，她临时需要通知谁什么事情，苦于没法联络，急得不行。但看到别人用手机方便得很，于是很有感慨。她说："那一刻，我想，从此我不嫌贫，但是爱富了。"我们俩相视大笑。

我买手机相当长一段时间不会打电话，只会发短信，发短信也很慢。那次我到镇江学习，时间紧、内容多，恰在考试前夕，儿子发来短信，说："妈妈我们发短信玩儿吧。"被我断然拒绝。事后觉得有些不忍。其时儿子刚入大学不久，一个人在浦口，爸爸在韩国延世大学客座，我想他是有些孤独想妈妈了。但我那时手机打字很慢哪！等到我有时间准备满足他要求时，时过境迁，他已经无所谓了。想到他需要的时候妈妈缺席了，我心里一直耿耿的。

趁着外子在韩国，我准备去旅游，签证须得到上海。上海有学生帮我，我在火车上时她给我打了个电话。慌忙之中，我也不知按了什么键，电话竟接成功了。到上海后，我们一起吃饭，单位有电话打给我，再想接听，却是无论怎样都不晓得如何让手机开口了，任凭铃声大作。不好意思跟学生解释，便走出去发短信问我弟弟，弟弟说接电话按绿键，停止按红键。还说这两个键长得就像话筒。等我后来熟悉红键绿键这两个冤家时，平心而论，我弟弟描述还是很形象的，但是当时邪了门似的，死活看不出来，尽管它们一直在那儿。

今年联谊会收缴会费改革了，用手机支付。我是文学片的小负责人，需要把会费收上来交上去。可是我不会啊。拖了几天，终于在一个周末，我拿出专门时间来学习操作。先是要建一个群，我在我们家群里求助。曾经见我同学为吃一顿饭拉起一个群，想来这东西不很难。果然，我要求一提出，姐姐妹妹都笑我，说现在连卖菜的都会的，你居然不会！诚然，如今引车卖浆者之流，都高科技了。我有一次下班回家，在地下通道看到一位卖樱桃的，樱桃实在好，我就买了。买了之后发现自己没有金戈戈，于是难为情地跟卖主说，没带钱。卖主迅速拿出一个纸牌，说："扫我二维码。"我的手机里确实有钱，儿子放进去的，但是从来没用过。卖樱桃的指导我支付成功，于是顺利拿走了樱桃。我收拾起一下子滑到鄙视链末端的心情，虚心向我姐妹学习半天，终于把群建好了。但是与我没有微信关系的人，进不了群。加别人微信我也不会，于是给各位同仁发短信，请求她们先加我微信。不料接到回复说，也不会。这就没有办法了，我气馁地把这事搁置一边。过了一会儿，我突然福至心灵，想到一条捷径：我把熟悉此等操作的刘重喜拉进群里，告诉他我的想法，只见书记小哥刷刷刷地把人全部拉进来，还自作主张地给我多拉了几位，待我说明不是越多越好时，他又刷刷刷地把不该进来的人踢出去，知道自己也只是工具，便又自觉地退了群。所有这些完成，须臾之间。唉！早知如此，早该拜托出去。事情圆满完成后，我心情终于轻松下来，忍不住想起圣人的教导："君子生非异也，善假于物也。"我还是做君子吧。

然而事情没完，我还需要收会费呢。我让大家把会费以红包的方式发给我。通知后不久，我跟两古专业的人去广州，我戏说，他们去打蒋寅的秋风，我则打他们的秋风。回来在白云机场候机时，曹虹向我发出研究发红包技术的邀请，于是我们俩如切如磋如琢如磨了半天，不得要领。请教旁边的程章灿，又诲人不倦，学而不厌一番，曹虹的 100 两碎银子终于成功进了我的微信钱包。

联谊会举办那天，提前去走台，中午我便在学校食堂吃饭。打完饭后用校园卡付钱时却被告知，2019 年了，卡需要激活。激活校园卡是个技术活吧？我一头雾水。恰在此时，遇见一起锻炼的徐鸣洁老师，听说我的卡因为进入新年不能用了，她想她的也应如是，于是同我一起到机器跟前。徐老师是地科院教授，可是她也不会操作，鼓捣了半天，无功而返。徐老师说："那先试试我的吧，万一我的不需要激活呢。"于是又去了卖饭窗口，谢天谢地，付费成功了。吃完饭，我拿出手机，说："我用手机还你钱。"推让一番，终于同意。可是又遇到了老问题：需要添加微信。我只能寄希望于理科教授，结果没有结果。便喊来一个学生帮忙。事毕，小子没立刻走，抬头问了一句："老师，你们是南大的吗？"我去！自尊心分分钟碎了一地。

2019 年 1 月 11 日

在"禁足"的日子里

自打"新冠肺炎疫情"开始，至今一个多月了，这是一段不同寻常的日子，其间情感的大起大落，是任何时候都无法比拟的，为生者悲，为死者痛，为家国不幸担忧，为自身处境焦虑。一个渺小的在显微镜下放大 N 倍才能看见的病毒，把地球、把人类搞得手足无措甚至带来死亡的威胁，关于宏大和渺小，留给人类的哲学启示、生命思考，都是震撼的。在最初的慌乱过去之后，在活着的问题不那么突出之后，生活还得继续。但这注定是一段特殊的生活，我没法出去看别人的世界，只生活在自己的世界中，但我想把她记录下来，作为宏大叙事的一个小小补充，起码证明，我在这样的时候这样真实地生活过。自然界的寒冬已悄然过去，虽然春寒料峭，毕竟春天到了。万物开始复苏，百草发芽，荞麦青青，套用雪莱的一句诗："春天到了，'春天'还会远吗？"

记于庚子早春二月

家有余粮，心中不慌

今年过年储备的食物格外丰富。其实不算是有意为之。成家这么多年，基本是没单独过过年，印象中只有一次，那是刚调到南京不久，小家初始团聚，特别想体验一把独立的感受，所以早早就跟家里打了招呼不回去，也早早按照自己对过年的理解"忙年"，但是只新鲜兴奋了几天，还没开始正式过年已经意兴阑珊进而失望进而后悔了。后来没再做过这样的事。长辈们在，从道理上是应该回去的，又有寒假支持，事实上是可以回去的，所以年年过年回家，所以不需要"忙年"，亦即不需要购买年货。而每次返回时，总有各种吃食给带回来，所以也无须储备食物。

今年特殊，婆母在南京。以前尽管弟兄几个全在南京，但老母亲在老家，过年总是要回去的，但经常是七齐八不齐的，今年正好了，可以过个团圆年，于是及早在饭店订了年夜饭。过年当然不是吃一顿年夜饭这么简单，按惯例一个正月的食物都要准备好，或者起码也要满足正月十五之前的消耗。国人最看重的节日就是过年，就像鲁迅先生说的，"旧历的年底毕竟最像年底"，家家户户都忙着团圆，商贩也回家了，店铺也关门了，生的熟的买都没处买，不早早预备着，到时要打饥荒可怨不着别人。曾经有一回我们年初二出去旅游，平时很热闹的地方，竟然没一家卖吃的！刚刚从丰盛的年饭桌边走过来，忽然满目冷清荒凉，一时很难适应，才意识到过年的热闹其实是在千家万户。这话说说竟是三十年前的事了，现在自然不这样了，但回家过年的传统没变，食物还是要准备的。

因为要在南京过年，我于是提前回了趟徐州，毕竟老母兄弟姊妹都在那儿，得回去看看。从徐州返宁时，照例带回了许多食物，知道我儿子喜欢吃肉圆、涨鸡蛋饼，妈妈让钟点工做了好些，大姐也赶在我走的时候做好送来了，这许多，我都有些发愁，但想到今年可能人员比较多，还是欣然接受了。除此以外，带的东西还有诸多海鲜、鸡蛋之类，还在超市里买了一些我喜欢吃的馒头，都堆放在车后备箱里。回宁途中，在睢宁停了一站。外子和我的中学阶段都是在这里度过，也是从这里下放当知青的。今年外子退休，办手续需要证实下放时间，校人力资源处让到下放时户籍所在地开户口迁移证明。事先已由同学办理妥当，约好路过时去拿。老同学自然是热心的，自作主张联系了仍在当地的许多同学聚聚。少年同学，数载不见，好不激动。分别时，一盒盒当地特产直往车上塞，把个后备箱塞得满满腾腾！更有有心人，提过来一袋煎饼，说是煎饼能放，可以吃得长久，放着慢慢吃。

从睢宁出来，天色渐渐转阴，然后就飘起了小雨。天气预报本来也是这样报的，说雨夹雪之类的，只是早上从徐州出发时阳光灿灿，尽管儿子和他的奶奶分别发来微信警告，说南京天气预报显示天气恶劣，也没有在意。现在果然应验了，愈近南京雨越发大了起来。于是，我们在盱眙出口从高速上下来，折向天泉湖方向。天泉湖养生养老社区，有我们一个落脚点，当晚便在这儿住了下来。

促使我们下决心停靠这一站的原因，除了天气，还有一点更诱人，就是次日是驻地附近的逢集日，可以赶个集。大白菜收获的季节我曾经来过一次，搞了一些白菜、土豆之类的笨菜回去。这儿的禽、蛋、鱼虾、豆制品都非常新鲜，蔬菜就更不用说了，每次在这儿小住回宁，都会采购一番。这次路过，自然是不要错过的了。于是第二日早饭后，我们把车内的东西规整整齐，挪出点地方，直奔古城集市。这次采购的是一些不经放的菜，专为预备过年，有菌菇、莲藕、辣椒、西红柿、豆角、蒜苗、小青菜、小菠菜等，以及排骨、肉馅、豆制品和干货。然后一路回南京。家中冰箱已是超负荷运载，主要是各种动物类的生鲜食品，有新添置的，更有陈货，因为我和外子都不算是肉食者，冰箱里便常年积聚成灾。

知道今年我们在南京过年，一些留在南京的学生纷纷来看望老师，来时自是不空手，带来的礼物，盆花、鲜花之外，多是吃食。外地的学生也有通过快递寄送水果、干果的。连带单位发的、孩子买的、亲友送的，物质是从来没有过的丰富！每一批食物到来，婆母都一面欣喜一面担忧："啥时能吃完！"其实我也是担心的，我虽说没有过主持多人消耗食物的经验，便主张多多益善，但也还是感到有些过分了。不过有句老话，叫作"家有余粮，心中不慌"，心里顿时增添了底气。

一月二十二日晚上，来了几个不速之客，进得门来，只见个个口罩遮得严严实实，刹那间感觉来了一群蒙面大盗。好在还露出眉眼，看出是二哥一家。其时虽说新冠病毒之说已传得沸沸扬扬，但并没有官宣，还处于小道消息民间流传，南京一般人都还没太当回事，口罩变成交际必备品还是后来的事。尽管这后来时间也不长。因为老太太在我们家，他们是来探望的。回家搞得如临大敌一般，当时觉得小题大做了。二哥一家两代四口人都是医生，职业敏感，他们提议年夜饭取消。婆母先有些犹豫，好不容易一次大团圆。但安全更重要，于是拍板同意。而后新冠病毒才像"真的"传播起来，消息一天比一天多，情形一天比一天恶劣，先是武汉封城了，继而各省市都有严厉措施，然后全民禁足，都猫在家里。可以不工作，可以不娱乐，但一日三餐不可以说不，我这时突然心生感激，感谢今年存了这么多的食品！莫非冥冥之中已经预示一场灾难要来临？莫非预知这是一场持久的而且是足不能出户的灾难？我有一日与外子议论，幸亏是春节时期，幸亏中国人有春节存食物的习惯，否则，在当初的手忙脚乱、六神无主时期，再缺吃少喝，怎么得了！

2 月 21 日

散　步

　　日日宅居家中，虽然于我原是生活常态，但人就是奇怪，一说不能出门，马上心态就变了，感觉家成了牢笼，闷在里面能憋死。我妹妹住的楼里出了一个新冠病人，楼被封了，先前整个春节也没出去，天天在家看电视玩电脑，一宣布封楼，我外甥饭也吃不下了，在楼道里四处找出口，终于找到天台上，才觉得可以长出一口气了。今天结束医疗观察，我妹妹在群中发声道，自由真好！在封楼期间，妹妹家别的我不担心，我妹夫强迫症，每天散步起码万步以上，而且一定得是群中步数最多的，否则晚上觉都不能睡。有一次已经准备睡觉了，忽然发现被一人超过，愣是重新起来，把步数补足方才罢了。为此我们还故意埋怨那个无意中多走了几步的人："怎么那么不省心，就不能让几步吗？"如今圈在家中，如何凑得够万以上的数字啊？忽然想起一个同事说过，大约有一个公益活动，走满多少步就相当于捐赠多少钱，等于做慈善。有时到了规定时间，步数尚未凑够，便通过摇手机的方式代替走路。我便揶揄妹夫，只好天天摇手机了。

　　我们是可以出去散步的，在小区院子里。最初因为放寒假加春节假期，大部分人回家过年，小区能见到的人寥若晨星。节后人稍微多一点，散步路上不时能见到一两个。基本上都戴着口罩，路遇时则如车辆避让一样，总有一方迅速转到安全距离，或转到路的另一侧，或停止紧贴某隐蔽处，或掉头回去，或者干脆另辟蹊径，反正小区交通阡陌纵横，有的是选择余地。我对这种视他人为地狱的做法有点不好意思，外子说，你怎么知道你不是别人的地狱，与其让人躲着你，不如主动避让。说的也是，新冠期间，人人互为地狱，为人为己都需保持距离。所以路遇时不光早早拉开距离，且低眉敛目，颇似"破帽遮颜过闹市"。我有一次很好奇，偷偷抬眼瞅了一下别人，当真是人同此心、心同此理，情状颇为类似。难道眼神交流也是新冠病毒传染渠道？其实这个时候人的状态是收敛的，不光肢体，包括精神。看电视上，防护的整套设备含有护目镜，我们平常人自然没有，保护眼睛只能用自己的设备，好赖那层眼皮也是天然屏障呢！我忍不住恶作剧地想。有时也会碰到不戴口罩的人在路上溜达，这样的人在这个时候简直会遭到人神共愤，口虽不言，早已心诛，我想那是一定的。我同学在群里发了十七年前非典时期写的诗，诗中有"謦咳乍生劳白眼，额头微热动疑猜"句子，我说，现在一样，这样的举动想得到"青睐"也是不可能的。曾路遇一位老者，口罩倒是戴了，但是不停地打喷嚏，而每一次打喷嚏都把口罩拿开，简直如同强力喷沫机器了！我就纳闷了，你这口罩戴着是为了什么呢？只为自己不被感染，传染别人不要紧？遇到这种人，岂是一个白眼了得！不过除了白眼又能如何呢？

也遇到不能散步的时候，那是天气的原因。连续几天阴雨，只能彻底猫在家里。外子倒无所谓，他这一段时间正好校对书稿，所以常规的动作是，电脑跟前坐一会，起身去书橱，来往巡回，上下检视，然后索书，然后复位。如此动作循环往复，一天下来，其实运动量够了。我就不行了，游戏一打半天，手机一看半天，不是坐着就是躺着，骨节都要生锈了。再说，吃了睡睡了吃的，对于女人来说，还有一层要担心的。看小林老师漫画题图，说年初许愿"财源滚滚"，现在已经实现了四分之三——"圆滚滚"！也很恐怖哦！我于是启动家中散步模式，在客厅、房间所有能走路的地方移动，通常我妈妈、我婆婆也是这样做的，我东施效颦，但比她们性急，走得稍微快点，又想多走一会，否则也没什么效果呀，这样，半个小时下来，头晕了好久！时间这个相对论还真是，正常散步半个小时没什么感觉，家里散步，时间真难熬，我不停地看时间，时钟像不走字一样。房间散步只实践了一次，就取消了，晕得难受！

2 月 22 日

沦　陷

新冠以来，每天早上一睁眼，第一个动作就是拿手机看疫情，疫情就是晴雨表，每日心情好坏就由疫情而定。

我其实是乐观主义者，总是愿意相信好的消息。开始说武汉疫情可控，病毒不会人传人，我愿意相信，不想杯弓蛇影，自己吓唬自己；然后，突然就说武汉封城了，湖北一些城市接二连三也封了。心里在感激湖北为全国做出了牺牲的同时，也觉得毕竟距离荆楚大地还远，没到危险的时候。再然后，上海采取了措施，浙江采取了措施，江苏采取了措施，全国各省市都采取了措施，举全国之力，集中白衣战士，冲到了前线，死顶硬挡，各省人力物力定点支持，但是每日每时，确诊病例、疑似病例、死亡人数，仍旧不断攀升。疫情汹汹，大有"黑云压城城欲摧"之势。然后，各省各地都出现了感染病人，普天之下，没有一块乐土了。在黑色的每一天，在紧张的空气充塞每一寸土地的时候，死亡的幽灵四处徘徊，人的神经都快要崩断了。心情一点点地沦陷，终于要撑不住了。

　　2月6日那天早上，雾霭沉沉，房间光线很暗，我打开灯，第一时间拿过手机看新冠疫情，看到南京又增加了5个确诊病例，一刹那间，突然就绝望了，涌出来的想法是，"哪天是个头啊"！我那时唯一支撑的信念是"拐点"说，希望拐点一到，否极泰来。天天关注南京疫情，14天是病毒最长潜伏期，好不容易等到14天了，居然又增加5例！没完没了，没完没了了！心情于是恶劣到极点。很多年前一次上班路上，遭遇大雾，前后左右上下，混沌一团，连自己的身体也看不见，似乎只有魂灵在感受那种"前不见古人，后不见来者"的孤独，狼奔豕突无从挣脱的绝望，没有未来、没有希望、没有挣扎的意义。那种感觉瞬间又来到眼前。我记不得自己当时做了些什么，总之是终于让巩先生不耐烦了，他恨恨地说，你要是再这样神经质，我就把你送精神病院去！这话让我心底一片荒凉，连人情凉薄都联想上了，觉得这个世界没有活路了，只怕地球末日也不远了。

疫情远没有控制住，14天过了，又一个14天，其间好多次峰回路转，先是数据越来越给人鼓舞，但突然有一天激增，然后说是统计方法不同导致，心稍安。看上海已经多天零增长了，以为光明在即，然后有一天又增一例，于是前功尽弃，又一个14天轮回开始。疫情像过山车，心情亦如此。

网上有个段子，说宅在家中如同囚在笼中，武汉人说，同样是囚在笼中，但有分别，武汉人就像笼中等待被宰的鸡，眼瞅着每天提出去两只，谁知道哪天就轮到自己了？是一种随时被死神光顾的、朝不保夕的恐慌。诚然，其他人待在笼子里还是安全的，但不能出去，而在笼子里囚着，却是遥遥无期。如同被判了"无期徒刑"，可是你盼望"减刑"，盼望出去的那天。每次似乎见到一丝薄薄的光亮，旋即又掉到黑暗中，且是深不可测的那种，你不知是黎明前的黑暗呢，还是压根还在沉沉暗夜里，因为未来的不可知而痛苦、憋闷。我一次突然说我怀念盱眙了，外子问为什么，我说"憋的呗"，外子迅疾接道"憋得那样哟——憋得那样哟——"是以唱歌的方式。我听着旋律熟悉，潜心一想，是林依轮的成名曲，下面一句就是"我的青春小鸟一样不回来"，一段时间唱烂了大街的《爱情鸟》。外子不唱歌的，也极少幽默，所以如此，转移我情绪罢了。

但外子在禁足这段长长的日子里，确实没有表现出惊慌烦躁，照旧做他的事，因为没有干扰，反而显得更踏实。看网上视频，当红小演员刘昊然抓住不拍戏的时间在家写论文呢！在一篇采访报道里，丁帆说，2月6日起便开始正常写作了。当然很多人也不会浪费这段特殊的时光。这使我想起我特别喜欢的一部电视剧《士兵突击》中高城的一句话："信念这个东西真不是说说的！"虽然都是出于无奈困在家里，有的人只憋闷了，有的人只长肉了，有的人——可能宅居当初，人人都有一粒种子，只是等到能出门的那天，你的种子还是种子，人家的已经是一棵大树了！为了不虚度光阴，为了重出家门那天的不羞愧，姑且抛却烦恼，做点实事吧。

2月23日

生产自救

新冠病毒已经被冠以"流氓病毒"称号，其无赖、狡猾、不按牌理出牌的特质凸显，尤其是人们对它的认识还很肤浅，更不要说降服它。样板戏里有一句深入人心的台词，叫作"狐狸再狡猾也斗不过好猎手"，现在这句话不那么提神了，起码对付新冠病毒的好猎手还没出现。在一线，病毒正在考验、磨炼、锻造猎手，对于绝大多数人来说，不出去在家里老实待着、不给社会添乱，就算是做贡献了。这样做贡献似乎太容易了，其实也不尽然。"民以食为天"，天天不工作天天也得吃饭，虽说囤积食物不少，毕竟单调了些，又宅得发霉，就在吃上找乐子了。

最先尝试的是发豆芽。其实本来不是准备发豆芽的，外子在电视的一档节目里看到无土种植蔬菜，感到神奇，又觉得是无中生有、特别划算的解决口腹之福的超便利措施，于是蠢蠢欲动，且热情鼓励于我。我不太相信他这方面的能力，因为我家其实是有土地的，尽管只十个平方米左右，那也是土，好几年了，也没搞出个头绪，种瓜瓜不结，栽菜菜不长，有土栽培都不行，甭说无土。我不知电视里什么魔力，被我打击成这样，外子仍坚持想试试，据说只在器皿里铺一层纸盖一层纸，几天之后种子就变成茁壮的小苗苗了。这个新式的高科技没有尝试过，但黄豆可以变成豆芽我是知道的，于是我力劝他改成发豆芽。他本来已经洗好了黄豆，准备"种"，我硬生生截和了，根据百度提示，黄豆浸泡若干小时，水沥去，盖上湿毛巾，后来又根据另一条消息加覆上塑料薄膜，每天早晚换水，一两天后就有先行者开始萌芽，而后逐渐增多、长大，我都适时拍了照片，后来不知哪一个环节出了毛病，豆子有的开始腐烂、出现异味，为防止夜长梦多，未及长成，消灭了。我在群里晒图时，起了个名字，叫作"生产自救"！是不是有点"自己动手，丰衣足食"的延安精神？

关于"生产自救"，最能显示实绩的还不是豆芽，而是另一种食物——油条。

油条这东西不稀罕，卖的地方很多，但是现在是"禁足"时期，既无人做，也不能出去买。有一天，我妹妹在群里发了一张油条照片，且说是自己创作的。油条新出锅，黄澄澄油亮亮的，有些诱人，但是图片而已，"可以远观，不能亵玩"，只羡慕一下下就罢了。且说次日，我姐姐也在群里发声，说她家油条也出来了。询问配方，妹妹说得大而化之："哪有什么配方，两只鸡蛋，一杯鲜奶，少许发酵粉，少许盐。"这也忒简单了！我便放出大话，"炸油条"！

说这话时已是中午，饭已做得，晚上又不适宜吃油条，且说明早吧。翌日早上，粥已好了，我说吃饭，外子弱弱地问，油条呢？我去！把这事忘了。我说："容易，稍等等，你把油先准备好，我来和面。"我于是拿出两只鸡蛋，一盒鲜奶，发酵粉，盐，一起放在一只盆里，在倒鲜奶的过程中，我发现一盒的量不少，猛地想到我也没准备做太多，都倒进去只怕不合适，适时地，我终止了倒牛奶的动作，就是说，鲜奶的量是大半盒。然后搅拌，搅拌的目的主要是为了鸡蛋，使之充分融入。然后加入面粉。面和好后，又想到一个技术问题，要不要发酵？于是电话拨过去问大姐，回答说当然。发酵是需要时间的，显然，早饭是等不到了，我抱歉地笑笑，外子很大度，

"就中午吧"。

11时左右，我看了看面团，如处子般文静，没有丝毫改变。按道理她应该膨大，因为我加了发酵粉。可是没有，无动于衷。大姐已电话问过，油条吃上了没有，告诉她面没发，她说不应该啊。说这话是9点来钟，又过去两小时了，我终于耐不住了，又问了大姐，她说只怕发酵粉放得不够。我说不是少许吗？大姐说少许也不能太少，100克面粉1克发酵粉吧。我哪里测得出几克是多少，但终归是少了，再加就是。只是，中午，仍旧没吃上油条。

加了发酵粉的面团到底蓬勃生长起来，2点多的时候已经长满盆了，我说动手吧，先生说，这个时候啊？也是，这个时候不早不晚的，做出来怎么吃呢？油条还是新鲜的好啊。于是，我把面团放冰箱里了，不是惩罚，为的是抑制生长。后来，油条就做成了。虽然，它应该是早餐，作为晚餐不是那么合时宜，但是，这不是赶上了吗！要补充一点的是，油条的面发酵之后，不可以再加干面粉揉，像做其他面食那样，否则到油锅里是不会膨胀的。幸亏大姐及时提醒，她让我准备一只盘子，涂上油，解决了关键问题。否则，一塌糊涂。

吃油条的时候，我给外子讲了我爸爸炸油条的故事。

那是很早了，物质生活紧张的时候，当时油条虽然不是稀罕物，但放开了吃，尤其像我们家庭孩子很多，也是比较奢侈的。有一次我爸爸心血来潮，自己动手炸油条，让所有人一次吃个够。他从饭店师傅那儿问来配方，买来辅料，就是明矾、食用碱之类，然后和面。但这两样辅材加多了，鼓捣了很久，油条自是没有做成，枉我们大家兴奋了半天。这还是小事，这次炸油条的直接后果是，我们连续吃了好多天黄色的馒头、黄色的面条，不光是黄，尤其涩。面发黄是小苏打的反应，口感涩则是拜明矾所赐。当时粮食紧张，我外婆舍不得把油条面丢掉，掺到了馒头、面条里。这次油条吃的! 吃出了我长长久久的记忆。

爸爸往生 10 年了，我，我们，也都做出了油条! 但是他活着的时候，怎么就没想到自己动手做给他吃呢!

2 月 24 日

新冠时期"云"生活

友人发一个帖子，名曰"让我们一起云赏梅"! 打开视频，应时绽放的流光焕彩的梅花图片应接不暇。我正想着校园里杜厦图书馆楼前梅花应该盛开了。一整条长长花圃，种的全是梅树，一段一段的，或红梅，或绿萼梅，或白梅。花期有早有晚，每年只要开学迟一点，看到的梅花就不完整了，总是有的很精神，有的已经萎靡，往往心中恻然，觉得辜负了那些凋零的花儿。北京西路从云南路口到鼓楼一段路两侧绿化带都种有梅树，以前老走那条路上班，当时树还小，但花开时节也粉粉的一路，路过时无端的就觉得很提神。记得最初看到红梅绽放，我以为是桃花开了，告诉丽则大姐，大姐根据时令推测是梅花，我从那时才注意到同是粉红色的红梅、垂丝海棠和桃花的区别。东郊的梅花山、梅花谷，名字听着就有一种超脱凡俗的仙气！那里是梅的世界。现在怕不是要开得纷纷扬扬、潇潇洒洒的了！以前这个时节，赏梅踏青的人摩肩接踵，满山满谷都是，替那时的梅花想想，只怕也是心烦得很。可是今年这样冷清，又太过分了。年前有学生从福州寄来一些水仙的球茎，寄来得晚了一些，没赶上年时开花，却正好填补节后鲜花的空白。雪白的块茎，青绿的叶子，正是案头清供。也是因为晚了，没有与亲友分享，分了好几盆放在几个房间。叶子水葱似的，一节一节地长着，终于开花了，粉白的单瓣，娇黄的蕊，清雅得很。我兴致来了的时候就每个房间转一圈看看她们，心里就想着陆放翁感叹梅花的句子，"寂寞开无主"！对于花来说，挣着生命绽放一回，青春一回，没人欣赏不说，还没人瞧见！也真是冤枉透了！由家里的水仙，不由就想到郊外的春梅，只怕迎春、辛夷、二月兰也在悄然绽放。今年的花儿真是命薄。现在网上推出"云赏景"了，于花，总算没被错过，于人，聊胜于无了。

节后儿子回自己小家的时候，拒绝多带食品，年轻人的做派，不喜欢吃存久了的东西，喜欢新鲜的，现买现吃。这原没什么不好，可是不合今年的时宜。担心他们食物撑不了几天，频繁地问，一律说没问题。一日来电话，终于说，吃了两天土豆大白菜了，吃得着急。且说联系了一家相熟的卖菜老板，打包送来好多菜，种类多，新鲜，价钱也合适。手机联系点菜，手机付款，菜送到指定地方，取菜时两人相隔很远，全是远程操作，符合不密切接触的要求，很安全。儿子电话那头得意得很。菜老板愿意送菜上门，有这等好事？不过想想也是，蔬菜等是消耗品，人人有口腹之需，缺少了居家过日子自是着急，可是着急岂止是买家？菜农商家也急啊，外面形势无论怎样，地里的菜们该长长，该老老，一天也等不得的。长老了的菜，像嫁不出去的闺女，也是个心事啊。于是，卖家急着卖，买家急着买，正所谓郎有情妾有意，一拍即合，一种特殊时期的特殊买卖方式就这样诞生了。后来我们的新鲜蔬菜不足了，也是孩子在网上买的。而且这时已经很规范了，不再是"地下党"一对一的接头方式，此时网上有小型菜场，选购、结账、送货一条龙，也专有寄放拿取蔬菜的地方，一条方便简捷的销售链迅速在网上建立起来了。儿子买菜当初，我想，年轻人到底脑子活。非常时期，人的创造力也激发出来了，没准这些会影响以后的生活模式呢。

全民禁足在家，生活还得继续，时日长了，各种不出门也能做的事情多了起来，已经出现许多名目的"云课程"，诸如学习种菜、种花，瑜伽健身，毛线编织等，看到朋友在网上学习剪纸，晒出的九宫格全是剪出来的"春"字，题其名曰

"若到江南赶上春，千万和春住"。朋友学理工的，竟小资一把，诗情画意起来。

我已没有学习的上进心，但可以看电视、手机聊天啊。今年开年的大剧其实不好，贼长，生生是水灌注出来的，也罢了，反正是消磨时间，关键是剧情太狗血！破绽百出，于情于理都不通。我们天天一边骂着，一边追着，时不时地蹦一句话出来竟都是关于"小红袄（剧中噱头）"的！自己也奇怪，竟然无聊堕落至此！但不妨碍晚上准时再接着追。这样，居然也过了一个多月，如果我说这一个多月精神生活差不多都靠"小红袄"支撑，谁能信呢?！手机上铺天盖地的新闻旧闻，真的假的消息，很多改头换面又来一过，看得人要崩溃了。看得多了，总有厌倦的时候，便想减压，我在一个志同道合的小群里提议，每日一个轻松话题，大家欣欣然接受，于是，青春往事，无伤大雅的八卦、星座、血型、方言、书法，都纳入讨论范围，幽默调侃，亦庄亦谐，更常有搞笑的段子、视频，算是自己给自己制作的"开心一刻"吧。

有一天我散步时看见两个人站在路边聊天，不是路的同一侧，是隔着一条路，两人声音都很大，我觉得好玩，也就是特殊时期才有的特殊风景，于是隔着大老远，我把她们拍了下来，发到同学群里，取名"聊天"。丛楠其时正在看沈祖棻先生的《涉江词》，立即集了沈先生词句配了一首词，词曰："望中灯火暗千家，一例扃朱户，新楼对泣更无人，红楼遥隔垂杨路。"张宏生称赞"配得典雅"。我实事求是地说，聊天的是两个老太，大家都乐不可支。此一事我转告丽则大姐，亦大笑。

天天关门在家，也会抱怨，像段子说的，"锄禾日当午，睡觉好辛苦。睡了一上午，还有一下午"。但是同学之间互相安慰，也有诗云："隔离旬日何所怨，盼盼十年未下楼。"亦有人附和曰："董仲舒三年不窥园，关盼盼十年不下楼，都是现在应该大力表彰的模范。"虽然都是戏谑语，又是隔空喊话，总是使人暂时忘却苦闷，获得支撑下去的温暖和动力。

日子再难熬，总得往前过，毕竟往前才有希望，不是吗？

2 月 25 日

生命的律动

妹妹发来一个小视频，小孙子麦兜站在学步车里，往他前面扔个玩具，就大踏步地向前追赶，满屋子横冲直撞，像小猫小狗抢毛线球似的，热烈勇敢，乐此不疲。这让我惊讶极了！麦兜刚满八个月，一个多月前见到他的所有光辉形象，差不多都是四脚朝天躺在床上的，就这一个多月，坐起来了，然后会"蛙跳"了，进而掌握了爬的技术，再然后抓着扶手就想站起来，往学步车里一放，竟然甩开大步了！想想人类从爬行到直立，经过多么艰难而又漫长的努力啊！而直立以后视野的开阔，直接刺激大脑发育，人于是越来越聪明智慧，直接成为自然界的老大了。可见站起来有多么重大的意义！麦兜脑容量增加以后，有思想要表达了，不再满足以前的只用哭声表达的单一方式。可以借助语言了，想要什么会说"妈妈妈妈"；见到爸爸可以喊出让所有初为人父的男人肾上腺素增多的那两个字；也可以叫奶奶了，不枉我妹妹的天天辛苦。已经长出两对小牙，蔬菜、水果、鱼肉、鸡蛋都可以对付，当然是打磨成糊状的。总之，麦兜已经完成了作为人的一切基本技能，就在这一个多月时间里。

这是什么样的一个多月啊！这是"万户萧疏鬼唱歌"的时候，是几乎举国按下暂停键的时候，可是生活再严峻，形势再残酷，生命总是运动的。正所谓"心事浩茫连广宇，于无声处听惊雷"，我从一个微不足道的婴儿那儿，获得了感动，看到了希望。

天气不错，风不大，有很好的太阳，我们把散步时间提前了，出去晒晒太阳。阳光下的冬青，叶子像涂了一层蜡，是亮亮的新绿，这是只有春天才有的颜色。蜡梅是开败了，剩余零零星星的花朵挂在树枝上，红梅却还蓬勃，红艳艳的满树，在这早春二月，色彩还很单调的时候，暖暖的，给人鼓舞。玉兰开花了！这令我想起文学院墙外的辛夷花。辛夷又叫紫玉兰，花期早于其他品种的玉兰花。辛夷花绽放的时节，恰逢雨水节气，总有牛毛花针似的细雨滋润，紫红色硕大的花朵，衬着嫩嫩的浅绿叶子，密密的雨丝在光滑的花瓣上汇聚成零星的雨珠，盈盈欲滴，我喜欢拍雨中的辛夷，光线有些暗，但很有质感，营造出些微怀旧的忧伤。有一次我把这样的照片发给朋友，朋友称赞说"照片拍出油画的效果"，我很开心。和园没有辛夷，但眼前这棵肯定是玉兰树，只是高很多，花朵也小，色清浅，伶仃地开在枝头，不胜轻寒似的，倒是我见犹怜。

过年回来的人多些了，小孩子在家中是待不住的，年轻的爸爸妈妈难得的有空闲，陪他们在太阳下嬉戏锻炼，篮球、小足球、羽毛球、跳绳，以小家为单位，各找一块地方，互不打扰。小自行车、小滑板车也出动了，家长除了自己武装森严，也不忘给孩子们戴上口罩，毕竟疫情防控期间，注意防护也是公共道德。阳光下的孩子，像出窝的小鸟，欢快地扑腾翅膀。到底是孩子，无忧无虑的。连日沉寂的和园，现出了生机。疫情仍旧严峻，抗疫一线的白衣战士，疫情防控期间仍需坚守工作岗位的民警、交警、社区工作者等，还有无数热血无私的志愿者们，正是他们用自己的生命肩住死亡大门，才换来和平、宁静、安康，换来孩子们的无忧无虑。

"沉舟侧畔千帆过，病树前头万木春。"只要地球还在转动，只要日月星辰还在照耀，就有生长，就有发展，就有进步。

2 月 26 日

第三辑　**历史的一小步**

历史的一小步

2013 年 1 月 15 日至 29 日，我到台湾旅游，外子时在"东华大学"客座，时值寒假，正好结伴而行。

绿　岛

有一首美丽的歌叫《绿岛小夜曲》，那歌词说："这绿岛像一只船，在月夜里摇呀摇。姑娘哟，你也在我的心海里飘呀飘。让我的歌声随那微风，吹开了你的窗帘。让我的衷情随那流水，不断地向你倾诉。椰子树的长影，掩不住我的情意，明媚的月光更照亮了我的心。这绿岛的夜已经这样沉静，姑娘哟，你为什么还是默默无语？"这首歌很流行了一段时间，到现在也还被很多人喜欢。相信绿岛曾引起不知多少人的遐想，单单是这名字，相信也会。我并不知道绿岛在台湾，这次外子说到绿岛去，并且已经预订了车票和旅馆，着实让我惊喜。早上六点多，从花莲的志学车站乘火车，八点多到台东，有预约的出租车载往富冈渔港，船票也是预订的，海上航程约五十分钟。拿票时售票员提醒最好先吃晕船药，我是大脑前庭功能不好的，所以赶紧买了药服下去。海上风浪有些大，游船一会儿涌上浪尖，一会儿又狠狠地摔下波谷，倒没很晕，却心跳得厉害，恐惧得不行。直到药力发作，睡着了，方好。游船靠岸，林先生已驾车在等候。绿岛有很多家庭旅馆，叫作"民宿"。我们这次到绿岛，事先订好的民宿是林妈妈开的，前来码头迎接的便是林妈妈的先生。

到了绿岛，方知道绿岛的风景点几乎都分布在环岛的公路沿线，转一周也只是一二十公里，所以到绿岛旅游的，差不多都是自驾游。在岛上租一辆单车或是摩托（台湾称为机车），沿着环岛公路转就行了。我们不敢驾摩托，每人要了一辆自行车。在我们吃完午饭，午休之后，两辆车已停在林妈妈院中了。因为准备在绿岛住一晚，第二天中午返回，便把在绿岛的行程分为两段：下午逆时针走，走到一半返回；次日上午再顺时针转，看另一半景致。虽然是一月份，南京尚在冰天雪地之中，绿岛的阳光却是热辣辣的，明亮得刺眼。但公路上几无行人，绿岛的旅游旺季是在夏天，游人是冲着潜水去的，现在显然不是时候。公路一边是崇山峻岭，一边是碧波无垠的大海，天地间只我们两人，真感到无边的自由。一路上经过了龟湾鼻、马蹄桥、大白沙、帆船鼻，便到了朝日温泉。朝日温泉位于绿岛南端，是个神奇的咸水温泉，这样的海水温泉，全世界只有两个，朝日温泉便是其中之一。到绿岛不来朝日温泉，如同过宝山空手而归，可惜了。我们是有备而来的。只是奇怪，泡温泉的，还是只有我们两人。问了守门人，知道当地人和游人都是半夜才来温泉，泡着、玩着，天就快亮了，然后太阳就出来了。是的了，怪不得叫朝日温泉呢！试想，置身在广袤的大海里，身心俱放松，头顶着满天星斗，然后看星星一个个渐渐退隐到天幕后面，看东方熹微，看朝日出海，也才在海水里沐浴过的太阳，说不出的新鲜，有生气，这过程真够享受的。但我们俩没胆量深夜在山路上骑过来。现在这样无人喧嚷，挺清静的，也很好。海水有四十度，微微有些烫，被热气蒸熏得发烫的脸庞，经海风轻抚，挺惬意的。只是洗完温泉后沐浴的水温太低，大约南方人习惯冲凉，而我们就不行了。果然，夜里便感到喉咙痛。天明到对面一家药房买药。药房也是私人开的。老板问明情况，拿出一板喉片和塑料袋包装的消炎药，药是几种配好装成一袋的，分几袋，很方便服用。一共是两天的用量。然后又用纸杯倒了温开水，拿出一次需要服的药，让我当时吃下去。这种拿药的情形也是久违了，一般到医院，总会大包小包提上很多药，一次生病是用不完的，更不会几种药数量完全匹配，一粒也不浪费。

绿岛的另一边主要看人文景观，林先生说有人权纪念公园和绿洲山庄什么的。我没有在意，以为就是普通的景点。到了跟前，我惊呆了。所谓绿洲山庄，其实是一座监狱。我本来只觉得绿岛是沧海碧波中的一颗璀璨的明珠，没有意识到，它孤悬海上，地势显要的特殊地理位置，还有另外的用途。绿岛以前是用来关押重犯、要犯的地方，那些杀人劫货的以及黑帮恶匪，他们中顽冥不化、难以管教的，往往会押至此地。国民党退到台湾以后，改建成关押政治犯的监狱。在长达四十年的白色恐怖时期，大约有七千多受难者。其中我们比较熟知的《丑陋的中国人》的作者柏杨，从 1968 年至 1979 年在这儿服监，他的房间在山庄的第二区。白色恐怖结束后，在临近山庄处，建立了人权纪念公园。公园里有一座天然礁石，形似一位母亲怀抱婴儿。因此人权纪念碑上刻着这样的字：在那个时代，有多少母亲，为她们囚禁在这个岛上的孩子，长夜哭泣。

从此，我知道了，绿岛并非只有小夜曲。

台　北

台湾清华大学朱晓海教授是个有心人。因为两岸学术交流比较多，朱教授和外子早已相识进而成为好朋友了。我还没到台湾时，他就打电话，要在台北给外子祝寿，顺便给我接风。"清华"在新竹，"东华"在花莲，晓海教授腰腿不便，还需要学生开车接送，学生在"中央大学"，"中央大学"在中坜。为一顿饭兴师动众的，且又是为了祝寿，外子便诚惶诚恐地推托，一是太麻烦，二是离那个所谓的"寿"还差两年呢，晓海教授一副门儿清地说，本着"过虚不过实，过九不过十"的风俗，就该现在。

宴席开在一家老字号，出席的客人除了我们一家三口，还有两位年龄稍长，也是研究传统学问的比较熟悉的教授：王次澄和王文进。两位都姓王，但是性别不同。其余便都是晓海先生的得意门生了。晓海先生虽说来过南京多次，我也久闻其名，但今天是第一次见到。和我想象中不一样的是，西装革履的晓海先生，蓄长发，拿手杖（我后来知道他腰不好），嗓门洪亮，豪爽得像绿林好汉。又极风趣，和学生关系极融洽，他的第一个博士郭永吉被戏称为"太子"，而向他请教学问的女博士王学玲等则被叫作"长公主"。他笑说学生现在不听他的话了，谑称自己是"大行皇帝"。晓海先生是很有个性的教授，抽烟抽得很凶，学校规定不许在教室里抽，他上课想抽烟时，就一脚门里一脚门外，讲课时头伸进教室，抽烟时头再伸出去。为了抑制烟瘾，学生便他买水果，所以朱老师上课，讲台上除了粉笔外，还有一盘水果，搞得不明就里的老师还有意见。据说朱老师对学生是很严格的，甚至是严厉，"长公主"说以前到老师家谈论文时都战战兢兢的，每次都不敢一人前往，总是带着女伴壮胆。晓海先生的解释也很有趣，他那意思就像《红楼梦》里惜春说的，我一清清白白的人，不能莫名其妙地把名声搞坏了。附带说一下，晓海老师是单身。但学生都尊敬朱老师，愿意被他骂，被他训。因为朱老师教学生实在是认真的，算得上是呕心沥血。所以被骂过之后，还跟老师亲得很。但晓海教授和女王教授说话，又是一番情形了。女王教授闺名王次澄，出身名门，一派大家闺秀的模样，文质彬彬，温文尔雅，即便是现在这样的年龄，仍旧淑女范儿十足。尽管朱、王二位父辈都是大陆人，他们却都是台湾出生的。听他们满口的"太夫人""家兄"什么的，我倒像穿越了一般，像看民国以前电视剧似的。我辈生在新中国，长在红旗下，一出生接受的都是现代汉语，偶尔在舞台上听到这样的词汇，都觉得很历史了，没想到在台湾看到生活版的了。

生日宴会年年都有，老人的，小孩的，自己的。小时候家里给过生日会吃鸡蛋面，后来给小孩儿过生日会买蛋糕，现在基本上是两结合，长寿面也吃，蛋糕也吃，基本上蛋糕成了主角，去贺别人生日，也会买个蛋糕。台湾的庆生不同，服务员先是端来一大盘面做的寿桃，红艳艳的非常喜兴，后来又每人一碗长寿面，那面也是有讲究的，每碗一团，一团是一整根，取意长久的意思。

南　投

王学玲是朱晓海教授的学生，即是一位"长公主"，现在台湾暨南国际大学中文系任教。我和外子的这一次行程，大部分是晓海教授安排的，其中包括南投的日月潭、桃园的慈湖，还有鹿港等。因为"暨南大学"就在日月潭边上，所以这一段行程是王学玲负责接待的。学玲是台北生台北长的姑娘，到南投来工作，离家有些远了。当初到"暨南大学"工作时，学玲是很有些踌躇的。学玲老是说，我是台北姑娘唉！说的也是。设如一个北京、上海的姑娘，让她到一个小城市栖身，可能会不很情愿的。我只是一个旅游者，对台北和南投有多大差别，体会不出，看到"暨南大学"美不胜收的校园，觉得在"暨大"很好啊！"暨大"坐落在山间，海拔略高于周遭，早上云遮雾绕，把房屋、树木、花啊草的，蒙上轻纱似的，自有一种朦胧奇幻的美妙，让人流连忘返，不想挪步。尤其是地处南投，占尽山川地形之胜，校园不光美，而且大。因为刚从"东华大学"来，所以把"东华"同"暨大"比较。"东华"校园也是极大的。"东华"的人说，校园里除草的工人，一年到头不得清闲，从东边锄到西边，西边刚完，东边的草又长起来了。草地非常开阔，草里有各种虫子，蜗牛大的像拳头。也有很多鸟在草里觅食，甚至有锦鸡。更有流浪狗在草坪上懒懒地或坐，或卧，或散步。流浪狗是我的叫法，在"东华"它们的名字很雅，叫"校园文化犬"。这些校园文化犬是经常进教室听课的。一教室学生端坐，狗也选个地方趴下来，老师在讲台上抑扬顿挫，氛围很好。没有哪只犬会在课堂上像《牡丹亭》里的春香那样闹学，那样做是很跌份儿的。问起两个学校哪个更大，王学玲说，说哪一个大的都有。看来在伯仲之间。"东华"校园平坦开阔，视觉上很大；可是"暨大"高低错落，山上山下的绕起来，比"东华"更觉大。这么美的地方，待一辈子又何妨？学玲说，其实她早已爱上这个地方了。

　　学玲原籍安徽。父亲出生在皖北，被"拉夫"到台湾，走时已经成家。海峡阻隔几十年，音讯不通，后来在台湾重新组成家庭。在台湾初期，想必生活并不很容易。学玲说，她母亲去世时，父亲对母亲深情地说："谢谢你，给了我一个家。"学玲母亲是台湾当地人，当初要嫁给一个没有产业的外乡人，家人是不同意的。所以父亲对母亲一直是心怀感恩的。两岸通航以后，学玲父亲带领一家老小返乡探亲，前妻还健在，并没有再嫁。老先生不消说是百感交集的，心中五味杂陈。但一个是结发夫妻，新婚别离，又苦守到白头；另一个在艰难困苦之中收留了他，且给他生儿育女，陪伴他走了大半辈子，他的愧疚、感激，都无法尽情表达。学玲生母去世以后，父亲又带她回老家一次。这次老先生说了很多，老太太始终不语。临到告别时，老太太把手一挥，说，都过去了！学玲说，那一刻她都震撼了！我听学玲时隔多年后的讲述，仍止不住地震撼。从新嫁娘到白发婆婆，这几十年的岁月，其间有多少次盼望，就有多少次绝望。那些像树叶一样稠密得数不清的日子，在老太太一挥手间，都化作了历史。历史这不经意的一小步，是多少人天翻地覆的命运哪！

　　鹿　港
　　鹿港位于彰化县西北，是个极具历史厚重感的小镇。关于鹿港名字的由来，历来有三种说法：一是台中原来有很多鹿群，它们经常聚集在这儿的海口；第二种说法是，这儿的地形长得像头鹿；还有一种说法，也是采用最多的，在荷兰殖民者侵占台湾的时代，这里是最大的鹿皮输出港，当时鹿的买卖非常兴隆，因而此地商贾云集。鹿港在台湾历史上是很兴盛过一段时间的。清乾隆至道光时期，鹿港是对渡口岸，与台湾南部的安平，同为台湾与大陆联系的重要门户。鹿港曾经与台湾府治（今台南市）、台北的艋舺并称"一府二鹿三艋舺"，可见其兴盛。可惜因为溪水泛滥，港道淤塞，鹿港成了废港，日渐衰落下来。

晓海教授最宠爱的高足李宜学的老家，就在鹿港。"九二一"南投大地震后，方才搬离。为了我们来鹿港，宜学特地从他任教的"中央大学"赶回来，陪我们把小镇里里外外游了个遍。要说深度游，没有比这次游鹿港再深入的了。这里的每一处民居，每一间门面，小李都如数家珍。它们的主人，有的是宜学的邻居，有的是他的亲属，于是这些古迹、景观，甚至是一些传说，让我们也平添了亲切感，好像距离一下就拉近了。记得在台北时，晓海教授曾问我们，到台湾和到香港感觉有什么不同。这一问倒提醒我们比较一下，真的，到台湾没有任何隔阂、障碍，没有任何疏离感，连语言、食物都很熟悉。香港则多多少少还存有殖民痕迹，包括心态。两处相比，认同度不同是最大的区别。

鹿港的特色是美食多，庙宇多。美食连摊成片，琳琅满目，吃不用说了，也绝对是视觉的盛筵。庙宇也多。南京佛事盛时，杜牧说"南朝四百八十寺，多少楼台烟雨中"。到台湾的感觉是，不论何处，最辉煌的建筑，就数寺庙。不光华丽，而且多。就像建制烦琐的行政机构，府有府衙，县有县治，村有村委会，街道还有办事处。很多也说不上是庙宇，因为没有和尚之类，更多的是供奉一些神明。台湾人绝对是泛神论者，什么都有人信。往往好好的路上，一块其貌不扬的石头横在路旁，说是"泰山石敢当"，好像就可以避邪了。我在鹿港还闹了个笑话。鹿港做神器、卖神器的地方很多。所谓神器，就是供奉的神像、祭祀的用品之类。在路旁我看到一个招牌，写着"神桌"。神桌是专门用来摆放神像和贡品的，家家都有。台湾的招牌写得也比较乱，有的从左往右，有的又倒过来。我因为不熟悉，不知从哪头念，就读作"桌神"。后来李宜学告诉我，是"神桌"。我兀自好笑，可不是，哪里有什么"桌神"！桌子都有神灵了，那得有多少神啊！李宜学说桌神是有的，不光桌子有，什么都有。有那小孩好哭不肯睡觉的，拜一拜床神就好了。这一说我想起来了，我们每到一个庙宇，我和外子扬长而入，李宜学都要双手合十上下摆动的。也听王学玲说过，她做系主任时，有一段时间系里诸事不顺，她也去许过愿的。她去许愿也很方便，"暨南大学"校园里就有个小庙。这个小庙在校园里不起眼的后山上，新竹的交通大学，可是校门对面就紧挨着小庙。据说考试时庙里香火很盛。学生考完试，心里没有底的，老师说，你要实在担心，就去拜一拜吧。我是无神论者，所以对这些从事高科技研究的人们，不很理解。我们在新竹的那天，就在"交大"门口，看到一辆卡车搭的戏台，正在放着音乐，据说是酬神的。临近旧历新年，神也辛苦了一年，也要慰劳慰劳。酬神的一般形式是演戏给它们看，多数演布袋戏，时间在晚上。但是一早车就开到庙前了，先放音乐是为了暖场吧。

在鹿港，我们还参观了鹿港民俗文物馆。民俗文物馆一面是洋楼，一面是古风楼，洋楼宏伟瑰丽、意境优雅；古风楼则表现为传统的闽南建筑风貌，庭院深深，古趣盎然。馆中展出了大量的服装配饰、戏曲乐器、宗教器物、图书文献等展品，可以从中了解到鹿港的古迹风俗，如清末民初富贵人家的穿戴、先民的生活方式及娱乐、宗教与鹿港的深厚关系，更可以透过展出的清代殿试策的试卷、诏书、乾隆皇帝的御笔、先贤的墨宝和诗作，看到中华文化的源远流长。值得一提的是，这个民俗文物馆的展室，是原海基会会长辜振甫先生祖宅。辜氏兄弟都搬到台北居住了，这一片家业包括土地、房屋、家具、器皿及收藏都无偿地捐献给了自己的家乡。辜老先生不光是贡献了祖屋家产，更大的贡献是为两岸沟通作出了辛勤持久的努力。没有他，王学玲父亲的夫妻相见，台湾老兵的探亲还乡，甚至是像我们这些游人踏上宝岛这块土地，可能都会推迟若干时日。念此，深深感激。

新竹·慈湖

陪同我们到慈湖游览的是郭永吉，他也出于晓海教授门下，被他的同门戏称为"太子"，是台湾清华的"三清团"（本科、硕士、博士都在"清华"就读）。我们从新竹出发前往慈湖，早上顺便看了新竹的两所学校——"清华""交大"。两所学校"门当户对"，只隔着一条"清华"人叫"清交"、"交大"人称"交清"的小道。"清华""交大"每年的运动会被称为"梅竹赛"，因为"清华"的标志是梅花，而"交大"的是竹子。不消说，各校的学生都以各校为荣，就连狗，也各守着自己的地盘，不越雷池半步。"清华"的狗脖子上套着蓝项圈，"交大"的狗项圈是红的。曾经多年盘踞在"交大"的鹅，游到了"清华"的湖里，让"清华"的学子兴奋无比，津津乐道。"清华"所以看重梅花，是为了纪念首任校长梅贻琦先生。梅校长逝世以后就葬在"清华园"，蒋介石亲自题写了墓碑，曰"勋昭作育"，以表彰这位伟大的教育家。我们在梅先生墓前鞠了躬，以表达对先贤的敬慕之情。同样，在位于外双溪的台湾东吴大学钱穆故居纪念馆，我们也致以同样的敬意。留在台湾的文化名人很多，还有胡适、林语堂、梁实秋等。这些为中华民族的文化、教育事业增光添彩的人，无论他们在哪儿，都是人类的骄傲，都值得后人奉以诚挚的敬意。

慈湖是蒋氏父子灵柩暂厝的地方。蒋介石生前觉得这个地方像极了老家奉化溪口，希望自己在回大陆安葬之前，能栖息在此处。因为溪口也是蒋母墓地所在，蒋介石把此处更名为"慈湖"。到慈湖已近上午11点，游人都迅速地向一个四合院云集。原来这儿便是安放蒋氏父子灵柩的地方，整点会有护卫队的礼仪交接。交接礼仪十分庄严，极具仪式感。同样的仪式，在台北中正纪念堂也有。现在已经成了颇受游客欢迎的旅游节目，多少带有表演性质了。慈湖的广场上有很多蒋介石的塑像，各个时期的各种姿态、各种着装，大小不一，但应有尽有，数不胜数。本来是很肃穆的事，变得有些滑稽了。同毛泽东时代的个人崇拜相比，似乎效忠"蒋总统"也是一时风尚。如今这些当年遍布城乡大街小巷的塑像，很不合时宜了，于是被集中摆放在这里。对于"蒋总统"，我们的感情比较复杂，两岸人的感受、态度也不尽相同。我注意到一个细节，我们说到"蒋总统"，总是习惯性直呼其名——蒋介石，而郭永吉则礼貌地称"中正先生"。

时令已是阴历腊月了，天很暖，阳光和煦。郭永吉回忆小时候，说那时总是那么冷。永吉家居云林，在台湾中部，怎么会冷呢？我想了想，是了，毕竟当时的台湾还有很多穷人，缺衣少食，冬天还是难熬的。如今，不管怎么说，时代进步了，人民富裕了，这，终归是好事！

写毕于 2013 年 8 月 28 日

在日月潭留影。南投的日月潭是学玲陪我们游览的

在梅贻琦校长墓前。巩本栋身旁的便是台湾清华的"三清团"郭永吉

迟到的感谢

2013 年寒假，我去台湾旅游，待了十多天，走了一些地方，所见所闻触发一些感慨，回来写了随笔——《历史的一小步》。写完之后，心中有些惴惴，毕竟对台湾并不熟悉，走马看花的观感会不会有舛误疏漏？有天晚上，我看到外子给台湾清华大学教授朱晓海发邮件，灵机一动，让他把我的文章作为附件发给晓海教授，请他看看。几天以后，晓海教授的回信来了，出乎我的意料，竟是长篇大论，我七八千字的长文，他不光细致地看了，且对其中的错讹、不确定处一一订正释疑，有说明，有感慨，令我大为感动。晓海教授 2015 年来南大文学院客座一学期，每次两个课时的课程，被他上成一个下午的课，四五个小时，中间连休息都没有。难为他竟能一口气上下来，这不光需要体力，更有对自己专业的热爱，对自己学问的自信，对传播中华文化的热情。更为难得的是，学生也能一口气听下来。课上得稍微冷一些，怕也留不住学生了，晓海老师

读书人的事儿

的课真是没话说。我便知道，认真、热心，是晓海老师一以贯之的风格态度。

我仔细看了晓海老师的邮件后，惊出一身冷汗，暗自庆幸，亏得给他看了，否则会闹出很多笑话。根据晓海老师的指正，我一一作了订正，心中存大感激。

晓海老师指出的讹误，大概有几类。一是地名、地理方位。在台北参观东吴大学时，特地去看了钱穆先生纪念馆，对于纪念馆素书楼的位置，我误记为"双溪"。晓海先生指出是"外双溪"。我是马虎了，其实钱穆先生在《八十忆双亲·师友杂忆》里对自己的住处说得很清楚，我手边就有这本书，核实一下就不会错了，可我不是认真的人。我这个人地理没太有概念，觉得台湾已经很南方了，至于台湾还分台北、台中、台南，而且南北气候还有差异，我不会想这么细的。所以当晓海老师的博士郭永吉，说到小时候冬天感觉很冷，我想，台湾还会冷啊？晓海老师仔细告诉我永吉的家乡及家世，顺便给我科普了一下台湾地理。说到王学玲的原籍，晓海老师不如我清楚了。学玲亲口告诉过我，我现在倒记不清了，好像是蚌埠，可以肯定的是属于安徽。因为距离徐州较近，所以学玲会说是徐州，也是省去解释麻烦的意思。地利之便，我对苏皖靠近徐州一带的地名很熟悉，就记下来了。

其次是人物称谓。旧式称谓在大陆几乎绝迹，在台湾倒一直保留着。我们现在如果跟人说话，称呼对方的父母，一般说

"叔叔""阿姨"即可；对方父母亲如果年龄较大，客气一些，可以说"你们家老爷子"或"老太太"，也挺好的。如果关系较近的，甚至直接说"你爸爸""你妈妈"，别人也不会觉得不妥当。要是真说"令尊大人""令堂大人"，倒显得迂腐了。因为风俗如此，旧称谓便没人使用了，所以不要说年轻人，新中国成立以后出生的人，不是专门研究的，想正确自如地使用旧式称谓，还真不容易。所以使用时出现错误甚至闹出笑话，不在少数。我记得曾看过晓海老师一篇论文，好像说的就是称谓的使用。在台北晓海老师的宴席上，听晓海老师和王次澄老师的互相问候、谈论家事，彼此文绉绉的称呼，特别有穿越感。这也是两地文化差异带给我的惊喜。

再其次，关于人物关系的说明。晓海老师特别热爱学生。我自己初当老师时曾感叹过，世上工作，只有医生和教师的工作对象是活生生的人，但医生的是病人，教师的则是健康健全、朝气蓬勃的青少年。所以觉得何其幸运乃尔。晓海老师感受到的又不仅仅是幸运了。汪曾祺在描述他和父亲的关系时，有一句特别有意思的话，他说，多年的父子成兄弟。所谓师徒如父子，晓海老师和学生的"父子关系"，经过岁月的积淀，也被打磨成"兄弟"了。这在别人，或许不能，但晓海老师宅心仁厚，又生性诙谐善谑，所以看他们师徒一起亲密无间的关系，连外人也觉得很享受。他引用别人的话这样界定自己的学生，他说别人"谑称朱门弟子分四种：嫡出的（硕、博士都是我挂名），庶出的（外校硕士考进"清华"，博士班才找我挂名）、私生的（硕、博士都非我指导，但只认我，跟我鬼混）、义女。"如此"复杂"的学生来源，足见晓海老师在学术界、教育界的口碑和名望了。师生们在一起玩笑，以老师这个"皇上"为中心，分别有各自的谑称，郭永吉因是"嫡出"，正宗的"三清团"，其"太子"位置似乎是天定的。但永吉本人极憨厚、寡言，而李宜学活泼促狭、伶牙俐齿，似乎更得"皇上"欢心，晓海老师这样描述他们："'太子'是同学们对永吉的戏称。正因为东宫仅容得下一人，所以'诸王'想夺嫡。宜学恃宠，尤其不甘雌伏。"晓海老师还有几位女弟子，在台湾学术界也是响当当的，被"诸王"称作"长公主"。晓海老师说："'长公主'一共四位，指被我收作义女的，学玲、文翠都是。此举乃弟借此对外昭告：绝不'乱伦'。"这也是晓海老师一向的认真。晓海老师单身以后，热心者、好事者自是不少，但晓海老师把严肃的师生关系看得很重，以至于有收"义女"之举。曾听台湾人嗤笑大陆的干爹干女儿关系，暧昧不清，给人以无限遐想，已与原来的意义大相径庭了。所谓"义父""义女"，强调的是"义"字，而"干爹""干女儿"，"干"字很大程度上成为苟且的遮羞布了。

晓海老师邮件中最感动我的，是他的两处感慨。浅浅的海湾，带给两岸人的是深深的思念情殇，但是在政治高压下，思亲思乡的情绪不仅不能表达、宣泄，倒成了罪过，被防范，被打压，对于离乡背井、妻离子散的人，无异于雪上加霜，是永久的治愈不了的痛。王学玲的父亲便是这样的遭遇。晓海老师介绍说："学玲的尊大人是国民党撤退时，被军队'拉夫'到台湾的，连回家告个别都不许。此举不知拆散多少亲子、夫妻，害得多少老人家以为自己儿子失踪或死了。"台静农先生是以另一种方式留在台湾的，没想到一去不返，他的遗憾永远地留在台湾了。想起台先生，耳旁似乎就响起台先生在病榻上的呼叫，他在电话里对老朋友启功先生喊："你快来看我吧！再不来，就看不到了！"两位老先生，终究也没能见面。台先生死能瞑目吗？晓海先生感叹地说："唉！一讲起台先生，令我低回不已的莫过于：他唯一用毛笔写过两幅同样内容的卷轴是《思旧赋序》。其中一幅尾跋特别提到：是酒后微醺，在泛黄灯下书之，别人不懂，我深知其意。"我大致能懂晓海老师的意思，但如有机会，我更想当面请教，愿闻其详。

《历史的一小步》早已发表了，我还是忘不了晓海老师的殷殷教诲，这中间几次见面，想表示感谢，终于没说。还是写出来吧。

2017 年 5 月 21 日

附邮件原文：

本栋兄惠鉴：

　　因为自己的电脑老旧，无法开启附件档案。请宜学帮忙，方才拜读了弟妹的大作。文笔真好。不会是在宣传部工作吧。

　　台先生的住处是"歇脚庵"，非"歇脚斋"。

　　"长公主"一共四位，指被我收作义女的，学玲、文翠都是。此举乃弟借此对外昭告：绝不"乱伦"。

　　"太子"是同学们对永吉的戏称。正因为东宫仅容得下一人，所以"诸王"想夺嫡。宜学恃宠，尤其不甘雌伏。

　　次澄是东吴毕业的，但她的哥哥，非叔叔，王亢沛担任的是东海大学校长。次澄或弟称自己的兄长一定是"家兄"；称对方的兄长则是"令兄"。

　　学玲的尊大人是国民党撤退时，被军队"拉夫"到台湾的，连回家告个别都不许。此举不知拆散多少亲子、夫妻，害得多少老人家以为自己儿子失踪或死了。

　　学玲原籍徐州。

　　宾四先生的素书楼在外双溪，非双溪。

　　永吉老家在云林，台湾中部：台中下面是彰化，彰化下面即云林；云林下面乃嘉义，嘉义下面方为台南。永吉乃道地的农家子弟，念大学时，还要回家帮忙二老收割。

　　唉！一讲起台先生，令我低回不已的莫过于：他唯一用毛笔写过两幅同样内容的卷轴是《思旧赋序》。其中一幅尾跋特别提到：是酒后微醺，在泛黄灯下书之，别人不懂，我深知其意。

学玲、宜学等人都不是我指导的博士生，所以才会谑称朱门弟子分四种：嫡出的（硕、博士都是我挂名），庶出的（外校硕士考进"清华"，博士班才找我挂名），私生的（硕、博士都非我指导，但只认我，跟我鬼混），义女。

耑此。顺颂

研祺

弟　晓海

2023 年 11 月安徽芜湖，巩本栋陪同晓海老师游览赭山。左二是晓海老师

浅见先生

浅见先生全名浅见洋二，日本人，大阪大学教授中国文学的教授，也是日本国内研究汉学颇负盛名的专家，在宋代文学方面尤为擅长。

去年暑假，承蒙浅见先生邀请，外子去大阪大学学术访问，我跟着蹭个旅游休假，由此结识了浅见先生。

我印象中的浅见先生是个忙人。我想这忙，一方面来自客观，一方面当是自找的。汉学在日本，我觉得处于式微，与日本本土文学相比，当然属于外国文学，但这个外国文学，可不比任何一个外国的文学，它是日本文学的土壤，说日本文学由此孕育发展而来，应该是不过分的。但是，汉学如今在日本大约也就是所有外国文学中的"之一"了。所有高校，中国文学部的建制不过两三个人，大阪大学的一个汉学教授刚刚退休，整个中国文学部竟然只余浅见一位教授了，所有关于中国文学的活计，从本科生到研究生到进修生等，全赖浅见先生一人支撑，课要上，学生要指导，不忙就见鬼了。如果说上课、带学生是工作，不得不忙，那么另一方面的忙，就纯属自找了。这一方面，是指科研。科研的事可以多做，可以少做，忙与不忙，取决于自己的热爱程度。当然也可以说的高大上一些，就是文学的自觉担当。浅见先生关于中国文学的论述，虽然不是著作等身，但跟中国国内成就相当不错的学者专家相比，丝毫不逊色。每年光是到中国参加的学术会议，大约绝大多数国内学者也无法与其比肩。何况还有自己本国的各种学术活动。这样光是应付这些会议论文，需要付出多少精力、多少时间啊！所以浅见先生如果不是外出，都是泡在学校里面。但他觉得是应该的。我们通常的看法，周末呀、寒暑假呀，大家也是在忙，可是心里认同是牺牲了休息时间，浅见先生的看法却是既然每天拿薪水，那每天都是工作日。休息反倒是不应该的了。

浅见先生的忙，还因为他有一样额外的时间支出，就是要照顾接待"国际友人"。到阪大交流访问的中国学者大约常年不断，以我们如此庞大的学者队伍，我想应该是这样的。"亲戚"上门，主人免不了要招待，浅见先生又是细心周到的人，花费的时间精力自不必说。我后来回忆一下我们在日本浅见先生安排的活动，发现他在有限的时间里，竟是尽可能地让我们领略了日本的方方面面：学术活动他带我们参加了京都大学读书会；自然景观他亲自开车组织我们两天游览日本三景之一的天桥立；世界上独一无二的宗教都市高野山因故他没能亲自前往，但由学生陪同我们领略了宗教建筑的魅力；原生态的渔村伊根舟屋、保留原汁原味都市市井生活风貌的先斗町，让我们近距离地接触了现代以前的日本人生活形态。这样的量身定制安排，不光花时间、花精力，也要花心思啊。

记得那次去丹后半岛，白天游览了一天，晚上在一家和式餐厅吃日本料理。日本料理是公认的视觉艺术，什么样的料理配什么样形状、材料、颜色的餐具都极其讲究；餐厅装饰、布置也带有浓厚的民族风格。当钢琴弹奏出我们熟悉的《北国之春》曲调时，我们的一个年轻学者忍不住轻声哼了起来，浅见老师善解人意地前去请求钢琴演奏员为我们的学者伴奏，弹者欣然允诺，一时间餐厅里掀起了欢乐的浪潮。晚餐后，浅见先生换上浴衣，过来邀请外子去泡温泉。日本是个火山国家，温泉星罗棋布，很多酒店都有温泉，日本人又特别喜欢泡澡，所以呼朋唤友一同泡温泉是他们的爱好。但外子很没有情趣，不喜欢赤诚相见的与众人一起入浴，婉谢了。浅见先生又提议穿上酒店的和服留影，外子不习惯在别人面前更衣，便敷衍地把浴衣套在长袍马褂外面，这不伦不类的穿法，让浅见先生哭笑不得，但他还是认真地替外子整理了腰带，力图在外观上弥补。照片出来后，浅见先生以他做学术的严谨审视一番，终是带有遗憾地摇了摇头。我知道浅见先生的好意，是想给我们提供最真切、最原汁原味的体会，确实，所有这些都给我们留下了美好温馨的印象。

还记得旅游途中的许多快乐花絮。一次浅见先生说起日本有的姓氏不好听，特别提到了"我孙子"这个怪姓。我说有一次运动会，一个成绩很好的日本运动员就姓"我孙子"。我特别不解地问，是不是我们中文翻译得不好？浅见先生说，也不是。日本的这个姓氏从字面上去理解，就是"自己的后辈、年轻人"，译成"我孙子"这几个字确实不错。一个同去的留学生说，她的一个同学，姓"御手洗"，和洗手间门口的字一模一样，一个姑娘家家的，姓这个，搞得她很不好意思称呼她的同学。我知道日本人的姓氏特别复杂，人口不多，却有十二万多个姓氏，是世界上姓氏最多的国家。而且全体日本人都有姓氏，是从1875年才开始的。在那之前，只有一部分人有姓氏。但是没有也罢了，一有就有了这么多！也是怪事。日本人结婚以后是夫妇共用一个姓的，一般是妻子随夫姓，也有反过来的。这样说来，日本的家庭简直恨不得一家一个姓了，不是麻烦死了！但是姓什么，也由不得自己呀。我记得上中学时，一次上学路上见一个同学呆呆的，问她想什么呢？她见是我，一脸歆羡，说，你多好啊，姓王，跟副主席一个姓。她说的那个副主席是王洪文，当时风头正健。然后说，她怎么那么倒霉，跟刘少奇一个姓。当时我们都不知道风水轮流转这个道理，但是我知道我

得负责安慰她，便说，王光美、王效禹也姓王啊！王效禹是
"文革"时另一个风云人物，但当时已经红过又被打倒了。
听了我不惜诋毁自己姓氏地举例，我的同学方才解颐。谁不
想一个堂而皇之的姓，能自己说了算吗？要怪只能怪那最
早的祖宗，天知道他当时怎么想的！所以我再次表示大度，
说，中国也有不好听的姓，摊上了也没有办法。算是安慰那
些姓了不好姓的倒霉蛋吧。

　　浅见先生是日本的宋代文学学会会长，也是日本研究中国
宋代文学的一块牌子了，但是不见一点骄矜，不见一丝虚荣，
有的倒是"知之为知之，不知为不知"的真诚和谦逊好学。因
为外子所长也在宋代领域，在日本时，常见他们一起切磋问
题。每次见面，浅见先生都会拿出复印的文献，上面划有他心
中疑惑的地方，然后两人一起讨论。邮件也是切磋的形式，更
有甚者，在读书会上，众说不一时，他也征询外子的看法。给
学生上课时，外子去听课，照样一同讨论问题。古人说，疑义
相与析。又说，闻道有先后，术业有专攻。这都是做学问很好
的态度，海纳百川，有容乃大。

　　与浅见先生一起吃饭时，见他饭量很小，问了才知道他一
直胃不好，所以每顿只吃六成饱。六成饱，顿顿都是，这是什
么概念？不要说须得拒绝美食诱惑，就是那永远饥饿的感觉也
受不了啊！这得什么样的毅力、控制力才能坚持下来。也许正
是这样坚毅的品格，才成就浅见先生成为成功的学者吧。

一次与浅见先生见面时，恰巧听到日本政府针对中国的一个发言，其时正值中国和美国贸易纠纷，日本政府的立场显见是附和美国的。两个政见不同国家的学者，一般交谈时不会涉及政治，讨论学问而已。但是白眉赤眼地碰上了，怎么办？这时是不好表态的，外子和我都没有作声。浅见先生平静地对外子说："日本是个小国，要依附美国，你知道的。"意思是有时就是逢场作戏，当不得真的。四两拨千斤，一句话就带过去了，避免了尴尬，我觉得真是智慧。

浅见先生是典型的日本人，温文尔雅，内敛谦和，说话声音不高，笑容可掬。在日本，浅见先生的笑容给我们留下了深刻印象。天桥立下面的蓝色海湾，风平浪静，没有涨潮，没有退潮，水质干净透明，岸上的白沙滩，砂质细腻，我们赤脚徜徉在海边，陶醉在大海的怀抱。浅见先生静静地立在一旁，脸上挂着沉静的笑。去看灯塔，山景迷离，几次迷失路径，而后终于登上塔台，俯瞰大海，感受辽阔，山风和海风一起吹来，荡涤心胸，于是心里盛满了欢乐。倚在栏杆上的浅见先生，脸上是宽慰的笑。沿着山阴海岸线，追逐大海，海水千变万化：一会儿温婉如玉；一会儿浮光跃金；一会儿是满天彩霞，散落成绮；一会儿是惊涛拍岸，翻卷成雪。生长在北方的我们，不停地体验"面朝大海，春暖花开"的惊喜。内敛的浅见先生，满脸疲倦终于掩盖不住自豪的笑容。

古人云，有朋自远方来，不亦说乎。其实，有朋待客如此，更为快乐。网络上有一句时尚语，叫作"春风十里，不如约你"，浅见先生，南京见！

2019 年 4 月 14 日

补记：这篇文章写好后半年，10 月 21 日，浅见洋二先生应外子之邀，到南京大学文学院做学术讲座，时隔半年，我们真的在南京又见面了。

2018 年 8 月，游览日本丹后留影，左为浅见先生

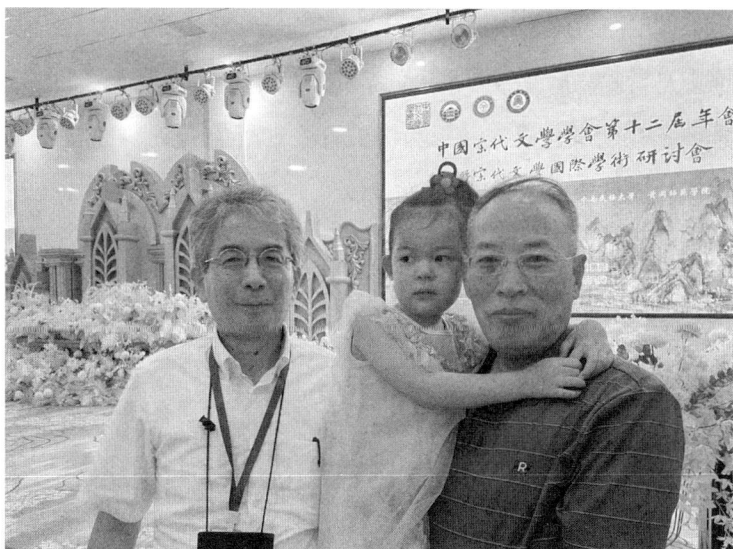

2023 年 8 月，浅见来武汉参加宋代文学年会

一日看尽日本海

我这个题目吹得有些大了，主要是受唐人影响，"春风得意马蹄疾，一日看尽长安花"，也是夸张不是？心情差不多，我就用了。恰切一点的题目应是"跟浅见老师去看海"。

在北海道旅游还没回来，蕊蕊就告知，浅见老师要组织大家去丹后。丹后是日本最大的半岛，位于京都府北部，面临日本海，自然风光旖旎，因为没被开发，可以看到自然与人文的原生态，且距离大阪不远，浅见老师决定租辆大些的车开过去。

我对丹后这个名字发生了兴趣，到百度上一查，敢情这地儿还有些来头呢。很久很久以前，公元3世纪时，人家就是王国了，因为跟大陆靠得近，交往还很频繁。现在出土的文物中，就有大量中国和朝鲜同时期的东西。而且丹后的水稻种植、农耕纺织、医药酿酒以及铁器加工等，都是大陆传过去的技术。为此，盛传半岛是徐福带去的福泽。据说徐福是奔着蓬莱仙境去的，但部分船队顺着对马海峡抵达了丹后半岛（日本流传徐福抵达的地方多达 20 多处，此地是其中之一）。徐福们的到来，也带来了秦朝先进的农业、手工业和医疗卫生等方面的技术，这些为丹后王国日后的发展壮大奠定了物质基础。时至今日，丹后生产的大米年年荣获日本国最高级别评价，用这样的大米酿造的酒也深受消费者欢迎。丹后的独特之处，还因其绵长的海岸线和丰富的地质资源，被定为山阴海岸地质公园。更令人神往的是，日本著名三景之一的天桥立，就位于丹后半岛。

所谓"天桥立"，可能就叫"天桥"更合适，或者叫"天立桥"亦可。它是一条长 3.6 公里宽不足 100 米（窄的地方仅仅 40 米）的一条沙洲，南北走向，西边是内海阿苏海，东边是属于日本海的宫津湾，沙洲像桥梁一样架在中间，和李白笔下的"二水中分白鹭洲"情形相似，然场面壮阔许多。

8 月 8 日 9 点，浅见老师开着一辆商务车准时来了。我、巩先生、武汉来的一位访问学者王世利以及浅见老师的 3 个学生，7 个人，满满当当一车，向丹后半岛出发。

不到 11 点，我们就到了闻名遐迩的天桥立。

为了对天桥立有个宏观印象，浅见先生带我们先登上文殊山瞭望台。文殊山其实也不很高，山坡比较平缓，但还是修了索道，游人都是借助索道登山。瞭望台在山顶，索道打造成盘山栈道的模样，盘旋着上升，人们可以凭栏向四周眺望。远眺俯视情境下的天桥立，像一条窄长的带子，弯曲着隔开了海面。这一隔，隔出奇迹来了。大堤两边海水呈现出不同的颜色，反差很大。阿苏海一边，海水显得深邃，清波粼粼，透着凉意；宫津湾则像把阿苏海水稀释了似的，颜色明亮起来。两边的海像是两个不同的季节，东面的热烈，奔放，是热情的夏天，西面的沉着，冷静，已经进入寒秋。S形的大长堤绿得苍劲，长满了日本人特别喜欢的常青松柏，其中不少是很有名头的，比如大正天皇、昭和天皇的"御手植松"；很多各种名目的，比如"日本三景松""见返松""羽衣松""夫妇松"；还有以各地地名命名的，比如"阿苏松""船越松""雪舟松"等，据说有7000多棵（日本很多景点的树都统计得清清楚楚，像明治神宫有树多少棵、二条城樱花树多少棵、梅花树多少棵等，都有案可稽）。登高望远，再辅以凭栏，我以为最好的观测莫过于此了，其实还不是。当时我们正坐着休息，浅见老师指着面前一块长条石凳，告诉我们说，在那儿以一种特殊的姿势可以感受更好的景色。石板上是写了字的，"股のぞき"，日本人见了就认识，不少人到了那儿便试了试，原来是站在石凳上，弯下腰来，从胯下向后看，据说，景色相当不错，那样视角看去，大堤就像天桥了！"天桥立"正因此得名。

从文殊山下来，走不远，来到宫津湾的海滨浴场，沙滩上、近海边，不少人嬉戏玩水。沙滩松软，沙粒很细，我们把鞋子脱了，向海水走过去。阳光下的沙滩，白得晃眼，沙子很烫，脚心几乎不敢承受，我还是蹚了过去。海水一波一波地冲击沙滩，裙子被打湿了，可是很开心。泡在海水里的孩子，从鲜艳的救生圈中只露出个脑袋，随着水波载沉载浮，或滴溜溜打转。最有趣的是一对父子，父亲用双腿把幼小的孩子圈住，坐在近水沙滩上，任由海水一涌一涌地冲击，每一波海潮上来，都给孩子带来巨大的惊喜。

从海滨浴场回来，我们去了文殊堂。文殊堂给我印象最深的是堂前的一对石头狮子。看惯了国内庄严威武的狮子，就觉得这二位长得太随意了，神情也不严肃，最不规矩的是那条尾巴，蓬蓬松松的，跟从松鼠那儿借来似的。浅见老师问中国还有老虎吗？大家都说有，其实说的是动物园关在笼子里的虎。我觉得问的是野生东北虎。浅见老师说日本没有虎，画的老虎都是模仿中国的，很有些怪模怪样。中国一句老话，画虎不成反类犬，可见画不像的原来就多。跟不像的再学习，取法乎中，得乎其下，走得越发远了。中国也没有狮子，可是中国人喜欢狮子，哪哪都有假狮子。同样是对没有的一种向往，日本人的理解不同。

下午继续看海。沿着海岸线走，处处皆景，移步变换，有的有平缓的沙滩，碧波荡漾；有的则是悬崖陡立，浪花四溅。五点多时，我们来到一片开阔海域，预备看海上落日。大家静心等待时分，却见西方的云动了起来，长了脚似的从四面八方汇集过来，越聚越多，越积越厚。海风则从无到有，逐渐强劲起来，一会儿衣衫便鼓得风帆似的，头发飘舞，像黑色的旗帜。海水也不安分了，开始躁动，一浪跟着一浪，汹涌澎湃。我的脑子里突然闪出了普希金《渔夫和金鱼的故事》，仿佛此刻正在见证，随着老太婆要求一个比一个过分时，大海的表情不断地变换："大海微微起着波澜"——"蔚蓝的大海骚动起来"——"蔚蓝的大海变得阴沉昏暗"——"海上起了昏暗的风暴：怒涛汹涌澎湃，不住的奔腾，喧嚷，怒吼"。我们虽然不是贪婪的鱼婆，可是大海确实翻脸比翻书还快。此时恰好我同学发微信来，我便告诉她："来看落日，乌云满天。"不过感受了大海的一点小脾气，也挺好，认知的层次丰富了。

　　没看成日落，我们准备去今晚下榻处。自然还是沿着海岸线前行，隔着车窗看海。忽见这一段海域居然是浅蓝色，连忙驻车，下到水边。"温婉如玉"，我当时想到的就是这个词。此时此处的海水，安静极了，是再婉约不过的女子，可这是海呀！刚经历了波涛汹涌，一时竟适应不过来，究竟哪一种表情才是海的真面目呀？心底却还是柔柔地被感动了。稍远处的海水亮闪闪般生动，抬头望向西边，竟是万道光芒。原来金乌西坠之前，强烈的光撕破乌云，从间隙中泼洒出来，成为耀眼的光带，那般顽强，那样富有生命力。莫非，这就是传说中的海上落日？水天相接之际，红彤彤的，果然"残阳如血"！本以为错过的日落在这儿找补回来了！今天好大的福利红包哦！上得岸来，路边恰有一标牌，我看了一下，此地叫作"琴引滨"。

次日，浅见老师带我们去看"舟屋"。

和昨日沿着海岸线走不一样，今天在陆地上转悠。但转来转去还是离不开海。只是今天的海景，特别像桂林山水。桂林因为特殊的喀斯特地貌，一座座小巧的岛屿拔地而起，静静地矗立在水里，隔不多远就有一个，又绝不相连，岛上植物茂密，葱葱郁郁，江水清澈澄碧、微波荡漾，极像青绿山水画。现在我们看到的这片海域也便如此。但是让人惊讶，桂林山水怎么移到这儿来了？

舟屋是渔村的房子，开始我没明白，渔村不都大同小异吗？当然我对渔村也没有概念，在中国也没见过。以前渔民都是住在船上，后来盖了房子上岸了。房子就是房子，还有什么不一样吗？果然，我们在小街上见到的就和日本其他民居一样，一栋栋联排的小楼，偶尔几声犬吠，青枝绿叶跃出围墙。但然后，我们转到海湾的另一边，从水面向渔村看过去，情形就不一样了。所有的房子都比从前面看过去多了一层，都是二层三层小楼，这不是特点，日本民居基本如此。据说以前百姓是不许盖两层的，但现在没这规矩了。奇特的是，房子的一层都在水里，是用来泊船的。怪不得叫"舟屋"呢！船可以直接开进大海，返航都回到自己家里，不需码头。房子盖在水面上，但又不可能是水榭，因为下面是大海，所以，舟屋都是傍着岸边建筑，像我国西南地区的吊脚楼。远远望去，依山傍水，长长一排舟屋逶迤在海岸线上。

还去了经ク岬灯台。灯台是日本的叫法，绝不是儿歌里"小老鼠上灯台"那个灯台，而是一座灯塔，给航海照明用的。经ク岬灯台建成于明治 31 年，也算是文物了，据说当时日本仅有三个灯塔，这是其中之一，风风雨雨，历经沧桑，现在还亮着呢。灯台位于丹后半岛最北端，在山顶，我们上去了。石级陡且高，人人都走出了一身汗。我们绕着灯塔欣赏，灯塔圆柱体，通身洁白，大约因为保护得好，看不出岁月的痕迹。顶端有帽顶遮着，其下镂空的地方应该是发光的装置，只是白天看不出光亮。因为来到了山的最高点，大家便去边上围栏处拍照，凭栏俯视时，才发现脚底竟是大海。转了半天山，没想到还在大海的怀抱里。

　　从山上下来，又看了几段海，各有千秋。时间像沙漏中的沙，漏得差不多了，需要往回赶了。在日本，租车规定晚上八点前要归还，车是在神户附近租的，且有一段路呢，赶早不赶晚吧，所以，再遇到好的风景，浅见老师说看看吧，巩先生就说，可以了，不看了。这样又走了一段。然后，忽然就出现了"惊涛拍岸，卷起千堆雪"的壮丽景观！我们便坐不住了。浅见老师于是再次提议，巩先生还婉拒，我到底忍不住了，说，还是看看吧。车靠路边停了下来。

　　这儿的情形却奇特：绵长的海岸线上，空旷寂寥，夕阳明晃晃地亮，没有一丝风，很静，像太始之初。大海却喧腾着，海水如同任性淘气的孩子，大老远地扑腾打闹奔跑过来，一波接着一波，一浪追着一浪，被海岸礁石阻挡了，不甘心退下去，跟岩石较劲呢，便更加猛烈地拍打撞击，腾起高高雪白的海浪花，像孩子们兴奋的笑。

海的表情会感染的，上车时我情不自禁地喊："太棒了!""太棒了吗?"作为东道的浅见老师，表情语调都透着满满的自豪。

2018 年 8 月 13 日

日本名胜天桥立。天桥立像一条细长的带子隔开海面，两边海水呈现出不同的颜色

渔村的舟屋像极了自带"车库"的房子，但是它在水里哦

跟浅见先生看海。站在高处的是浅见先生

蜀 惠

蜀惠姓张，供职于台湾"东华大学"，从事中国古代文学研究与教学。

认识蜀惠是在 2013 年寒假，此时外子正在"东华"客座，儿子也恰在新竹读书，我便以探亲的理由去看看台湾。盘桓台湾数日中，也去了花莲和绿岛。而这两地的旅游攻略，是蜀惠策划的；到两地旅游，也是蜀惠帮助实施的。我是初到台湾，自然两眼一抹黑；外子虽说去的次数较多，但以开会、学术交流为主，来去匆匆。待的时间长的也有，但外子是书痴，有书就走不动了。像那次在台大高研院，三个月时间，哪儿也没去不说，返回时下午的机票，上午还在"故宫"图书馆端坐，临了觉得似乎雁过无痕，有点过意不去，在关门离开研究室的一刹那，灵感一动，转身给门拍了一张照片。好在门上装有写了自家姓名的牌子，算是一个纪念吧。所以，像他这样脾性的人，到台湾去的次数再多，待的时间再长，都不可能是旅游的好向导，好在有蜀惠。蜀惠亲自驾车载我们去花莲跟旅行团；给我们绘制了详尽的绿岛旅行路线图，联系好下榻处，让我们每走一步、每到一处，心里都很笃定。旅行中，每次到了不知该怎么走的时候，外子便掏出蜀惠绘制的路线图，那些明确的指示、细心的叮嘱，都用娟秀的字体写在纸上，这让我们轻松愉快地完成了旅游。其实蜀惠自己也不一定对这些景点多熟悉，但她宁愿自己费时做功课，也要给我们提供帮助，蜀惠就是这样一个古道热肠的人。

在花莲，蜀惠陪我们去了美丽的七星潭。七星潭位于花莲县新城乡北埔村。七星潭不是潭，是一个湛蓝色的海湾，是辽阔深邃的太平洋长途跋涉到这儿歇脚休憩的地方。绵延20多公里的海岸线，形成了100多米宽的沙滩。沙滩属于砾石滩，平整开阔，遍布五彩斑斓、形象各异的鹅卵石，这让七星潭成为花莲近郊最佳的踏浪捡石的好去处。我们去的时候，沙滩上游人并不多，没有一般旅游点的喧嚣，漫步海滩上，极目太平洋无垠的深蓝，心情很好。很快，脚底下的鹅卵石就吸引我了，于是，我在回来的时候，口袋里多了几颗美丽石头。我像显宝一样，拿给蜀惠看。岂知她一脸惊愕，问："你怎么把它带回来了？"我倒觉得她问得奇怪，当初捡它的目的，可不就是为了带回来吗？蜀惠解释说，大家去海滩，都不会把石头带走的。你拿几颗，他拿几颗，海滩上的石头不就越来越少了吗？这道理很浅显，我应该懂的。我们从小受到的教育，不会拿别人的东西，不会拿公家的东西，不会拿不属于自己的任何东西，却从来没想到会拒绝大自然的馈赠。一直以为大自然是人类取之不尽、用之不竭的宝库，但看今日，因为人类的贪婪、自私，自然界已经变得不那么友好了，人类也已受到了惩罚。确实，对自然界只知索取的观念应当改变了，不加保护的行为应当停止了。蜀惠给我上了一堂生动的环保课。

在台湾接触了不少女性学者。大陆现在也是这样，高校里女教师越来越多。从事文化教育诸多上层建筑工作的，女性确实是半壁江山。想想也是，这个社会本来就有一半是女人，现在不是以往重男轻女的时代，女性可以和男性一样接受良好的教育，受过高等教育的女性绝对数量不少于男性，相对于竞争更激烈的官场、商场，还有对体力要求更高的一些行当，确实文化教育职业更适合女性。但这并不表明女性在高校等环境中生存很容易。同所有男性一样，如若能在高校谋得教职，一般书要读到三十来岁，而这时，对于女性，结婚、生儿育女，一系列事情接踵而来，与此同时，要找工作，要出成果，也都是较劲的时候，一样都耽误不得的。所以在高校里，不婚、失婚的女性较多。这种情况，台湾似乎出现更早。我接触的多位台湾女性学者，学术上都出类拔萃，事业也如火如荼，但生活上多少都有些缺失，焉知这不是为事业，为理想甚至是为生存做出的牺牲呢。蜀惠也如此。作为女教师，她是好园丁，是出色的教育工作者；作为女学者，她在学术领域辛勤耕耘，孜孜不倦，颇有建树。作为单亲妈妈，她比一般的母亲要付出更多。

蜀惠的女儿小字 qiú qiú。我不知是哪个字，"求求"呢，是可以的，以蜀惠那样以追求真知为使命的人，希望女儿以此作为传统，继承并发扬光大之，也不无道理，算是寄托。"球球"呢，也有可能，孩子小时候胖乎乎的，很可爱，此为象形。两个字都很好，我随便取一个，就用"球球"吧。球球后来确实继承了妈妈的志向，很争气，考上了台湾第一大学——台湾大学。但我在"东华"时，孩子还小，正上中学。有个中学生的孩子，蜀惠比别的同事多了一件事情，就是到中学义务授课。也同大陆一样，台湾的中小学也很会利用家长资源，知道有学生的妈妈在高校任教，这资源不用就浪费了，可是因此，蜀惠就格外要劳累了。但看她认认真真地做，连一丝怨尤、一点敷衍都没有。她觉得教育孩子是教师的天职，责无旁贷一般。这态度还是令人肃然起敬的。在大陆，一般学校抓家长差，不过是让家长利用职务之便、能力之便帮些小忙，都是一过性的，即便是抓到高校教师，无非是慕名让做个讲座而已，像这样让开一门课程的真不多见，未免太托实了，大家都很忙，谁有那功夫？但蜀惠就做了。

和蜀惠聊天时，说到教育孩子，我说我对孩子要求不高，只要他快乐，做什么都行。他读书读到博士，并不是我希望他如何出人头地，而是他自己赖着不找工作，既然他觉得读书比工作快乐，那就读书。我自己因为在高校，知道读书也不是容易的事，并不比工作轻松，所以跟他说，把读书就当日子过好了，该学习学习，该玩儿玩儿，该恋爱恋爱，该结婚结婚，不要有压力。蜀惠听了我的理论，那表情很吃惊，她大约从没见过如此怠懒的妈妈，自己不上进也就罢了，还这样教育孩子。其实我自己也知道，都像我这样溺爱孩子，这社会也就没指望了。但见江湖水深，竞争险恶，就想，不做弄潮儿也罢，平平凡凡过老百姓的日子，是大多数人的选择，也挺好。蜀惠显然不能接受我的观点，她不光自己拼，教育孩子也很励志。2016年暑假，蜀惠娘俩来到大陆，有计划地跑了很多地方。和我们带孩子出去旅游不同，蜀惠不是为了放松，不是为了怡情悦性，而是把旅游作为一种学习，一种教育。她说台湾毕竟太小，会把孩子眼光心胸局限住了。所谓"读万卷书，行万里路"，教科书上的山川河流、风土人情、历史沿革、人物掌故，实地看了，才会印象更深刻，掌握得更牢固，蜀惠这样做是有道理的。蜀惠和球球来到南京时，我们帮她们安排在南大仙林校区旁边的省体育训练局下榻，房间在冠军楼。其时正是女排在里约奥运会上夺冠不久，冠军楼大厅布置了江苏籍的几位冠军的巨幅照片，有惠若琪、张常宁和龚翔宇，个个英姿飒爽，青春勃发，看得球球热血偾张，兴奋不已。蜀惠有一个很好的习惯，就是做事之前先"备课"，这大约是做教师养成的。她把这有效的学习途径也教给了孩子。记得我们在"东华"期间，台北来了个国外著名乐团，周末有演出，蜀惠早早买好了票，准备带女儿观看。为了这场演出，球球需要做的功课是，了解清楚乐团的背景、演出歌剧的内容等相关情况。这样，一场音乐会带给孩子的岂止是耳目之娱！同样的方法，也适用于旅游。对即将要去的地方，蜀惠和孩子会事先调查有哪些人文古迹，然后查阅文献，这些人文古迹是怎么回事，先有了文字印象，然后去实地对照印证，从而获得更理性的知识。古人云，纸上得来终觉浅，只有从感性上升到理性，知识掌握得才更牢固。蜀惠这样抓住一切机会教育孩子的方法和态度，确实令我挺佩服的。

蜀惠也是搞古代文学的，我会说这个行当的人，"入戏"太深，都有点呆。蜀惠也是有些呆性的。在"东华"时，一次是从花莲回学校，顺路接回球球。球球此时正痴迷于学习编织，大约也是学校手工课上教的。蜀惠给孩子买了毛线和工具，球球一路坐在车里边不停地练习。我见老师教的方法很蠢，便交给她常用的简便方法。车子开到"东华"时，球球还不是很得要领，我便继续指导她。为了让孩子熟练掌握，只有延长学习时间，于是蜀惠开着车子在校园里一圈一圈地转着。尽管东华校园很大，尽管蜀惠开得很慢，仍旧绕了很多圈。我开始注意力都在球球身上，后来忽然意识到，车子是在校园里不停地开着的，于是急忙说，为什么要开呢，停下来等不是一样吗？蜀惠这才恍然大悟，说，哎呀，怎么没想到，停住也是可以的呀！当然，此时车上还有另一个"呆子"，我先生自然也是想不到，车子停住并不影响我和球球的教与学。

球球上次来南京，带给我一件台大的文化衫作纪念，我恰好有文学院建院 100 年时我给研究生设计的印有文学院 logo 的文化衫，便回赠给球球。今天在学校，见到有学生穿院庆时的文化衫，忽然就想起蜀惠来了。

2018 年春深夏浅之时

2023 年 8 月"宋代文学年会"期间，张蜀惠参观湖北黄冈赤壁

冯翠儿

　　冯翠儿是香港人，香港回归那年到南大中文系读书，从硕士研究生到获取博士学位。冯翠儿来读书时，已经是香港教育学院教师，不能脱离工作，一边工作一边读书，当时叫作"兼读"。二十年前，电子通讯远没有现在发达迅捷，高校的假期又大同小异，翠儿只能忙中偷闲，尽可能挤出时间往南京跑。因为不在学校，因为沟通不那么顺畅，因为不同于正常学生的要求，所以翠儿每次来，都会有一大堆问题。老实说，我那时怕见翠儿。原因是翠儿那一口港味普通话，交流起来实在困难。每次交谈，不说是"鸡同鸭讲"，总得拿出十二分精神。很多学校的规定，可能与香港的不同，翠儿不光要问怎么做，还要问为什么那样做，还得说香港怎么不那么做？我只能回答到我们为什么为止，香港为什么不，我就答不出来。答不出来，好像就很可疑，翠儿会怀疑里面是否有猫腻，是特别针对香港学生的不友善。为了去疑，更要节外生枝地废话好多。

工作很忙，为她一人，要分扯许多时间、精力。每次好不容易打发走了她，我便长舒一口气。

我只知道翠儿给我平添了许多麻烦，不知道翠儿心里其实挺委屈的。这委屈终于在博士论文答辩时爆发出来。那是一天晚上，九十点钟样子，五月的南京似乎正下着小雨。翠儿从她下榻的宾馆给我打来电话，是喝了酒的，半醺状态。她问我别的同学论文答辩前都有预答辩，为什么不给她做？这个事儿她应该问导师，其实不归我管。但我知道，翠儿的导师是个极有个性的人，而且实在地说，翠儿那口普通话也容易造成误会，明明正常的询问，她那口气就很像质问，虽说师生年纪相若，毕竟还是师生关系，这语气就显得不礼貌。她与导师打交道的频繁程度肯定远远超过我，我听了尚且着急呢。翠儿曾为这沟通的不顺利，在我面前隐隐提过，"心灵鸡汤"只能由我奉上了。我对翠儿解释说，因为她远在香港，多来一趟，时间、钱财都要多付出，所以就免去预答辩了。虽说没有预答辩，论文质量导师是要保证的，没达到水平，不会不负责任地让学生参加答辩。而且，为了确保，还请了校内校外很多专家共同把关，所以尽可以放心，绝对没有她担心的歧视、嫌弃等问题。那天翠儿哭了，委屈得像个孩子，我的车轱辘话来回说了一个多小时，才让她情绪平复下来。

怨不得翠儿委屈，翠儿实在太喜欢传统文化了，由于喜欢，便特别希望自己的努力得到认可，可她那时还不具备判别自己专业水平的能力，又觉得其他同学都很了得，就有些不那么自信。但其实，自己确实很努力了呀。论文答辩顺利通过后，接着是毕业典礼。那些天真像翠儿的节日，每天都开开心心的，跟同学照相，跟老师合影，忙得不亦乐乎。为了庆祝毕业，翠儿特地在香港定制了几套唐装，喜气洋洋地跑来告诉我。翠儿平时并不注重打扮，甚至有些不修边幅，剪得很短的头发，又粗又硬，虽说很爽利，到底少了些女性的柔软。这次专门私人定制服装，可见其郑重。

其后不久，毕业纪念册发下来了。翠儿十分气愤地在电话里质问我，为什么毕业学生名单里没有她？就因为她是香港人就该受到歧视吗？我急忙找来纪念册，仔细找了一下，真没有她。纪念册是校学工处做的，毕业生名单分别从教务处和研究生院以及留学生部报过去，那时港澳台地区学生很少，是单独招生，归研究生院管，但不在统招学生名单里。当时界定其实不明确，没有明确规定港澳台地区学生是跟留学生一样还是跟大陆学生相同，可能因为这个，这极少数的人就被忘掉了。但这个跟翠儿解释不清，她只是感觉又一次被严重伤害了。歧视，当然不是，但翠儿受到了伤害，是真的。

随着时间的推移，随着对翠儿了解的深入，我越来越觉得翠儿的愤怒不是矫情，不是小题大做。她由对传统文化的热爱，进而热爱传达给她知识的学校。南大中文系有"程千帆奖学金"，每年学位论文答辩后，在两古专业评选出写作最好的优秀论文进行奖励。说来令人难以置信，这个奖学金开始是翠儿提议并独立出资设立的。翠儿不是大款，不是成功企业家，就是一普通公务员。可是她感谢滋养她的传统文化，崇拜前辈学人，作为程门再传弟子，她觉得薪火相传，她有责任。

还有一件事，这话说着，有十几年了，当时才四十来岁的翠儿，忽然宣布退休了，这让人觉得老大不解。直到这次又来南京，我想起来才问她这个问题。她说原因很复杂，可是我听来听去，都是些书呆子的理由。她说，她所供职的香港教育学院，以前因为学校少，生源是很好的，教学很有劲儿，后来一下子起来好几所大学，教育学院的生源就差了，学生好好学习的不多，这让她失去了兴趣。她说教育资源重新组合后，有五所小的学校并到教育学院，人员猛增，人事关系变得复杂起来，她觉得无力面对。尤其是，当时在教育学院，没有办法进行她心爱的专业研究，只能搞些与教育教学相关的课题，这让她不能忍受。结果，翠儿就提前退休了。退了休的翠儿那时很开心，我见她往南京跑得勤多了。一次过来，她高兴地告诉我，受聘于导师的研究所做研究员。我知道这个"头衔"很"虚"，研究所是没有人事权的，翠儿其实没有任何实质性待遇。但是，她自费住旅馆、吃食堂，乐此不疲，仿佛很满足。翠儿对"骑肥马衣轻裘"的生活不向往，对位高权重的感觉没有兴趣，爱好只在学问上。但这次回来，终于听到翠儿感慨了。内地近年来变化太快了，十年前一文不名的师弟师妹们，都不再是穷书生了，个个房子车子，日子过得挺滋润。倒是她自己，经过 2008 年的金融风暴，财产大幅缩水，当年为了换房卖掉了住房，还没考察好合适的房子，房价便噌噌噌地往上蹿，终于，当初两套房产如今换不回一套了。唉，翠儿，放着好好的公务员不当，钱不多也任性，后悔了吧！可是翠儿说："我要求不高，简单生活就行。有吃有穿，没事。"是的，像翠儿这样简单纯粹的人，很幸福。

2017 年 5 月 23 日

博士学位论文答辩会后，冯翠儿和答辩委员会成员及导师合影。左二为冯翠儿

江森司徒

　　叫这么个怪名字的小伙子从大洋彼岸来，他是美国佩斯大学二年级的学生，本学期和他的二十几位同学一起，到南京大学中文系学习一学期汉语。

　　司徒是个非常美国的男孩，热情、开朗、单纯。来上课喜欢带东西到教室里吃，还带一个大号的水杯，每次总是笑嘻嘻地让大家与他共享食物。他不停地变换食物花样，吃得很开心的样子，问他，总说"好吃"。于是有一天，他用蹩脚的汉语很困难地告诉我，在麦当劳吃了可能是变质了的牛奶，结果肚子疼得睡不成觉，老是跑厕所，用上了肢体语言还加上在黑板上画图。可是以后还是照吃不误。做会话练习，一说就是"我很饿"，连规定的情景对话，要表述到新学校的第一天问路，他也要说："我很饿，我们去吃饭吧！"我跟他解释半天，说初次见面，一般不会对生人说到这个话题。我怀疑他老这样说，是因为词汇量太少，但接着发现是我错了：他的确时时会饿。他平时在路上要么滑滑板，要么一蹦一跳的，课间几分钟也不闲着，滑滑板、踢沙包，利用一切可能利用的条件玩儿，一刻也不停。他总是第一个到教室。他提着滑板说，我比他们快！进了教室就把鞋子脱在外面，光着一双脚，别的班级老师看到我们班门外老是有双鞋，都很讶异。十一月了，在教室只穿件短袖T恤。怕他冻着，他说"热"。

司徒的汉语水平不高，与他的同学相比也是比较弱的，但每次讨论，一问谁先说，大家一齐笑推司徒，司徒就发言，磕磕绊绊却笑嘻嘻的，对大家善意的捉弄也不觉有任何不妥。我瞅他一副没心没肺的样子，觉得他再随和不过，岂知我的想法竟错了。临近结业的时候，我给他们复习，要下课了，还有内容没完，其时正看他的练习，有个问题一时说不清，而别的同学已经做得很好了，我说下课后你看看他们的吧，他说不，他要自己做。考试有一部分是开卷，让大家带回去做，下次上课交来，他交来的东西全部是独立完成的（所有同学也都是这样）。而他明知其他同学都比他做得好，他也知道这是正儿八经算成绩的。但试卷上那道上次没讲清楚的题目这次依然答得不好，只是，我知道他尽力了。结业典礼上，司徒白衬衣，蓝西裤、皮鞋，领带，和以往所见判若两人。坐在我面前，我就问他，他说，白色是在最庄严的场合里最高规格的服色，但是又腼腆地指了指裤子，我看到裤缝很长一段是绽开后又用白线缝起来的，针脚粗疏，他说他只有白线。我知道他们在中国到

了好多地方旅游过，也知道他们买了不少东西，于是有一种不
祥的预感，一问，果然是我们的"国粹"，是在西藏买的，于
是轮到我不好意思了，他倒安慰我，说很便宜，只 40 块钱。
我不希望这条裤子代表改革开放后的中国面貌飞越太平洋，就
说："你回去换下来，我给你重新缝一下。"他又说不，他要自
己做。

　　我在司徒身上看到很多久违了的东西，这使我格外羡慕
五十年代的中国青年，怀恋缺失已久的五十年代的精神风貌，
当然我更希望能在中国的孩子身上看到这种精神的重建，看到
无数个单纯、透明、自信自强的"江森司徒"。

　　　　　　　　　　　　　　　　　　2003 年 12 月 1 日

附　录

我的同学我的班——微山湖小聚纪略兼怀往事

一个月前，微信群里就吵得沸沸扬扬，说微山湖的荷花开了，马啸作为东道主，要组织一次聚会。杨洪海、田洪声几个人古道热肠，就忙着张罗，于是终于在 7 月 17 日成行。

17 日清晨，南京的雨下得瓢泼似的，我和杨洪海、秦勇还是在高铁站会合了，乘上北去滕州的高铁。车至徐州，已经云开日出，天晴得很好，想来鲁地天气也不错。果然，9 点半，下得车来，滕州的天空一派清朗。更让人高兴的是，徐州的同学已到，高斗梅、田洪声、冯驰、陈家民、徐玉超已经小候一会儿，而且，傅刚携夫人从北京来居然和他们同时到达。再接着，东道主马啸驾到。久别相逢，激动、兴奋、惊讶，使得冷清的滕州高铁站沸腾良久。连云港的同学还没到，有人提议，先往下榻处吧，让连云港的同学径直去住地。此行住在鲁班山庄，距离景点比较近。刚刚安顿下来，连云港的同学便到了，于是在鲁班故里又掀起一波热浪。连云港也来了 5位同学，他们是：刘敏、龚际平、龚伟、徐希同、莫立刚。

真是久违了！我的同学们！

"三十八年过去，弹指一挥间。"就一弹指，三十八年过去了！三十八年前，1978 年的 3 月 4 日，一个叫作徐州师院中文系 77 级（2）班的集体，在云龙山麓诞生，而我们六十位同学有幸成了这个班集体的成员，我们六十个人，从此成了相亲相爱的同学。异姓手足，情同骨肉。三十八年来，尽管每个人都在自己的生活轨道上奔波，似乎忘却了这个班级，忘却了自己的同学。但是，稍微有点由头，只要有个契机，就会勾起情不自禁的牵挂和怀念。

很久不见刘敏了，有太多的话想说，太多的问题想问，我们四个女同学，叽叽喳喳地说个不停。听到下面喊吃饭了，才急忙下楼。但见傅刚一身透湿地站在楼下。我们住的这个地方，是由四面楼围成的院落，院子中间是一块圆形鹅卵石铺就的地面，中心是一圆形日晷造型。围绕圆形地面的是一圈一两米宽的水渠，水中栽种莲花。傅刚站在楼下，大声地叫着我的名字，可是我们说得太忘情了，没有听见。他往后退一步，又喊，还是没听见；再退一步，一脚踏空，掉进荷花池里了。哎呀！我这个莽撞的小老乡唉！

记得刚入学不久，我们就被安排去农场劳动，这是当时还没革除的"文革"余风，所谓学农。在麦场上干活，我这个小老乡，拿着叉子翻麦子呢，叉子高高扬起时，一不留神，碰到了邵长青的眼睛。邵长青戴着眼镜，玻璃被叉子碰碎了，扎到了眼球，被送到医院去了。傅刚害怕极了，既担心又内疚，心事重重的，饭都吃不下。出了这样的事情，谁都不好受，但这毕竟是无心的错误呀！作为老乡，我安慰了傅刚，又去医院看望了邵长青。不过是尽一点同乡、同学之谊。可是傅刚就念念不忘了，直到这次用餐时，还提呢。

傅刚这些年，专心学问、教书育人，在自己的一亩三分地里耕耘得风生水起，如今已是《文选》专家、知名学者，但是不改初心。这一落水，更见出本色来了。轮到我感动了！

吃饭时，田洪声问："王一涓你是睢中毕业的吗？"我说："是啊。"他说："我怎么一直以为你是连云港人！"

这真是个美丽的误会。

我入学第一天就认识了刘敏，然后一个宿舍四个人，我，刘敏、秦勇、朱榕，其中一半是连云港人。我与她们朝夕相伴，同刘敏更是形影不离，连带与她们经常联系的其他连云港人，也成了我相与较多的朋友，她们的活动，我也经常参加，再加上我爸妈是淮阴人，淮阴和连云港同属江淮方言区，自觉比别的地方亲近些，所以关系相对也比较厚密。不怪会有这种美丽的误会产生。

大三暑假，我到刘敏家玩，在她家整整待了十天。十天里，去了港口，看了码头，玩了墟沟海滨浴场，到了花果山水帘洞。连云港是个美丽的海滨城市，刘敏的家更是濒临大海。我从打要去时，就准备看海上日出（都是被巴金的《海上日出》闹的），一直到走时也没看成，每天都在睡梦中错过了。但就在这次游玩中，我见到了以前从不知道的栀子花。那是晚上，我陪刘敏去她哥哥家，走在曲折蜿蜒的条石铺就的山路上（连云区在云台山，房屋多依山势而建），忽然有暗香浮动，香气浓烈，刘敏说是栀子花。次日见到有渔家妇女或鬓角，或衣襟斜插着白色花朵，刘敏告诉我，那就是栀子花了。女人以栀子花作装饰，不光漂亮，还可以掩饰汗气，一举两得啦。而在我看来，尤觉带有乡野的气息，古朴而俏丽。

也是这次游玩，我们还到了新浦，秦勇家、龚际平家、杨洪海家，转了个遍。还记得在龚际平家，切西瓜招待我们。西瓜不很熟，龚际平又切了一个，还不熟，再切一个，还是不尽如人意。看着一堆被剖开的西瓜，我们仨面面相觑，不知如何是好。想想那个时候，好青涩啊！

杨洪海在班里几乎是最小的同学，可是我一直觉得这孩子"人小鬼大"：没有他不懂的，没有他不能的。古代文学上到汉乐府，讲到《孔雀东南飞》，老师提问，从不预习、复习的我坐在第一排，一听就害怕了，生怕被点到名。可是老师的视线越过我的头顶，看到杨洪海了，我以己之心猜度别人，很替他担心。没想到这家伙居然能以诗译诗，还滔滔不绝，真让我刮目相看了。我难得上晚自习，有一晚到教室里，看到黑板上一幅漫画：叽里咕噜的包子从天而降，还配以仿李白"君不见黄河之水天上来"的诗句，谐趣横生，令人捧腹。据说是打趣崔成柱的。一次不知什么活动，模仿丁院长的胶东话，惟妙惟肖！另一次可能是出墙报什么的，写一篇散文，文字居然很老辣。临毕业时小聚，我拿小酒杯给他喝香槟，当时没有异议，过后笑我："汽水一样的东西用那样小的杯子！"我怎么知道香槟酒就不是酒呢！放假时，看他把用脏的床单被子卷成一大包，带回家去洗，窃笑：也有你不能的啊！可就是没想到，怎么就不能帮他洗洗呢！我到南京以后，新单位、新地方，难免会有孤独之感。几年后他来了，立刻就觉得有底气，不孤单了！

中饭以后，开始此次行程中的重头戏——游览微山湖。午后的阳光，照在一望无际的微山湖上，像是给湖面洒了一层碎银子，波光粼粼，熠熠生辉。大片大片的荷叶，把湖面隔出纵横整齐的航道。游船行驶其中，心胸顿觉旷朗。花事已盛的微山湖，堪用杨万里的"西湖诗"来形容："接天莲叶无穷碧，映日荷花别样红。"但是，西湖怎有微山湖宏阔，赏荷自然也不及微山湖的壮观！

忽然就想到云龙湖了。有一次班级活动是到云龙湖的。好像是租了几条船，划到了湖中央。拿着船桨的胡恒俊，怕水溅湿了手表，特地捋下来，让我给拿着。我把表戴在手腕上，但一会就忘了自己的任务了，手伸进湖里拨弄水玩，手表更湿了。胡恒俊提醒我，我连忙缩回手，可马上又忘乎所以了。

大学期间的集体活动并不多，但团的活动是组织过的。我这人一向组织观念不强，上了四年学，别人问我学校领导是谁，还说不出来（有个丁院长除外，他似乎给我们处理过和食堂的纠纷），以至于人家怀疑我的文凭是不是真的。班级里的班长、副班长我是知道的，一朱存明，一高淑云，但谁正谁副就不了然了。还有小组长，照理说是有的，但是谁呢？想不起来。再还有团支部书记，是谁呀？一班的是孙秀华，很活跃，连我都知道。我们班的呢？但不管怎样，团的活动还是组织过的，起码是两次。因为两次的主角是一个人，所以记得。

总是大学已经上了一段时间吧，忽然说要开团员会，发展新团员。大家都正襟危坐，以示郑重。一些程序过了之后，新团员代表发言，上来的是路岳。路岳其实也只代表他自己，因为只发展他一个人。班里够条件的也只有他一人，其余要么超龄，要么已经就是。过了两年，快要毕业的时候，又开了一次团员会，是团员退团。退团的还只是一个人，路岳。这次够条件的肯定不止路岳一人，但别人都没想到，也是组织观念不强啦！路岳对团的章程肯定是深刻了解的，但或者他希望，事情在哪儿发生，就让它在哪儿结束；也或者他觉得解铃还须系铃人，就让这事在同一个人的手上终结吧！于是他麻烦了书记两次，也成就了我们班的团组织活动。由一个人单独支撑一个班级的几乎全部组织活动，可能是不多见的。由此也可见出路岳是个很有个性的人。我有一次跟路岳不知因为什么谈起运动，我说喜欢球类，他说喜欢田径，我问为什么，他说单人项目，特有成就感。路岳是个孤胆英雄！毕业三四十年了，竟然一次也没有见到路岳，好像集体活动他不太参加呀！还是个独行侠！

那时不光集体活动少，个人活动也少。曾经费了好大劲，终于联络到几个人，一起爬泰山。可真正成行时，只剩了刘敏、全金钟和我。那是大二的暑假。坐车到了泰安，已是下午，然后步行到泰山脚下。仰望岱岳，巍巍乎高哉！立刻摩拳擦掌的，马上要征服这"天下第一雄"，想不佩服自己都不行。进得山来，走了一段，见到"孔子登临处"，知道孔子就是在此"小天下"的，立刻豪气充溢襟抱，以为自己也有了"小天下"的资本。但是越走路越长，走了很久，不光极顶遥不可望，连南天门、中天门也还差得很远，不免就鄙夷起孔老头来：就你那也叫登泰山！而且立刻有了上当受骗的感觉。早已暮色四合，但我们想趁着夜凉多赶些路，准备夜里登顶，明朝看太阳从极顶冉冉升起，便不辞辛苦，努力前行。一路尾随我们的，有一队中年男女，似乎是徐州某中小学教师，其中一男性，还背着一个几岁的小男孩。这群"老弱病残"比较狼狈，每人手里拄着一根竹竿，速度也不快。看我们三人，多精干！可是我们走一阵就得休息，坚持不了多久。于是夜色中竹竿敲击石阶的声音就会由远及近，然后是赶上，然后是超越。我们再快走一阵，但只一停下，又被超越，演了一路现实版的"龟兔赛跑"。终于，我们坚持不住了，在中天门歇宿下来，明天早起上山吧。特别不幸的是，醒来时，天已大亮，太阳没等我们，自己先出来了。我们那个沮丧呀！不过泰山还是要上的，总不能无功而返吧。登十八盘真难哪！每上一步都得咬牙！从上面下来的人，因为知道艰辛，便鼓励正在攀登者。在我们气喘吁吁地靠着栏杆向上仰望时，忽见昨晚和我们交替前行的那队"老弱病残"也下来了，小男孩高高地骑在父亲的脖子上，像是胜利的旗帜。"快向后转！"我急忙喊道。要造成一个假象，就当我们是从山上下来的吧，否则，不好意思啦！艰难地爬到南天门，雾大如雨，原来大家都没看到日出呀！无端的我就高兴起来了。但已筋疲力尽，再也走不动了。刘敏说，上玉皇顶吧？我气急败坏地说，是锻炼身体的吗？被我这样一赖，刘敏和全金钟都没有登上极顶。其实他们是可以上去，也很想上去的。

我是个比较宅的人，大学四年，除了正常上课外，基本上就猫在宿舍里看书，而且看书是躺在床上看。以至于毕业时，学校退还床板押金，孙秀华说："你的就该不退！"我也觉得学校的床实在被我用得够本了。能够吸引我的活动，基本上就是看电影。当时刚刚开放，是电影的一段幸福时光。解禁的影片、国外的片子，一时纷至沓来，应接不暇。学中文的，又有专业的借口，就看得肆无忌惮了！紧俏的片子票也难买，但总会有热心人从各种渠道弄来。一次是放映《追捕》，票很紧俏，但是我们还是看了两场，一场票是朱榕搞来的，另一场忘掉了。因为紧俏，两场票的场次都不好，早上六点一场，晚上九点一场。又恰值隆冬，天亮得晚，黑得早，这两场电影看得，真是披星戴月啦！天冷，加上片中场面的刺激，《追捕》留给我的印象，总是抖抖的。

　　说起看电影，有趣的段子多了去了。有次在彭城电影院，坐在楼上，朱榕在最前排。是夏天，她穿着凉鞋，大约鞋带没系好。电影还没放映，她坐得无聊，就跷着二郎腿晃呀晃的，一不留神，鞋子掉到楼下了，不知砸着哪位仁兄，一片叫嚷。

　　一次是去铜山影院，我和刘敏两个人。去铜山影院的路，特别难走，尤其是四院到影院那段，雨天、雪天，尽是烂泥，脏兮兮的。我们俩到得比较早，坐了一会儿，人逐渐多了起来。有人径向我们的座位走来，掏出自己的票，说我们坐了他的座位。坐错位的事情，如果是我一人来的，很有可能，我是马大哈惯了的。但是跟刘敏一起，这种错误的可能性基本没有。所以很有底气地说不可能。刘敏也拿出票来举证，双方就陷入僵局，想电影院也是，怎么能一个座位同时卖给两个人！这和所谓"一个女儿聘两家"同样荒谬！正僵持着，来人忽然看出点门道来，说"你们的票是明天的"。仔细一瞧，果然。然后像斗败了的鸡一样，垂头丧气地回来了。

　　还有一次大约是去看《冷酷的心》，在云龙电影院。这个片子本来不用自己买票的，系里已经组织过，但是有条件的组织。我们军训结束时检查训练成果，一人发了九颗子弹打靶。打靶对我来说本不应成为问题，一是以前打过，二是当时还不近视，视力非常好。问题出在我的大意上。打了几发子弹后，我累了，枕在枪托上闭上眼睛休息一会儿。睁开眼时，发现瞄准的还是靶心，就放了一枪。没想到这一枪瞄准的是别人的靶子。最后计算环数时，我的就不够了，直接后果是，我没能去看《冷酷的心》。附带说一下，打脱了的这一靶也没浪费，支援耿超英了，她有十个弹孔的环数相加，成绩不错。刘敏眼睛近视，电影也没看成，所以我们自己买了电影票犒劳犒劳自己。《冷酷的心》也是最后一场了，因为紧接下来一场是《红日》，班级已经买了票，我们马上要接着看的。《冷酷的心》票只买到一张，我们一起来，是寄希望于买退票。果然，电影院台阶上站着一个女人，旁边一个七八岁大的男孩，女人手里拿着一张票。我们向前询问，她说孩子想看，可是只有一张票。电影已经开始了，并没有别的退票。孩子眼巴巴地瞅着我们手中的票，刘敏心软了，说给他吧！我舍不得。孩子妈妈终于把票递给我们，拉着孩子走了。电影院里很黑，两张票也不在一起。我们各自在工作人员手电的引领下找自己的座位。还没坐稳，我一下惊得又站起来了：画面上出现的是身披大衣的中国军人，他分明是《红日》中的沈军长呀！早知如此，票就给了那个孩子啦！其实那孩子哭着走了，我心里也不好受。刘敏坐得很远，周围都是不认识的人，我一肚子话想吐槽，没有人听。我的那个郁闷呀！

游湖归来，丰盛的晚餐在等着我们。本来设计形式是篝火晚会，但是天公不作美，下起小雨来，于是改到房间里。席间好几个同学都说，上学时坐在高斗梅身后，时常忍不住地打量她，大家都觉得："这个姐姐好美呀！"确实，斗梅五官精致，端庄大气，且很淑女范儿。我就想起了我和这个美女的遭遇。

还是那次学农，吃过午饭，同学们早早打好行李，在校门口等校车去农场，却是一等也不来，二等也不来，正是午睡时分，我不耐烦了，就对刘敏说，我回去睡午觉了，车来了喊我。宿舍还是刚开始住的防震棚，离校门远了些，行李上车后，人就被赶上车了，根本没时间跑回宿舍。待我睡醒来到校门口，早已人去楼空，只好次日自己前往。第二天去农场时，碰到了高斗梅，她因为回家，也误了车。于是我们相伴而行。我的行李已被刘敏带走，空空两手，倒也轻松。斗梅却是肩扛手提的。我就学雷锋了，分她一个提包。通往农场的小路很寂静，大约是农忙季节，没有闲人。我们并肩而行，走着走着，她打量我一眼，忽然说："我跟你一起走很吃亏。"我想吃亏的是我呀！明明是我在帮她嘛！她说："不知道的人还不知以为我们是什么关系呢！"我看了看自己，"小生"我穿的是从果园场带来的行头：一身劳动布工作服，还有劳动布帽子，脚上是我弟弟给我的部队发的深腰球鞋。本以为这身行头去应付学农是很得体的，没想到给她带来"压力"了。她身着蓝底碎花上衣，梳两条小辫，安安静静的神态，一标准小"媳妇"。我忍不住得意地大笑！

　　大概是性格如此吧，大学四年要上完时，在毕业留言的本子上，冯驰和葛云牛两位老大哥共同给我写了一行字："同行十二年，不知木兰是女郎。"李玉华也说，说不准我像姐姐还是哥哥，妹妹还是弟弟。我的女性性别的的确确都不太被认同，只能说我太不淑女，或者太"二"了。这也是天生的，并非有意为之。为此，做了不少很"二"的事，伤了别人都不自知。上现代汉语修辞部分时，来了个董老师。董老师不善讲，便不停地写，一写一黑板，满了擦掉再

附　录　　　　　　　　　　　　　　　　　　　　　　　383

写。常是汗水流得浩浩荡荡的，衣服都湿透了。不过字确实写得好。课程结束时，大约心有歉意，或是对自己的字心有得意，便自带很多宣纸，给大家写字。大伙热热闹闹地围了一圈一圈的，董老师写好一张，就被人拿走一张，拿到的多是男同学。女同学也围在跟前，可是一张也拿不到。我自己倒不是很想要，但觉得男同学太不绅士了，眼看一张又写好了，又被男生"捷足先登"，我连是谁都没看清，想也没想就喊了一嗓子："放下！"是吴桐生，竟然就放下了。

是刚开学的那两天吧，一天，将要上课时，大家都在教室里坐下，等着老师来上课。都是新课，都是新老师，不知是哪个老师的课。就是知道了，那个老师也没见过。有些好奇，充满期待。就在这时，进来一位从年龄到长相到做派都像老师的人，一身蓝色制服，腋下夹着一只公文包，是黑色人造革的。大家立刻抖擞精神，准备上课。谁知这"老师"在讲台前并没有停下，继续向前走，又拐弯，再前行，到一个座位上坐下了。正想不通老师为什么不在讲台上偏去学生的座位时，真老师来了。后来知道，不是老师而特像老师的这个人，也是我们的同学，叫吴桐生。由于"吴老师"的华丽登场，使得我（也可能是我们）几乎最早认识并注意到他。常见他迈着稳重的步伐出来进去，腋下又总不离那个黑色公文包，就对那只包充满了想象，猜想里面放着不知多么重要、珍贵的物件。终于有一天，高斗梅神秘地告诉我，"我知道吴桐生的包里是什么了！""是什么？"我问，为能揭开谜底兴奋着。"是一只瓷碗和一双球鞋！"谜底揭开后好不沮丧。继而又好笑：这两件东西怎么能相提并"拎"呢！

看到吴桐生放下已拿起的董老师的墨宝，我当时就意识到自己莽撞了，但我是从不解释从不道歉的，我遇到这类事只会尴尬，不知如何处理。二十年聚会时，见到吴桐生，我补上迟到的歉意，吴老兄早已忘却，并且大度地说："你想要字，我给你写。"那好，兄长，这个字，我现在就订下了！

　　说到兄长，傅道华真算一个。在校时和傅道华没太有过交集，但毕业后分到了同一所学校——郑集中学。道华兄进校就带毕业班，俨然一熟练工，不像我，还是一青涩的学徒。我听过道华兄的课，上得极好，尤其是议论文，条分缕析，逻辑严密。以至于没两年，就做了教研组组长。也正是此时，我离开了郑集中学。傅兄长遗憾地说："刚说可以照顾照顾你呢！"以道华兄这样温良敦厚，谁和他在一起工作，自是很幸运的。这个幸运后来落到我的同桌刘瑞娥的身上了。二十年相聚时，道华兄告诉我，他已调到沛县，做了沛中的校长，和刘瑞娥在一起。刘瑞娥的夫君，也是我们77级校友，物理系的，教学也甚是了得。于是道华兄以照顾教学骨干的理由，安排刘瑞娥离开了繁重的教学第一线，负责学校体育器材的保管发放。我说："刘瑞娥你太舒服了！"刘瑞娥说："也不轻松，还要写总结呢！"天哪！真是身在福中不知福啊！道华兄是多子女父亲，孩子个个很出息。最小的一个又考上大学时，道华兄打电话向我报喜，他说："你侄儿考上中国政法大学啦！"接电话时我正睡得迷迷糊糊，一时没有转过弯来，想不起是哪个侄子今年高考。我这人一向迟钝，对人物关系尤其理不清。我在铜山中学时，我妹妹的小叔子跟我复习，一天他转述我妹妹的话，说"大嫂说"，我想你大嫂我也不认得，她跟我说什么呢？就迟疑地问："你大嫂？"看我冥顽不化，人家只好直呼其名，我才意识到，我的妹妹原来是人家的嫂子！傅兄长大约对我的反应很不以为然了，从此再不理我了。道华兄，我真不是有意的，小可这厢有礼了！

刘瑞娥是我的同桌。我因为不上课便不进教室，课外又有刘敏这样的好朋友，所以和同桌交往没有通常意义上的多。刘瑞娥话也不多，在我们班算比较老实的一个。但刘瑞娥学习很认真，不像我。我除了课堂上注意听讲，课外基本上不碰教科书，更不要说参考书。听说张仲谋同学跟着教学进度读原著，讲到孔子，《论语》《春秋》全读，讲到孟子，《孟子》一篇不落。这种有计划、有目标的阅读，让我立刻有了高山仰止的感觉，我还在由着兴趣读着玩呢！要考试了，也不着急，我一般是离考试三天开始复习。一次还没到考试前的三天，我看刘瑞娥在复习，随口问了一下要考试的东西，她已经烂熟于心、胸有成竹了！我这边还没启动呢！但我复习就是复习了，很专心，排除一切干扰的。一次不知是复习哪一门课，我搬张凳子，在院内找一阴凉面壁看书，其时刚看过香港电影《画皮》，廖礼平从我身后路过，大叫一声"画皮"，我立刻吓得魂飞魄散。那一场考试终究是受影响了。但如果像刘瑞娥那样常备不懈呢？据我所知，刘瑞娥在校四年，起码前三年半是没谈恋爱的。快要毕业时，别人介绍了物理系的同乡。刚一确定关系，就被学校以照顾夫妻关系为名，发配到淮阴去了。重返故乡，不知是在何时。但老实人是有福的，刘瑞娥的生活一直幸福而平静，好像比我们还多"赚"了一个孩子！

那时女生的座位都排在前面，十一个女生，第一排就坐了八个，剩下的在第二排。我这样的个头，居然也在第一排。我除了上课，一般也不在教室，上课时基本上就目不斜视，所以直到很晚，班里的同学我也认不全。一天上课之前，一个男生从身旁走过，一会儿再一次从门口过来，我就纳了闷了：这一会儿工夫，没见该同学出去呀，怎么又进来了呢？很久以后才知道，是两个人，分别是邱林和冯驰。这两人年龄相差十来岁，我是怎么把他们看成一个人的，连我自己也想不通。

王海龙坐在我后面不远的地方，这是一个多愁敏感的家伙，很容易忧郁，他自己也说像小仲马笔下的阿芒。他喜欢写些东西，也常拿给我看，我也会说些不着边际的评语。他是心理学科代表。教心理学的老师，课上得真不敢恭维，他永远记不清自己讲到第几条了。我没法听他的课，实在是替他着急。课程结束后考试，开卷，我自觉题目答得还不错，可是只得了及格，和另外一个谁在班上并列倒数第一。我其实无所谓，但海龙去找了老师。老师回答得很老实，他说，她上课时只看小说不听课。海龙刚毕业就结婚了，没有声张。婚后请我和斗梅到家中吃了顿便饭。尔后他出国，直到现在，再也没有见到过。

酒宴在热烈地进行着，马啸是一贯地谈笑风生，语出惊人。他说起自己一件上学时的趣事：上体育课，几个女同学请假，体育老师是男的，女同学就扭扭捏捏跟老师嘀咕，不知说了什么，老师就恩准了。马啸就纳闷了：什么理由这么好请假？于是他跟老师说："我也不上课？""为什么？""她们为什么？""她们有原因。""我也有原因。""你什么原因?""她们什么原因?""不能告诉你。""我也不能告诉你。"老师实在被纠缠急了,实话实说:"人家来例假了。""我也来例假了!"马啸理直气壮地说。老师惊得目瞪口呆,只好让步:"好好好!"晚上马啸到阅览室查了辞书,看这"例假"究竟是何方神圣,有如此大威力!一查,好不气馁,原来自己没有这功能!马啸说,要是别的老师,自己断不会这样放肆的。只因这老师是曹某人。曹某人也刚从学校毕业不久,高大,帅气,看着就让人气恼。我能理解马啸的心情,很像现在的大一新生对师兄的憎恨!

在学校里,马啸、邱林、朱榕、刘敏、秦勇和我,都喜欢玩排球,我们经常在一起,或组队跟外班、外系打比赛,或者就我们几个人,一边传球,一边聊天。马啸是我大学四年接触最多的男生。他喜欢猎奇,追求时尚,思想活跃,对新事物敏感,又特别热心。一次组织我们到学校对面文化局学跳交谊舞,场地、老师都是他联系的。做我舞伴的男生烟气熏人,实在难忍,这让我直到现在对跳舞都很反感。(这个马啸是要负责的!)以马啸那样吊儿郎当的性格,我实在想不通他后来居然在政界混,还成绩斐然,能够在自己不擅长的方面做得很好,马啸具有超强的可塑性。

酒酣耳热时,马啸带头,追问女生当年对哪位男生有好感。好感?好感的概念是什么?是指青年男女之间那种朦胧美好的情愫吗?说出来,可能要让男生失望了。记得保尔在回答丽达类似的问题时说,"'牛虻'和他的革命浪漫主义也该负责"。那么,影响我们这代人的还多了个保尔。还不止于此,应该说,我们还是在对资产阶级思想批判声中长大的。男女爱情,说是资产阶级享乐思想也好,说是资产阶级低级情调也行。没有人敢出格，哪怕是思想上。那时所有的恋爱都指向婚姻，根本没有爱恋。也是在我们读书期间，外语系曾有过一次接待外宾的任务。事后，王维佳告诉我，外国友人问他们学生中的恋爱交友情况，他们说："我们大家都是朋友。"维佳说这话的时候不无得意，为自己的机智。回过头来想想，当时的外国朋友一定是莫名其妙：如此私人的事情，怎么可以集体来做呢！但当时就是如此。我拿起一瓶矿泉水，尴尬地说："我那时很不是东西！我喝三分之一！"

刘敏被围追的时间最长。见刘敏难以招架，龚际平屡屡转移话题，为此，不知被罚了多少酒，直至在酒桌上醺然睡去，据说醉得不轻。次日早晨，当龚际平又神清气爽地站在院中时，斗梅关切地问醉酒情形，龚际平浪漫地说："昨晚就是这样死了，也是幸福的！"斗梅大惑不解，我说："这有什么不省得的？龚际平是把自己当成宝哥哥。有那么多的姐姐妹妹陪着化灰化烟，自然是幸福的。"玩笑归玩笑，但是龚际平替女生挡酒的劲头，真有股虽九死其犹未悔的精神，如同飞蛾扑火般的壮烈，斗梅都感动到不行了。骑士的时代早已过去了，还有愿意当堂吉诃德的吗？但唯其稀缺，弥足珍贵，尽管有些傻。

晚上，躺在床上，挣扎好久，我终于问出了多年来一直想问、一直不敢问的问题："这么多年，挺难的吧！"这是废话。孀妻弱子，能不难吗？但刘敏云淡风轻地说："还好。"我一下子就泪崩了！为刘敏，也为斗梅、高淑云。造化弄人，一个女人本不该承受那么多的！但是，她们独立支撑的天空，没有一丝阴霾。她们自己事业有成，她们的子女个个出息，她们为家人营造的环境，温馨祥和……

听到她们爽朗的笑声，我就想，这就是中国女人啊！坚强、隐忍、百折不挠，牙咬碎了往肚里咽。

徐玉超受马啸委托，用一副对联总结此行，联云："赏万亩荷花，修一世清凉。"有人问："还有横批呢？"徐玉超想了想："'聚散两依依'吧！"我私下想，应该叫"浮一大白"。一是写实，二来这应该成为我们今后的人生态度。"人生有酒须尽欢，莫使金樽空对月。"虽然我不善酒，只能喝水，但及时行乐的生活态度，在夕阳无限好这一特定时刻，我是赞同的。辛苦受累一辈子了，趁着"为霞尚满天"，且行且珍惜吧！为此，我感谢微山湖之行，期待四十年再聚首！

2015 年 7 月 22 日写毕

办公室的故事

郑集中学的语文教研室是这样一个格局：一个大办公室，中间冲门靠北墙的是初三教研组，初三组左手边，初一和初二两个组南北分峙，右手边高一、高二依次排列。我刚去的时候，高中正从两年向三年过渡，还没有高三年级。因为我是寒假毕业，春季报到，正常教学已经是下半学年了。我接了高一的一个班，坐在办公室的右面靠北。办公室中间是一个大火炉，一根长长的烟囱高高地竖起，在空中拐个弯从门玻璃伸出去。炉火昼夜不熄，白天总是在烧开水，可以供给办公室所有成员喝水，甚至住校老师的家庭用水。每天大家上班时把暖瓶提到办公室，下班时顺便带走，省了去学校水房打水的麻烦，这是这个季节特有的好处。若是不生火时，办公室的开水就需要值班的人专门跑一趟了。曾经有一次我和一位男老师值班时去打开水，时间早了一些，需要喊人开门，负责锅炉房的是个女人，我不熟悉，就戏谑地对同伴说，根据物理学原理，应该你去喊人。他问为什么。我说同性相斥，我可能叫她不来。同伴一笑置之。炉子的另一个功能是烤馒头，每到第四节课时，总有人把事先带来的冷馒头放在炉上烘烤，烘烤好的馒头外焦内暄，揭开表皮，里面热气腾腾，又香气四溢，对正饿着肚子的人很是诱惑。不过一般没人在办公室做饭，家在附近的老师回家吃饭，住校的人吃食堂，所以不会把办公室搞得太热闹。炉子在晚上需要把火封起来，到天亮上班时再捅开。封炉子是技术活，一般人不敢染指，在我们办公室基本上是丁思信老师和周彤老师，这两位家务做得多，属于训练有素。炉火不旺时，也靠他们打理。有一次据说是烟囱堵着了，需要清理，于是所有没课的老师全部参加到这一盛事之中，把一节一节套在一起的管子拆卸下来，抬到门外，在地上用力蹾，里面果然有乌黑的烟尘出来。尔后把清理过的管子再节节相套，装到炉子上。这是需要很多人配合的。在中规中矩的上课时间，有这么一个轰轰烈烈的插曲，很提神，坐回办公桌前我还兴奋了一阵子。但是这样的事不多，我在郑集两年多，只碰到这一次。办公室门边靠墙有一口大水缸，用的水都是值班人挑来，办公室没有配套的自来水龙头。挑水的自然是男老师，我值班时一般就是扫地，以至新办公大楼造好要乔迁时，大家都欢欣鼓舞，我独不乐。我觉得新办公室太大，扫地要麻烦许多，这理由不为众人理解。不过，我也主动挑过一次水，自来水龙头在外面，又是公用的，地上洒下的水自然很多，天寒地冻，结了冰的路面很滑，我挑水技术当然不会娴熟，力量也小了些，一路上指指点点的人就多了些，很伤我自尊，以后就老老实实扫地算了。办公室里有一次出现一只老鼠，我一向怕这东西，但是男人们很兴奋，一起喊打，在办公室里围追堵截，绕着办公桌团团转，煞是热闹。我本来很怕，可是立刻受到感染，跟着叫嚷，以至游戏结束时我还在叫，大家已停下来，一看我正高高地坐在了办公桌上，都说，怪不得你不怕了！我这才注意到自己，确实有点失态，赶紧下来。

办公室里几乎全是男性，中老年居多。在我去之前，语文组只有一位女老师，她叫高香云，郑集街上人，大约三十出头，可能是工农兵学员，因为按年龄计算，她不可能是"文革"前大学生。我前面说过，办公室一般没人做饭，但高老师是例外。我去的时候，她正怀着身孕，喜欢在炉子上熬粥，她的经典动作就是坐在炉边，一边搅动锅里的粥，一边训话。她带初一，学生都是小不点，有时一个，有时两三个，有时一群，也围在炉边，低着头听训。高老师的语言不受书面语影响，都是村言俚语，极其生动，且词汇之丰富，令人叹为"听"止！无论说多久，没有重复词语。高老师的训话属于词中的长调、歌剧中的咏叹、小说里的长篇，蜿蜒曲折，跌宕腾挪，奔腾而下，浩浩汤汤，怎么都止不住。一般句号会划在她的粥熟了又凉了可以吃了的时候，这时那一个、两三个，或说不清的几个"小猴子"，如同得到大赦一般，齐齐跑了出去。和高老师搭档的燕老师是个老头儿，淳朴敦厚，平时也不多言，独独会在高老师不在的时候，忍不住跑到炉边模仿高老师，对其娴熟绝妙的俚语尤为叹服。高老师和我平时不太打交道，我们分据办公室对角，距离远了些。当然这也不是主要原因，可能是我以前接触的人与她不大相同，我不知如何跟她打交道。再说我是新来的，她似乎也不太在乎我，所以虽然办公室里就我们两个女性，往来并不多。其实高老师和我还住邻居，就在我隔壁。我们住的是单排平房似的三层楼，我和她在一楼。一般我从办公室回来比较晚，早上起来又比较迟。据说曾有人向校长反映我早上不上早操，校长说如果你们哪一个能像王一涓那样全校最后一个熄灯，你们也可以免掉早操。其实我是不知道教师也要出操，也没有注意过别人何时休息，一到晚自习回来，天黑得我连门都不敢出，我只是喜欢晚上看看书，完全是习惯而已，没想到会有这番故事，倒也感动。初夏的一天，早上我起来在门前刷牙，高老师也这时出现了，这在以往没有过，而且她主动和我说了话，她说早上起来肚子疼。这个我有体会，我胆囊不太好，几乎天天早上会肚子疼，须得上完厕所才好。所以就认真地安慰她，说我也肚子疼，意思是没什么要紧，不用着急。她便不搭理我了，这我也习惯了，不以为忤。下午听说高老师生了个娃娃。多年以后偶然想起，才悟出高老师的肚子疼和我的是不一样的。生完孩子后高老师回家休产假了，休完假就调走了，后来便再也没见过她，算来现在她应该退休了，祝她幸福。

初一组的组长郭老师也是郑集街上人，个高，面白，温文儒雅，沉默寡言，如果说话，则声音极其轻柔。我那时只带一个班的课，又不做班主任，有的是时间，又因为是新来的，且年纪最轻，所以每个人的课我都去听，也没有人拒绝我。听课也都是临时起意，手边正好没事，碰上哪个老师上课，说上一声，搬把椅子跟在后边就去了。一次正碰上郭老师的课，跟他说我去听你的课，含笑点头应诺。待学生起立坐下后，郭老师一讲，真真把我镇住了，一口纯正的普通话，且声音响亮，这和我一向的印象太不一样了。语言之纯粹明了、课堂组织之有条不紊、内容之生动活泼，都让我觉得人确实不可貌相。郭老师是当地人，经常会有人找他写点什么。语文组会写字的人有几个，最突出的一个是高二组的郑老师，一个是高一组的周老师，但他们写的内容基本上是学校的东西，宣传用的，当然也有"驾鹤西游""音容宛在"之类的挽联，也是为学校老师写的。这些用不着郭老师写，郭老师主要是为乡亲服务。有一次我看他写出"上梁"两字，就自作聪明地接下去，"上梁不正下梁歪"，郭老师不出声地笑笑，可是写出来的是"上梁偏逢紫微星"，是给人家盖房用的。这些民间的、实用的东西，我就是在郑集中学看过一些，以前没看过，以后也没看过。其实民俗文化很丰富，可惜我们接触不到。

初一组的另一个老师就是燕老师。燕老师年纪很大了，总有六十多了。不知是"文革"结束之初人不够用，还是人事制度和后来的不一样，总之燕老师是应该退休的年龄还继续工作着。他可能是郑集中学最老的老师了，起码我感觉是的。燕老师是个和蔼的小老头，跟谁说话都乐呵呵的。除了有时候忍不住学学香云老师，一般就在自己办公桌前备课。我和他的距离远了些，所以没太有交往。一次语文组集体爬泰山，为了轻便，我穿了双塑料底布鞋。结果在一段土坡上，一脚踩滑了，顺着坡就滑下去了。身旁的周彤老师眼疾手快，一把抓住我，他身旁的另一个老师又抓住他，总算有惊无险。在接下来的路上，燕老师就走在我身边，不时提醒我注意脚下，一直到山下。情理上应该是我照顾燕老师走路的，反过来是他关照我，除了惭愧，更多的是感动了。

初二组的一个矮个儿的年轻老师，姓什么我忘了，老喜欢在耳朵上贴很多剪碎的胶布，可能是为了治病，但样子很逗。另一个年轻的姓丁，有一次他"计划生育"去了，我还给他代过几天课呢。也听了他一次课，是和县教研室的老师一起听的。那次讲的是一篇文言，里面有个注释，我现在记不清了，好像是一个人名，大概叫"禽滑釐"，"滑"注音"gǔ"，小丁老师太紧张了，把它读成"huá gǔ lí"，而且反复跟学生强调，我真替他着急。他岳母去世，需要去出席丧礼。当地的风俗，据说是要闹女婿的，女婿的礼节很烦琐，做的有差错，会让人笑话。小丁老师又是个认真的人，于是在办公室里请教。行的礼叫"三叩九拜"，如何行走，如何叩拜，有一定的形式、一定的程序，很复杂。讲解的人口头说不清，便下座示范，有不正确之处，又有人出来纠正，毕竟大家都有丈母娘，以后可能都会遇到需要表演的时候，到时再学，不如现在就掌握，正好有人教习、有人切磋。于是除我之外所有人都离座，在屋子中间动作起来，老老少少，各色人等，尽管行动不一，却都煞有介事。我从没看过这样一台演出，只觉滑稽之极，同时也很不快，好像对妻子的母亲就不心疼似的，要是自己的妈妈呢？后来想想，也许是知识分子的迂腐认真吧，其实没顾及那么多。

初三组的组长叫彭希德，50多岁，善谑，会说故事。周老师说他可以出一本《西（希）德故事集》。我听彭老师说笑话总被引得开怀大笑，但笑过就想哭。他说年轻时头一次进城，到理发店理发，理发员问什么都不懂，又不想露怯，说什么都唯唯诺诺，结果钞票花了一把，头烫成了鬈毛狮子。回来见不得人，拼命用开水烫，却怎么也理不直。又说，到商店买鞋，两个盒子里各看中一只，趁营业员没注意，搞了个调包，回来穿了很久，在一次显摆时被人指出一只一样，于是硬着头皮到商店去换，本来准备挨骂的，没想到营业员像见到恩人似的感激他，说"你要不来，我这双鞋就没法卖了"。看到一件白衬衣很欣赏，想买又囊中羞涩，可是经不起诱惑还是买回来了，穿了几天，没钱吃饭了，只好把衣服再退回去，看看衣领处不洁，就用白粉笔涂了涂，居然也退掉了。还说困难时期，妻子生了肝炎病，凭着医生诊断书，买了一包红糖和几只鸡蛋，他用板车拉着妻子，鸡蛋和红糖挂在车把上，招来多少羡慕的眼光。后来绳子断了，鸡蛋和红糖摔了下来，红糖没事，鸡蛋碎了，把他心疼的！蛋液浸在红糖上，他舍不得扔，就吃掉了，说不出的怪味。彭老师讲这些的时候，有自嘲也有得意，我听着心酸酸的，那一代乡村知识分子的窘迫啊！

我和赵老师、周老师及冯老师在高一组。赵老师粗犷，大大咧咧的，人长得高大，说话大嗓门，课也上得粗疏，经不起细推敲。他喜欢跟冯老师开玩笑。冯老师很细致，说话慢慢的，做事也慢慢的，不像赵老师风风火火的。冯老师家在农村，孩子多，生活困难。孩子跟他上学，吃不起食堂，自己在单身宿舍里烧饭。尽管很难，冯老师从来不说。有一次周老师有事找冯老师，到了他宿舍，看冯老师正做饭，用几颗蓖麻籽挤出点油烧菜，才知道冯老师日子过得艰难如此。每逢冯老师新理发回来，那几天赵老师都会故意端详着坐在对面的冯老师，说冯老师的小平头修得像绣球似的。冯老师说话慢，说不过赵老师的，笑笑。冯老师有一把二胡，没事时拉拉，有事时也拉拉。那段时间放张瑜的电影《知音》，里面有首插曲，"山青青，水碧碧，高山流水韵依依"。冯老师就拉拉唱唱，唱唱拉拉，上课铃声响了，也没听到，赵老师大喊，该上课了！冯老师恍若惊梦，急急拿起书本往课堂跑。跑也是那种琐屑的碎步，所谓"纤纤作细步"。一次不知什么活动，语文组排了个合唱，唱一支岳飞的《满江红》，还有一支《苏武牧羊》。《苏武牧羊》里有"三更同入梦，两地谁梦谁"的句子，冯老师就沉了进去，"'两地谁梦谁'，难为他怎么想的！"高一课本里有乐府诗《古诗为焦仲卿妻作》，起首是"孔雀东南飞，五里一徘徊"。冯老师就念啊念的。作文课到了，作文还没批阅，面前的作文簿小山一样，赵老师都替他发愁，说，坏了，又缠绵上了！冯老师有一次说看了一个女孩，很好看，他形容说"长得很干净"，我觉得这个词真有味道，就想起曹雪芹笔下的小红，也是生得"干净俏丽"的，以往没在意，冯老师说了以后，印象深刻多了。

　　周彤老师是南京大学历史系毕业的高材生，毕业时恰逢"文革"，被下放了一阵子，分配到中学工作，因为不缺历史老师就改行教了语文，他是语文教研室的头。课上得极好，我从他那儿学了不少东西。因为是领导，所以对我关照的更多一些。我有一次收作文本，发现少了几本，以为是学生拖欠作业，头儿说批评他们，我说不会，他说："喊来我替你训。"我就把学生叫到办公室，那么些大个子，簇拥一堆，听组长板着面孔训话，我觉得太滑稽了，忍不住要笑，又觉得与气氛不符，拼命忍着跑了出去。后来我知道其实是冤枉了他们，但他们没一个人辩解，是维护我这个新来的老师？这些纯朴憨厚的农村娃！周老师是很有些机智的，反应很机敏，我觉得和他说话不费力。一次提到同样分到铜山的我的一个女同学，我想起她的往事，说她也曾受过"胯下之辱"的。高二组的丁思信老师，转过身对我说，小王，姑娘家可不兴这么说！我不明所以。望着茫然的我，周老师立刻会意我用了淮阴侯韩信的典故，马上顺着我的思路接下话头，我顿时轻松许多。有时会玩玩文字游戏。一次我心血来潮编了个谜语，猜我们学校老师的名字。有个数学老师叫毛洪恩，我的谜面是"贫下中农翻身"；另一个是我们办公室新分来的78级的王志勇，我给他的是"皇帝捏泥人"（王制甬）。这一下周老师也来了兴趣，立刻说，"天波府里开会"，他说的是政治老师

398　　　　　　　读书人的事儿

杨家齐。我又说"火圈",他知道我说的是他的雅讳——周彤,马上反唇相讥,说"苏加诺脱帽——王一捐(涓)",他用了刘少奇访问印尼,印尼总统苏加诺不知是为了募捐还是别的什么原因而脱帽的事。这个典故我不知道,还是他解释了我才了然。周老师对《红楼梦》也知之甚多,他老是提到"紫燕灾"。我那会没读过脂评本,联想不到,好久才悟出他说的是"脂砚斋"。都是语文老师,在一起难免咬文嚼字。希德老师说"文革"时,他在一次批斗会上听一女郎发言,那会儿时兴引用毛主席诗词,姑娘念道:"借问瘟君欲何往,纸船明烛照天烧。"后一句除了"明"和"天",都是翘舌音,徐州话平翘舌不分,姑娘说的又是"徐普",即把普通话的调值嫁接到徐州方言上,那句话就成了"紫攒明族造天搔"的音,希德老师拿腔捏调的模仿秀,招来哄堂大笑。周彤老师就说了个校长布置打扫卫生的笑话。我们校长是部队转业干部,说的是全国一律的部队普通话,他希望大家打扫卫生时要注意"卫生死角",可他把"jiǎo"读成"jué",当地话是读"shǐ"为"sǐ",这一下校长的"卫生死角"就变成了"卫生屎橛"。周老师说:"屎橛还能卫生?到哪去找卫生屎橛?"也是满座哗然。不过说过这话不久,周老师也做了校长了,只不过是副的,扶正则是我走以后的事了。

高二的郑念甲老师时为教务主任,六合人,白白胖胖的,喜欢笑,弥勒佛似的。他穿了一件无色透明的涤纶背心,周彤老师用"肉感"二字描述,很贴切。郑老师是候鸟,每年寒暑假才回家团聚,只一个儿子带在身边读书。郑老师是可以把《红楼梦》成段成章背诵的人,聪明过人,"文革"时为此很吃了些苦头。儿子却不像他,除了笑。就这也不全像,老郑的是爽朗、放达、得意的笑,小郑的则是润物无声的那种。学习起来那个费劲！大家都说郑家的地脉被老郑一人拔光了。念甲主任就笑笑说："我虽不是刘备，我儿子可确确实实是阿斗！"献身苏北教育事业几十年，桃李满天下，老郑老师现在早该在家安享晚年了，不知梦里还常回苏北看看吧？

高二组也有一对欢喜冤家，一个是徐善坤老师，一个是丁思信老师，两人都50来岁。徐老师是比赛型选手，人越多越兴奋，徐州话说有点"人来疯"。但课上得很好。老丁老师沉稳，有点老谋深算的味道，生活经验很丰富，也粗通点医道，被郑老师谑称为"江湖郎中"或"江湖野医"，总之离不开"江湖"。这两人坐对脸，见面就"掐"。丁老师、徐老师都喜欢打太极，丁老师的很地道，为的是健身，且常年坚持不辍。徐老师的是兴之所至，人多时就秀一把。二人早操回来，丁老师就会模仿徐老师，动作时不是眼随手走，而是手自管动，眼风却飞向往来之人，丁老师的模仿是一种写意，很传神。丁老师喜欢垂钓，有时就在纱厂后边的小水沟里，据说沟虽小，鱼却不少。有一回丁老师说纱厂沟里的鱼不能吃了，一股洗衣粉味儿。考察一下，那沟连接纱厂浴室的下水道，女工们沐浴时捎带也洗衣服，水里肥皂、沐浴液、洗衣粉之类的浓度高了些，鱼们长期浸润其中，把这味道也带到丁老师的餐桌上了，这是女工们始料不及的。

离开郑集中学已经二十多年了，平日里匆匆忙忙，也顾不上想念，打开电脑写这篇文字时，当时的人和事便汹涌而至，历历目前。那是我职业生涯开始的地方！这些朴实无华的乡村教师，教我教书，教我做人，真心善待我，热情呵护我，今生今世，我不会忘记他们了。

2007 年 2 月 7 日重写

青青子衿，悠悠我心（代后记）

我这辈子几乎都是泡在学校里，跟读书人打交道。开始是读书，后来教书，再后来改行不教书了，也还是在学校里，而且因为做了学生管理工作，接触了更多的读书人。我人生的每一段，我履历表的每一页，都与一些读书人息息相关，他们见证了我的成长与进步，参与了我的欢乐与烦恼，我的每一个故事里都有他们，以至于我在回首往事时，哪哪都是他们，所以，回忆他们，其实就是在回忆我自己。

1992 年暑假，我和外子终于结束了 9 年的两地分居。到南京大学报到的那天，我记得很清楚，那是 8 月 14 日上午八九点钟，顶着烈日，我第一次踏进被铺天盖地的爬山虎包围、遮蔽的北大楼。人事处处长叶俊老师一见面就兴高采烈地跟我说："今天是个好日子，卫星发射成功了！"那次是在西昌卫星发射中心用我国自行研制的"长征二号 E"捆绑式运载火箭发射一颗美国研制的通信卫星。在那之前央视曾直播"长二捆"发射，《新闻联播》播音员张宏民已经到达现场，但是发射失败了，所以这次发射没有直播，7 点 12 分发射成功后才报道。我到人事处时，叶老师的兴奋还没有过去。进入正题后，叶老师说有两个地方可以去，一个是中文系，一个是留学生部，让我自己选。我毫不犹豫选择了中文系，原因是我的原单位不放人，中文系已经等了我两年。叶老师于是说搞行政也好，一家保一个。我那时不知搞行政是做什么的，于是稀里糊涂改了行。到后来外子天天被困在灶台边，时不时就想起叶老师的话，抱怨说："是你保我还是我保你啊！"但是这一阴差阳错，从1992年8月到2020年4月，我与中文系的缘分结了近三十年。所以，我的回忆文字里出现的差不多都是南大中文系的人物，就不足为怪了。

1999年9月，我的搭档、同事王彩云因病永远离开了，在她生病尤其是病重的那段时间，我的内心是煎熬的，无望也无奈，情急之下，我写了《何日彩云归》，意在为她祈福。文字当然没能留住她。文章在校报上刊出后，系里老教师吴枝培先生特地到我办公室，他除了褒扬我的文章，更似乎在发感慨。他说见到太多此类文章，写故人其实是为了表现自己，像我这样不多见。我跟吴老师其实不熟，我到中文系时间不长他就退休了，尤其是因为工作上没有交集，我又不擅长交往，与吴老师之前好像都没说过话。对于一个几乎是不相干的人，吴老师热情如此，不消说我是感动的，感动之余，我更记住了为人比为文更重要。

我的散文集《七八个星天外》里收进了一些写本系老师的文章，李开老师很有感慨地告诉我，以前别的系里也有老师出过类似的书，结果搞得很不愉快。我问为什么，李老师说主要是作者把文字用来发泄情绪。散文当然是最关乎真性情的，文字不带感情就死掉了。但是，怎么会有那么多戾气？我对人的基本看法是乐观的，即便很多事情证明我的乐观有时也带有盲目性，但我的天性让我的记忆选择留住欢乐的，忘掉不愉快的。我对这个世界抱有极大的善意，从自私的角度讲，这样我很快乐。所以我对我笔下的人物，都是热爱的，即便他们也有不如人意处，但就像很多年前刘心武写的一篇小说的题目一样——我爱每一片绿叶。我的一个同学说看我的文章感受就两个字：温暖。他说难得的是我觉得我周围的人都是那么的好。我想他说得对，我在写我的昔日同事、朋友、师长时，我的内心确是温暖的，我是那么地欣赏他们，感激他们，甚至是仰视他们。我有幸置身于这个不同凡响的集体，朝夕与这些不同寻常的人们相处，我觉得自己是幸福的。我想如果我能为这个集体这些人做些什么，为他们在这个浮躁的世间留下点不一样的蛛丝马迹、雪泥鸿爪，我愿努力。这可以算是我下笔的初衷或是文字的一点特色。

我笔下的人都是真实的人，事是实实在在发生过的，他们在我的记忆中那么鲜活，让我想起来就感动，就快乐，所以经常是他们自己"跳出来"，"催"我去写。我在写他们的时候，就会按照他们呈现在我眼前的真实样貌去描述，我不会因为某一处长得不那么完美加以篡改或修饰。我倒觉得每一个人之所以成为"限量版"，恰恰是不同于其他人的那个特点，无所谓是否完美。我写了《诗酒风流》以后，把文章发给了几位当事人，我在邮件里表达了我的类似观点，就是我力图使我的人物立体、丰满、鲜活，所以我不回避能够显示人物个性的材料。我自己是不惮自黑的，我不在乎自己的不完美。所以我当然不认为不完美就不可爱，甚至影响别人对他的评价。这样说来，如果我的文字不符合有些阅读者的审美，是我自己的问题，敬请谅解。

去年我的一本书稿送安徽文艺出版社出版，书稿送达后我又抽出几篇。书的责编胡莉是南大中文系毕业的研究生，有些话好说。我跟她说，抽出几篇写本系教师的，是想将这部分文字单独编辑，另有用途。2024 年是南大中文系建系 110 周年，我在其中的四分之一时间里厮混过，对于中文系而言，我当然是卑微的，但是，卑微得如同一片树叶，也不妨碍她对根的情意呀，我爱中文系。胡莉得知我的想法，立刻说："我也正有此意，我上周还在想呢……把写先生们的单独做一本，多好呀。……这书交给我来做呀，我们提前准备，可以做得更从容些。"胡莉是我《闲数落花》和《行路吟》两本书的责编，就当前出版现状，我给她增添了很多额外的麻烦，她从来没有一丝不耐烦，总是默默克服困难，解决一个又一个难题。我心里是非常感激的，她现在主动请缨，我自然是愿意的，但也不无担心，还是老问题——经费。我写过一篇发牢骚的文章，说到现在出书，一个书号动辄大几万，我一良家妇女，一年挣多少？不能因为自己一点不良嗜好如此败家吧？我对胡莉说，囊中羞涩啊。她理解，说我们一起想办法。这是 3 月的事儿。8 月底时，胡莉给我发微信，再次提到此事，并说："我的想法是，不用你出钱……我们在市场上卖一卖，发发图书馆，不亏本就行了，毕竟这是很有意义我很愿意去做的一件事。您意下如何呢？如果您觉得可行，我这两天就把选题报上去，看社里怎么说。"我知道胡莉尽力了，很感激她的热心。但在等待的这几个月里又发生了别的事情。

5 月 16 日凤凰出版社编辑郭馨馨女士通过祁杰先生，加了我的微信，彼时她正负责编辑出版周勋初先生的文集，已经出版了 19 卷，还想再编一本《馀波外集》，拟收入我的两篇写周先生和祁先生的文章。说完这件事以后，馨馨突然问我："另一件事儿，您写南大老师们的文章有不少篇了，有没有结集出版的想法？"并且问能不能考虑她们出版社。她还说："我跟莫老师提及此事，莫老师说您把巩老师写得活灵活现，特地让我赶紧追踪您这本书。"郭馨馨这个建议提得恰逢其时，正是我这段时间想做又发愁的事情。我知道胡莉想帮我这个忙，奈何巧妇难为无米之炊！现在多一家选择，庶几可以解决"米"的问题呢！我真是没出息，穷怕了似的，以至于馨馨都跟我具体到稿酬、出版时间，甚至说到"倪总、林日波副总编和樊昕副总编要求我把书做洋气一些，配点儿图，给南大520献礼"了，我仍不放心，我说我"有点踌躇，即对安徽文艺不太好意思。再确认一下，凤凰不会让我出出版经费吧？"馨馨说："不会啊，付稿酬的。"并且戏谑地说："和周先生一个稿酬标准！"稿酬这东西，我从不奢望，现在都什么年代了？除了网红、畅销作家，哪个不是先送钱给出版社？出版社的人不也得吃饭吗？还有印刷厂呢？我很歆慕二十世纪的码字人，听说那时和现在不一样。我儿子上幼儿园时，有一次我给他做了一碗西红柿鸡蛋面，他说好吃。他一向诟病我的厨艺，这次他搜肠刮肚地想了一句话表扬我，他说："妈妈，上次吃这么好吃的饭还是解放前对吧？"我除了惭愧之外，对他表达时间的纵深感觉是赞同的。这次听到"稿酬"俩字，这个感觉瞬间冒出来了。我不是一个"贫贱不能移"的人，于是我背叛了胡莉。

书稿发给"凤凰"以后，我觉得还缺点什么，我想有一个人应该在这本书里留下点什么，这个人是徐兴无。理由就是我给兴无邮件中所说的："想到你在中文系读了10年书，自留校后一直在系里服务，几乎做遍了中文系所有行政职位，所以书中的人都是你熟悉的，系里的事也是你知道的，还有的是你参与其中的，我就觉得应该请你为这本小书写点东西。"蒙他不弃，慨然应允，于是让这本小书呈现了蓬荜生辉的惊喜。

我是一个不通庶务、不谙世情的人，很多时候信奉"熟不拘礼""大恩不言谢"的教条，对于很多人书后一大串的感谢觉得"俗"，于是常以此为借口让自己在良心上逃逸了。世事维艰，经过这些年，已经深知写书容易出书难，对于这本小书的面世，心中涌出的便多是感激之情了。又于是，对自己一向避之唯恐不及的"俗"竟理解进而深入肺腑了。感谢凤凰出版社倪培翔社长、吴葆勤社长及各位社领导的青睐与支持，否则，便没有本书面世的机会；感谢兴无教授赐序，你在繁忙中挤时间、忍着身体不适写作且一再修订的认真态度，让我尤为感动；感谢安徽文艺出版社编辑胡莉的善解人意，你的大度让我避免了尴尬；感谢郭馨馨主任和本书编辑孟清的热情相邀和辛勤付出，你们的认真负责、精益求精，使得本书得以体面地呈现在读者面前；也要感谢莫砺锋老师一以贯之的提携、欣赏。莫老师的推荐，之前从没有告诉我，不是郭馨馨说，我不会知道。君子乐于成人之美，谢谢莫老师。最后，谢谢读者，没有你们的参与，这本小书就毫无意义了。

2024 年 3 月 6 日于和园

图书在版编目（CIP）数据

读书人的事儿 / 王一涓著. -- 南京：凤凰出版社，
2024. 10. -- ISBN 978-7-5506-4303-1

Ⅰ. Ⅰ267

中国国家版本馆CIP数据核字第2024WJ2754号

书　　　　名	读书人的事儿	
著　　　　者	王一涓	
责 任 编 辑	孟　清	
书 籍 设 计	姜　嵩	
责 任 监 制	程明娇	
出 版 发 行	凤凰出版社(原江苏古籍出版社)	
	发行部电话025-83223462	
出 版 社 地 址	江苏省南京市中央路165号,邮编:210009	
照　　　　排	南京凯建文化发展有限公司	
印　　　　刷	苏州市越洋印刷有限公司	
	江苏省苏州市吴中区南官渡路20号,邮编:215104	
开　　　　本	889毫米×1194毫米　1/32	
印　　　　张	13.25	
字　　　　数	252千字	
版　　　　次	2024年10月第1版	
印　　　　次	2024年10月第1次印刷	
标 准 书 号	ISBN 978-7-5506-4303-1	
定　　　　价	58.00元	

(本书凡印装错误可向承印厂调换,电话:0512-68180638)